KB253067

생사신

몽월 신무협 판타지 소설

Fantastic Oriental Heroes

생사신 1

몽월 新무협 판타지 소설

초판 1쇄 찍은 날 § 2006년 6월 2일
초판 1쇄 펴낸 날 § 2006년 6월 12일

지은이 § 몽월
펴낸이 § 서경석

편집장 § 문혜영
편집 § 유경화 · 심재영

펴낸곳 § 도서출판 청어람
등록번호 § 제1081-1-89호
등록일자 § 1999. 5. 31
어람번호 § 제2-0927호

주소 § 경기도 부천시 원미구 심곡1동 350-1 남성B/D 3F (우) 420-011
전화 § 032-656-4452 팩스 § 032-656-4453
http://www.chungeoram.com
E-mail § eoram99@chollian.net

ISBN 89-251-0153-X 04810
ISBN 89-251-0152-1 (세트)

antastic Oriental Heroes
몽월 신무협 판타지 소설
1
생사
신
반혼
류혈
도서출판
청어람

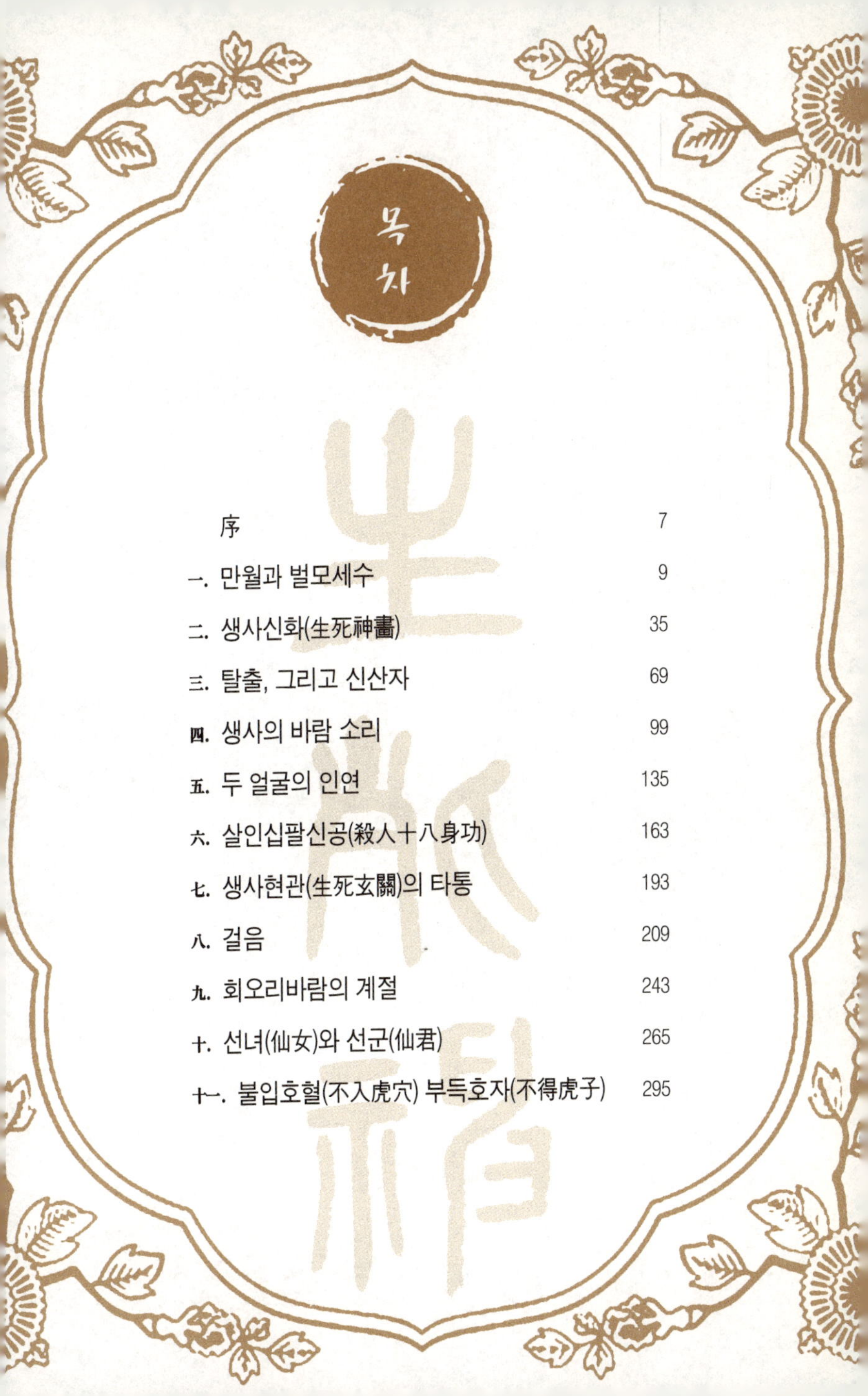

목차

"온몸을 감싸고 있는 뇌피(雷皮)가 용의 비늘 같아 몸체
가 마치 푸른 교룡(蛟龍)을 닮았다."

—예종(芮終)의 괴병론(怪兵論) 中

"생사신(生死神)을 숭산에 가져다 놓으면 그 광채가 소림
을 누르고 태산 속에 세워두면 장인봉을 덮는다. 그가 움직
이면 신령스런 피리 소리가 사방을 진동하고, 황천(黃泉)에서
청천(靑天)까지 제압하니 천하 만병(萬兵) 중 으뜸이다."

—부차(符次) 마병서(魔兵書) 中

"이빨이 한쪽에만 있으나 양쪽을 점령하고 끝은 둥글지만 찌르지 못할 것이 없다. 무게가 백 근인데 마음이 깊으면 누구라도 휘두를 수 있다."

　　　　—호유유(胡流流)가 친구 거산(居山)에게 보낸 편지 中

만월과 벌모세수

어디 찌그러진 곳 하나 찾아볼 수 없는 만월이 떠올랐다.

"괜찮을까요?"

"……."

"만약 일이 잘못되면?"

"……."

"정말 괜……?"

"닥쳐!"

그 부풀어 터질 듯 팽팽한 만월보다 더 팽팽한 긴장으로 굳어 있던 사내의 고함에 옆에 나란히 서 있던 아내 장씨는 기겁하며 목을 움츠렸다.

"이 여편네가 재수없게 어디서 함부로 주둥일!"

금방이라도 장씨를 한 대 때릴 것처럼 사내의 기세는 험악했다.

"한 번만 더 그따위 초 치는 소릴 내뱉으면 그땐 임자고 뭐고 가만 안 둘 거야!"

구레나룻이 턱을 덮어버린 우람한 덩치의 사내는 장씨의 남편 왕산(王山)이었다.

왕산은 올해 쉰셋으로 왕씨대장간의 주인이다. 왕씨대장간은 삼 대째 사천 남충(南充)에서 대장간을 운영해 온 집안으로 일대에서는 단연 최고의 명성을 날리고 있었다.

"죄송해요. 무서워서 나도 모르게 그만……."

"벌모세수는 반드시 성공할 것이오. 그래서 악이에게 무공을 가르쳐 그 계집에게 당한 수모를 반드시 돌려줄 것이오."

왕산이 서슬 퍼런 눈으로 말했다.

어디선가 늑대가 울었고, 달은 조금씩 하늘 가운데를 향해 속도를 높여가고 있었다.

왕산이 한쪽으로 고개를 돌렸다.

대장간과 안채 사이에 있는 마당 한가운데 십육 세가량 되는 소년이 가부좌를 틀고 앉아 있었다. 소년의 이름은 왕악(王嶽)으로 사십이 다 되어 얻은 귀한 아들이다. 비록 열여섯 살이지만 부친을 닮아 나이에 비해 덩치는 컸다.

그러나 얼굴은 겁에 잔뜩 질려 있었다.

“두려워할 것 없다. 아비를 믿어라. 우린 오늘 반드시 해낼 것이다.”

왕악이 떨리는 목소리로 대답했다.

“네, 아버지.”

바로 그때였다.

“여보, 김이 나기 시작해요!”

마당 끝에 어른 한 사람 정도 들어갈 만한 커다란 봉명자정(鳳鳴紫鼎)을 지켜보고 있던 장씨가 소리쳤다.

봉명자정은 왕씨대장간 대대로 내려오는 솥으로 쇠보다도 더 불에 강하다는 봉명자토(鳳鳴紫土)로 만들어져 주로 금강석이나 만년한철을 제련할 때 사용하는 것이었다.

왕산은 봉명자정으로 다가갔다.

엄청난 크기의 무쇠 솥에는 각양각색의 독충들이 하나 가득 우글거리고 있었다.

독물의 종류는 실로 다양했다. 배설물의 냄새만 맡아도 즉사한다는 사중지독(蛇中之毒) 보춘정사(寶春精蛇)에서부터 한 방울의 타액이면 장강의 물고기를 몰살한다는 단혼섬(斷魂蟾), 거대한 불곰을 한순간에 물어 죽이는 혈갈여(血蝎蜍), 사막의 제독(帝毒) 천년오공(千年蜈蚣)과 독조(毒鳥) 묵회조(墨回鳥) 등 정확히 삼백예순다섯 가지로써 하나같이 좀체 구경하기 힘든 독물들이었다.

왕산은 평생을 일구어온 재산을 털어 이 모두를 구입했다.

그런 독물들이 가득한 무쇠 솥에서 검은 수증기가 서서히 피어나고 있었다.

츠츠츠츠!

음력 정월 보름달은 일 년 중 달의 음기가 가장 강하여 음정지월(陰精之月)이라고도 부른다.

독물 또한 강력한 음충(陰蟲)이다.

그래서 음정지월을 쏘이면 독충들은 본능적으로 강한 달의 음기에 저항하기 위해 독을 내뿜는다. 검은 연기는 삼백예순다섯 가지의 독물이 달빛에 저항하면서 뿜어낸 맹독이 서로를 녹이면서 발생하는 열기로 이를 일컬어 발화(發火) 작용이라고 한다.

무쇠 솥 안의 독물들은 그렇게 서로를 녹이면서 종국에는 완전히 물로 변하는데 이것이 벌모세수에 사용되는 염화독령유(炎火毒靈乳)인 것이다.

독충들은 서로의 독이 녹으면서 발생되는 뜨거운 열기에 몸부림을 쳤다.

"왕악, 옷을 벗고 준비해라."

왕산의 지시에 잠시 머뭇거리던 왕악이 장삼을 벗었다.

안에는 아무것도 입지 않았던 듯 장삼을 벗자 곧바로 알몸이 나타났는데, 앞가슴에 엄지손톱만 한 북두칠성 문양을 한 일곱 개의 붉은 점이 시선을 끌었다.

자시(子時)가 다가오면서 솥에서 뿜어져 나오는 연기는 더욱 짙어졌고, 살인적인 열기가 뿜어져 나왔다.

"도저히 안 되겠어요. 저렇게 펄펄 끓는 통 속으로 어떻게 사람이 들어간단 말이에요? 제발 그만둬요, 여보."

"아니, 이 여자가 정말!"

왕산이 불끈 쥔 주먹을 쳐들었다.

하나 장씨도 곱게 물러나지 않았다.

"생각해 보세요. 아무리 벌모세순지 뭔지 하는 것도 좋지만 이러다 자식 잡겠어요. 더구나 하나같이 무서운 독성을 갖고 있는 물건들이라면서."

장씨의 말은 더 이상 이어지지 못했다.

왕산의 주먹이 바람을 일으켰다.

솥뚜껑만 한 주먹에 맞은 장씨가 대문 밖으로 힘없이 날아가 버렸다.

"독물들이라고 하지만 서로가 녹으면서 중화되어 버리기 때문에 하나도 위험하지 않다."

"다른 방법 없습니까? 이런 방법 아니고도 무공을 배울 수 있는 길은 많다고 들었는데."

"벌모세수를 하지 않으면 무공을 배워도 크게 성장하지 못한다. 그러기 때문에 명문의 후예들일수록 벌모세수에 심혈을 기울이는 것 아니겠느냐? 당대에서 이름난 고수치고 어려서 벌모세수 안 한 사람 있으면 아비가 손에 장을 지진다."

"그렇지만……."

왕악은 말을 하다 말고 입을 다물었다.

부친의 말에 수긍을 해서가 아니라 계속 대꾸했다가는 어머니를 때린 주먹이 자신에게도 날아올 것 같았기 때문이다.

"태어나 백 일이 지나기 전에 받아야 할 벌모세수를 열여섯에 받으니 아주 늦은 편이다. 그래서 약간 위험하기도 하지만 난 무난히 이루어지리라고 확신한다."

강렬한 발열 작용으로 인해 무쇠 솥에서 피어나는 수증기는 완전히 검게 변했다.

왕산은 달을 올려다보았다.

달은 점점 배를 불리며 중천을 향해 줄달음치고 있었다.

왕산의 고개는 정신없었다. 달을 보랴, 발열 상태를 살피랴, 하늘과 무쇠 솥을 번갈아 바쁘게 쳐다보았다.

왕악의 얼굴에는 두려움이 층층이 내려앉아 있었다.

솥에 들어가는 순간 자신은 죽고 말 것 같았다.

수북하던 독물들은 모조리 녹아 없어지고, 무쇠 솥에는 놀랍게도 우윳빛 액체가 부글부글 끓고 있었다.

파―앗!

그때 왕산의 눈이 발광했다. 터질 것 같은 만월은 하늘 가운데 떠 있었고, 그림자가 없다는 월중무영(月中無影)이었다.

두웅!

바로 그 순간, 멀리서 자시를 알리는 북소리가 들려왔다.

"지금이다! 들어가라!"

왕산이 버럭 소릴 질렀다.

그러나 왕악은 한 발자국도 옮길 수가 없었다. 저 독물이 펄펄 끓는 솥 안으로 들어간다는 건 죽어도 말이 안 되었다.

"아버지, 난 도저히 못 들어가겠어요!"

왕악은 울면서 그대로 주저앉아 버렸다.

"선입견을 버려라! 보기만 공포스러울 뿐 하나도 뜨겁지 않다! 빨리 들어가지 않고 뭐 하느냐?"

"싫어요!"

자시에서 열 호흡 안에 몸을 담그지 못하면 효과는 사라진다고 했다.

왕산은 들어가지 않겠다고 버티는 왕악의 멱살을 거머쥐고 단숨에 솥 안으로 던져 넣어버렸다.

부글부글 끓는 독수 속으로 왕악이 잠겨들었다.

그때 기절했다 깨어난 부인 장씨가 다가오며 물었다.

"여보, 우리 악이 어딨죠?"

솥 안에서 허우적거리는 왕악을 발견한 장씨는 경악했다.

"악아!"

소리치며 솥 안으로 팔을 뻗는 장씨의 얼굴에 또다시 주먹이 작렬했고, 꼬르륵 소리를 내며 기절했다.

요동하던 왕악이 조용해졌다.

그리고 물에 빠진 사람처럼 솥바닥으로 가라앉았다.

한데 시간이 흐르면서 놀라운 현상이 일어났다. 솥 안의 염화독령유가 조금씩 줄어들고 있었는데, 신기하게도 왕악의 몸속으로 스며들고 있었다.

왕산은 숨을 멈추고 사태의 추이를 지켜보았다.

잠시 후, 염화독령유를 모두 흡수한 왕악의 몸이 힘없이 늘어졌다.

"오오, 부처님!"

다시 깨어난 장씨가 의식을 잃고 구부린 자세로 앉아 있는 왕악을 발견하고 또다시 기절했다.

왕산은 잽싸게 왕악을 꺼내 바닥에 눕혔다.

이윽고 왕악의 코에 귀를 갖다 댔는데 호흡이 없었다.

자신의 귀가 잘못됐나 싶어 손가락으로 귓구멍을 후비고 다시 확인해도 숨소리가 전혀 들리지 않았다.

이번에는 왕악의 왼쪽 가슴에 손바닥을 댔다.

심장도 조용했다. 왕산은 경악을 금치 못하며 대문을 향해 줄달음질쳤다.

어제 내린 눈으로 잔설이 드문드문 깔린 저잣거리를 왕산은 미친 듯 달렸다.

시퍼렇게 날을 세운 바람이 왕산의 얼굴에 부딪치며 사방으로 퉁겨 나갔다.

'의원(醫院)'이라고 쓰인 낡은 대문이 왕산의 발길질에 통째로 떨어져 나갔다. 그리고 깊은 잠에 취해 있던 곽 노인은 속옷바람으로 왕산의 손에 이끌려 저잣거리를 달려야 했다.

"어떻소?"

왕악을 진찰하는 곽 노인의 표정이 어두웠다.

맥과 심장을 살피고 오대사혈까지 훑어본 곽 노인이 왕산을 쳐다보며 고개를 가로저었다.

왕산이 눈을 부릅떴다.

"죽었단 말이오?"

"오래되었네."

곽 노인은 뒤로 돌아보지 않고 가버렸다.

왕악을 살려내기 위한 왕산의 노력은 필사적이었다.

먼동이 터올 때까지 무려 다섯 명의 의원을 더 데려왔지만 하나같이 고개를 내저으며 돌아섰다.

왕산은 아들을 살려달라고 매달렸지만 왕악을 살핀 의원들의 입에서는 죽은 시체라는 냉혹한 대답만 돌아왔다.

후회는 아무리 빨라도 늦다고 했던가.

왕산은 자신이 괜한 일을 했다고 가슴을 쳤다. 그냥 참고 넘어갔더라면 이런 날벼락은 없었을 것이다.

일 년 전 그날도 왕산은 콧노래를 흥얼거리며 칼을 만들고 있었다.

그의 칼은 인근의 다른 대장간에서 만든 것보다 비싸게 팔리며 융숭한 대접을 받는다.

그가 만드는 칼은 모두 다섯 종류였다.

왕씨대장간의 다섯 개의 칼이라고 하여 왕오도(王五刀)로도 불린다.

칼날 끝부분을 크고 날카롭게 한 귀두도(鬼頭刀), 기러기 날개를 본딴 안령도(雁翎刀), 소매춤에 넣고 다니면서 기습과 암습에 사용하는 불가의 칼 계도(戒刀)와 파괴력을 얻기 위해 무게를 크게 얹은 대환도(大環刀), 그리고 번개처럼 상대를 공격하기 위해 만든 유려도(柳麗刀)였다.

물론 그 이외에 부엌에서 사용하는 식도를 비롯해 유엽도, 비도(匕刀) 등 크고 작은 칼을 만들지만 왕씨대장간을 대표하는 칼은 그들 다섯 개였다.

미시가 조금 지났을 때였다. 벌겋게 달궈진 쇠를 두들기고 있는데 한 명의 무림 여인이 찾아왔다.

자신을 하북팽가의 팽묘화(彭妙花)라고 밝힌 여인은 당신이 칼 잘 만드는 왕산이냐고 따지듯 물어왔다.

그렇다고 대답한 왕산 앞에 팽묘화는 한 장의 화선지를 내밀었다. 화선지에는 한 개의 커다란 대도가 그려져 있었는데, 팽묘화는 사흘 안으로 그 칼을 만들라고 강요했다.

왕산은 기분이 나빴다. 이따금 직접 자신의 체구나 무공에 맞는 칼의 모형도를 그려와 특별히 주문하는 사람은 있었다. 하지만 새파랗게 어린 여자가 오십이 넘은 자신에게 다짜고

짜 하대를 하는 것도 그렇고, 대장간 안에 진열된 여러 가지 칼을 자신의 허락도 없이 툭툭 건드리고 만져 보는 무례에 화가 치밀었다.

비위가 상하면 억만금을 싸 들고 와도 손끝 하나 움직이지 않는 왕산이었다.

왕산은 일언지하에 시간이 없다고 거절해 버렸다.

그런데 왕산의 입에서 못하겠다는 말이 떨어지자마자 쇠망치 같은 그녀의 주먹이 면상에 꽂혔다.

태어나 오십이 넘도록 아직까지 누구에게 뺨 한 대 맞아보지 않은 왕산은 눈이 뒤집히고 말았다. 나이를 떠나서 장부가 여자에게 두들겨 맞는다는 것은 도저히 있을 수 없었다.

그래서 같이 주먹을 휘둘렀는데 그게 오히려 팽묘화의 분노를 자극하고 말았다.

그녀의 주먹은 인정사정없었다.

한 대씩 맞을 때마다 골이 흔들리고 뼈가 산산이 부서지는 것 같았다.

부인 장씨를 비롯하여 인근의 장사꾼들이 달려와 말렸지만 팽묘화는 그들에게까지 주먹을 휘둘렀다. 너무나 무서워 아무도 말리지 않는 가운데 왕산은 팽묘화에게 무려 사흘을 얻어맞았다.

처음에는 왕산도 오기가 생겨 버텼다.

제까짓 계집이 몇 대 때리다 그만두겠지 했는데 웬걸, 하루가 지나고 이틀이 지나도 팽묘화의 주먹질은 멈출 기미를 보이지 않았다. 결국 왕산은 칼을 만들어줄 테니 제발 그만 때리라고 울며불며 바짓가랑이를 붙잡고 사정한 끝에 겨우 팽묘화의 주먹에서 살아날 수가 있었다.

왕산은 두 달 만에 병상에서 일어났다.

몸은 겨우 회복되었지만 분하고 억울해서 참을 수가 없었다.

그래서 자신의 뒤를 잇게 하려던 왕악에게 무공을 가르치기로 결심했다.

자신이 직접 무공을 배우기 위해 몇 군데 문파를 찾아가 봤지만 근육과 온몸의 골격이 퇴화 중에 있어 이미 늦었다고 했다.

그래서 하는 수 없이 왕악에게 무공을 가르쳐 팽묘화에게 복수를 하겠다고 다짐하고 준비한 벌모세수가 이런 어마어마한 불행을 낳고 만 것이다.

"네놈이 죽였어!"

모든 구명(求命)이 실패로 돌아가자 장씨가 왕산의 멱살을 쥐며 소리쳤다.

"그렇게 말렸는데도 내 말 안 듣고 일을 벌이더니 당신이 죽인 거야! 빨리 아들 살려내, 이 인간아!"

왕산은 아무런 말도 하지 못했다.

장씨의 손에 흔들리며 그저 눈물만 흘릴 뿐이었다. 자신이 죽고 아들이 살 수 있다면 백번이라도 그렇게 하고 싶었다.

그때 방문이 거칠게 열리며 왕산과 비슷한 또래의 흑의장년인 한 명이 들어섰다.

"악이가 죽었다는 것이 사실인가?"

장년인은 독의 본가 당문에 삼십여 가지의 독초를 납품하는 쇄분곡(碎分谷)의 곡주 사중봉이었다.

두 사람은 술도 자주 마시며 절친한 사이였다.

사중봉은 새벽같이 당문에 백청초와 군자초, 화기소골초를 싣고 가던 중 비보를 듣고 달려오는 길이라고 했다.

사중봉은 방바닥에 반듯이 눕혀 있는 왕악을 쳐다보았다.

왕악은 잠에 빠진 사람처럼 보였는데 맥과 심장을 만져 보던 사중봉이 놀라며 왕산에게 물었다.

"도대체 어찌 된 일인가? 며칠 전까지 건강하던 아이가 어찌 갑자기 숨을 거둔단 말인가?"

왕산이 신음하며 쥐어짜듯 말했다.

"벌모세수가 잘못된 것 같네."

"벌모세수라면 무림인들이 무예를 닦기 위해 체질을 바꾸는 방법 아닌가? 이 사람이 기어코 일을 저지르고 말았군. 아무나 무림인 되는 것 아니라고 내가 그렇게 말렸거늘."

왕산의 뺨으로 한줄기 눈물이 흘러내렸다.

사중봉이 다그쳐 물었다.

"도대체 벌모세수를 어떻게 했기에 사람을 잡는단 말인가?"

왕산이 흐느끼며 더듬거렸다.

"나도 모르겠네. 그저 가르쳐 준 대로 염화독령유를 만들어 그 안에 녀석을 넣었을 뿐인데 이렇게 그만."

순간 사중봉이 깜짝 놀라며 물었다.

"지금 염화독령유라고 했는가? 염화독령유에 악이를 넣었단 말인가?"

"그렇네. 정확히 삼백예순다섯 가지의 독물을 만월에 녹였는데……."

사중봉이 와락 왕산의 멱살을 쥐었다.

"다시 말해보게. 틀림없이 염화독령유였나?"

왕산이 버럭 소리를 질렀다.

"아무리 배운 것 없다고 내가 실수할 사람으로 보이나?"

"누가 가르쳐 줬나? 염화독령유가 벌모세수에 사용되는 영수라고 말해준 놈이 누구냐니까?"

왕산이 눈을 치켜떴다.

자신을 쳐다보는 사중봉의 시선이 심상치 않았다.

왕악에게 무공을 가르치겠다고 결심을 했지만 일은 생각처럼 쉽지 않았다.

특히 여기저기서 알아본 결과 제대로 무공을 가르치려면 먼저 체질을 바꿔야 한다고 했다.

흔히 세속에서는 벌모세수, 즉 털을 뽑고 골수를 씻는 방법이 있고, 불가에서는 정수리를 열고 백회혈을 뚫어 우주의 기를 받아들이게 하는 개정대법(開頂大法)이 있는데 두 방법 모두 과정의 차이만 있을 뿐 효과는 엇비슷하다고 했다.

그래서 왕악을 벌모세수시키기 위해 발바닥이 부르트도록 뛰어다녔지만 허사였다.

그러던 어느 날 대장간으로 당오(唐奧)가 찾아왔다.

당오는 당문의 차기 주인으로 사천에서는 그를 모르는 사람이 없었다.

심성이 사납고 음흉하여 이곳 사람들은 그를 아수독룡(阿修毒龍)이라고 불렀다.

당오와는 이미 자신의 제도(製刀) 소문을 듣고 몇 번 찾아왔기 때문에 안면이 있었다.

왕산은 몇 번 망설이다 조심스럽게 벌모세수에 관해 물어보았다. 한데 처음에는 놀라는 표정을 짓던 당오가 무슨 생각이 들었는지 돌연 미소까지 지으며 벌모세수의 전 과정을 가르쳐 주었다.

"자네에게 벌모세수의 비법을 가르쳐 준 사람이 당오란 말인가?"

"그분께서는 내게 아주 친절하고 자세히 가르쳐 주었네."

사중봉이 무거운 신음을 흘렸다.

왕산이 불안한 얼굴로 물었다.

"왜 그런가? 뭐가 잘못되기라도 한 건가?"

사중봉이 통렬하게 소리쳤다.

"이 멍청한 친구야! 염화독령유는 천하제일화독이란 말일세!"

무슨 뜻인지 모르겠다는 듯 눈을 깜박이는 왕산을 향해 사중봉이 큰 소리로 말을 이었다.

"나도 자세히는 모르지만 천하에서 가장 강한 독성을 갖고 있는 삼백예순다섯 가지의 독물을 음기가 가장 강한 보름달에 쏘이면 독기가 서로를 녹이면서 지상에서 가장 뜨거운 화독으로 변하는데 이것을 염화독령유라 한다고 들었네! 워낙 화기가 강해 염화독령유는 금강석과 만년한철도 순식간에 녹여 버린단 말일세!"

당문에서 염화독령유는 여러 가지로 이용되었다.

그중 가장 많이 사용되는 곳이 암기인데 미량의 염화독령유를 묻힌 암기에 맞으면 상대는 순식간에 흔적도 없이 녹는다. 당문의 암기가 최강으로 불리는 이유가 바로 여기에 있었다.

하나 염화독령유에는 살상의 용도 말고도 한 가지 놀라운 효능이 들어 있었다.

누구든 염화독령유를 인체에 흡수시키기만 한다면 상상을 초월하는 엄청난 효능을 얻는다.

그러나 금강석과 만년한철을 녹이는 염화독령유를 뼈와 살로 된 사람의 몸에 흡수시키기란 불가능했다.

지난 수백 년 동안 수많은 당문의 역대 주인들이 염화독령유를 몸에 흡수시키기 위해 노력했지만 누구도 성공하지 못하고 한 줌 물로 사라졌다.

그래서 당문에는 예로부터 염화독령유체흡지신(炎火毒靈乳體吸之神), 즉 염화독령유를 흡수하면 신의 몸이 된다는 전설이 내려오고 있었다.

그제야 왕산이 숨죽이며 물었다.

"하면 당오 공자가 거짓말로 가르쳐 주었단 말인가?"

지켜도 부족할 절대비전을 얘기해 주었다는 것은 한낱 대장장이에게 말해줘 봤자 알아듣지도 못할 것이라는 경멸이며 만에 하나 성공하더라도 자식을 죽게 만들려는 악독한 장난이다.

"어쨌든 염화독령유는 아무리 강한 쇠라도 순식간에 녹여 버리는 화독이라는 걸세."

왕산이 몸을 거세게 떨었다.

"이런 찢어 죽일 놈을!"

사중봉이 벌떡 일어나 문을 박차고 나가려는 왕산의 팔목을 잡았다.

"어딜 가는가?"

"이것 놓게! 당오 그놈을 토막 쳐서 죽여 버리겠네!"

"무공도 모르는 자네가 무슨 수로 그를 토막 쳐 죽인단 말인가? 당문이 어떤 곳이며 당오가 누군지 몰라서 그러나? 설혹 찾아가더라도 지금은 아닐세. 현재 중요한 것은 어떻게 해서라도 악이를 살리는 길이야.”

분노한 왕산이 입술을 깨물자 피가 흘러내렸다.

그날 자신을 향해 짓던 당오의 웃음은 왠지 유쾌하지 않았다.

어딘가 정상적일 수 없는 가차없는 섬뜩함이 배어 있었다. 한데 이제 그 웃음의 의미를 알 수 있었다. 한낱 대장장이 주제에 감히 벌모세수에 대해 캐묻자 우스웠던 것이다. 그래서 일부러 염화독령유 제조법을 가르쳐 준 것이 틀림없었다.

한마디로 엿을 먹인 것이다.

문을 열고 밖으로 나갔던 사중봉이 길쭉한 잎사귀 다섯 개가 달린 풀 한 포기를 가지고 들어왔다.

“독초 중에서 가장 맹독을 갖고 있는 군자초일세. 예로부터 독으로 쓰러진 사람은 독으로 일으켜 세운다고 했는데, 이걸 찧어 즙을 먹이면 혹시 모르겠네.”

사중봉은 익숙한 동작으로 작은 두 개의 돌에 찧어 흘러나오는 흑색의 액체를 왕악의 입속에 떠 넣었다.

하지만 왕악은 깨어나지 않았다.

한가닥 희망을 걸었던 장씨가 다시 대성통곡하며 울부짖었다.

한편, 사중봉은 의혹을 금치 못했다. 쇳덩이도 순식간에 녹이는 염화독령유 속에 빠진 왕악의 시신이 멀쩡했기 때문이다. 왕산의 말을 빌리면 슬쩍 묻힌 것도 아니고 염화독령유가 가득 담긴 무쇠 솥에 푹 담갔다는 데에도 아무렇지도 않다는 것이 이해가 되지 않았다.

설마 왕악의 몸이 금강석보다 단단할 리는 없었다.

결국 왕산은 왕악의 숨이 끊어진 지 오 일 만에 모든 희망을 접고 매장하기로 마음먹었다.

아침 일찍 왕산은 시신을 거적에 말았다.

평소 자신이 죽으면 묻어달라고 왕악에게 입버릇처럼 했던 뒷밭에 묻기로 했다.

구덩이를 파고 거적째 던져 넣으려던 왕산이 멈칫했다.

거적 밖으로 빠져나온 왕악의 발가락이 꿈틀거렸다.

혹시 오 일 동안 잠 한숨 자지 못해 헛것을 보았나 싶어 눈을 비비고 다시 봤는데 분명히 발가락이 움직이고 있었다.

옆에서 눈물바람을 하고 있던 장씨도 거적 밖으로 나온 아들의 발가락이 움직이는 것을 보고는 깜짝 놀랐다.

왕산이 번개처럼 거적을 펼쳤다.

두 사람은 소스라쳤다. 죽은 줄 알았던 왕악이 숨을 쉬고 있었다.

"이럴 수가?"

돌연 왕악이 눈을 번쩍 떴다.

그러더니 자신을 내려다보고 있는 부모를 발견하고 벌떡 상체를 일으켰다.

"여기가 어딥니까?"

그리고 주위를 휘 둘러보다 구덩이를 발견하고 눈을 휘둥 그레 떴다.

"소자가 죽었었단 말입니까?"

"오, 오 일 됐다."

"악아, 네가 살아나다니 이게 꿈이냐, 생시냐?"

장씨가 왕악의 목을 끌어안고 소리쳤다.

배가 무척 고픈 듯 왕악은 정신없이 밥그릇을 비웠다.

하긴 의식을 잃고 있었지만 닷새를 꼬박 굶었으니 이해가 될 만했다.

왕산은 기쁘면서도 한편으로는 밥을 먹는 왕악을 살피느 라 정신이 없었다.

죽었다가 닷새 만에 살아났다면 일단 엄청난 기적이다.

그래서 혹시나 벌모세수가 된 것이 아닌가 한 것이다. 물론 죽었을 당시에는 살아나기만 한다면 두 번 다시 무림인으로 키우겠다는 꿈을 갖지 않겠다고 맹세했지만 막상 살아나자 결심이 흔들렸다.

벌모세수에 성공하면 태를 벗고 뼈를 바꾸는 탈태환골(奪 胎換骨)을 한다.

하지만 왕악의 어디에도 태가 벗겨진 모습은 찾아볼 수 없 고 상당한 기초 내공까지 얻어 두 눈에서 보통 사람은 감히 마주 볼 수도 없을 만큼 강한 빛이 뿜어 나온다고 했는데 전혀 그렇지가 않았다.

왕산은 아무리 눈을 치커뜨고 바뀐 부분이 있나 왕악의 온몸을 구석구석 살펴보았지만 벌모세수하기 전과 똑같았다.

"몸은 어떠냐? 아픈 곳은 없느냐?"

왕악이 입 안 가득 밥을 밀어 넣은 채 고개를 끄덕거렸다.

"네."

"아비의 말뜻은 갑자기 허공으로 몸이 떠오르는 느낌이 든다거나, 아니면 누군가와 마구 싸우고 싶어지는 그런 기분이 안 드느냐는 얘기니라."

왕악이 더욱 세차게 고개를 저었다.

"전혀 아닌데요."

왕산의 눈살이 찌푸려졌다.

닷새씩이나 멈춰 있던 심장과 호흡이 재개된 걸 보면 뭔가 심상치 않은 일이 왕악의 몸속에서 일어난 것 같은데 가시적인 변화가 없어 답답했다.

왕산이 새우눈을 하여 살피고 있을 때 밥상머리에 앉아 왕악의 숟가락에 반찬을 얹어주던 부인 장씨 또한 남편의 일거수일투족을 놓치지 않고 있었다.

남편의 안색이 수시로 변하는 것이 뭔가 또 다른 꿍꿍이를 진행하고 있음이 틀림없었다.

더 이상 하나뿐인 아들이 남편의 욕망에 희생되어서는 안

된다고 생각했다.

단단히 못을 박아야 했다.

"한 번만 더 악이에게 이상한 짓거리 했다가는 그때는 당신 죽고 나 죽는 줄 아세요!"

장씨는 서슬 퍼런 눈으로 말했다.

"당신 아들도 되지만 내 아들이기도 해요. 무림인이고 뭐고 난 그런 것 필요없어요. 그냥 평범하게 당신의 뒤를 이어 대장장이로 살다 죽었으면 바랄 게 없겠어요. 악이 너도 그렇게 살다 죽고 싶지?"

볼이 터져라 밥을 밀어 넣고 씹던 왕악이 반색하며 대답했다.

"네, 엄마."

아직 속단하기에는 이르다.

벌모세수에 대한 성패는 한 달 정도 있어봐야 확실히 알 수 있다고 했다.

왕산은 한 달 동안 왕악을 철저히 지켜보기로 했다.

만약 그때도 아무런 변화가 없다면 모든 걸 깨끗하게 포기하기로 마음먹었다.

물론 팽묘화에게 맞은 일을 떠올리면 피가 거꾸로 솟구치지만 기억 속에서 빨리 지우는 수밖에 없었다.

혹시나 했던 기대는 무참하게 깨졌다.

보름이 지났는데도 왕악에게서는 아무런 징후도 나타나지 않았다.

눈빛도 흐리멍덩했고 행동도 굼떴으며 밥을 많이 먹는 것도 여전했다.

염화독령유 속에 담그기 전과 털끝만큼도 달라진 것이 없었다.

뿐만 아니라 왕악은 벌모세수 전보다 더욱 적극적으로 쇠를 다루는 일에 매달렸다. 그건 곧 죽어도 무공은 배우기 싫다는 노골적인 시위였다.

왕산은 길게 한숨을 내쉬었다.

결국 팽묘화에게 사흘 동안 죽도록 두들겨 맞은 건 깨끗이 잊는 수밖에 없을 것 같았다.

죽었던 왕악이 살아난 것에 만족하기로 했다.

또한 염화독령유를 벌모세수의 비법으로 가르쳐 준 당오와의 원한도 왕악이 살아났으므로 분하지만 없었던 일로 해야 했다.

제二장

생사신화(生死神畵)

아버지가 원철을 구하기 위해 멀리 대파산으로 떠났다.

그래서 왕악은 실로 오랜만에 나른하고도 편안한 오후를 보내고 있었다.

무공은 절대 배우지 않을 것이다.

쇠를 만지면서도 평생 편안하게 살 수 있는데 미쳤다고 그 무섭고도 위험한 길을 간단 말인가.

대장장이나 무림인이나 하루 밥 세 끼 먹고 사는 건 똑같았다.

하나 뭐니 뭐니 해도 자신이 무림인이 되기 싫은 가장 큰 이유는 위험하기 때문이었다. 은밀히 알아본 바에 의하면 무림인들은 걸핏하면 칼에 맞아 죽기 일쑤였다.

극히 일부를 제외하고는 대부분이 나이 오십을 넘기지 못했다.

하지만 이 장사는 무척 안전하다.

뜨거운 쇠를 만지기 때문에 간혹 데일 수는 있지만 죽을 일은 결코 없었다.

더구나 빼어난 실력으로 인해 왕씨대장간 앞에는 칼을 구하려는 사람들로 항상 문전성시를 이루었다.

한마디로 없어서 못 팔기 때문에 자신의 미래야말로 무척 쾌청했다.

아버지가 팽묘화란 여자에게 맞은 일도 그렇다.

당시 자신은 친척 집에 심부름 중이어서 아버지가 두들겨 맞는 것을 직접 보지는 못했지만 집에 돌아와 본 아버지의 몰골은 처참하기 이를 데 없었다.

살아 있다는 게 신기할 만큼 온몸이 만신창이였고, 그래서 아버지에게 주먹질을 한 팽묘화란 여인을 때려죽이고 싶었다. 그러나 한발 물러서 생각해 보면 아버지가 무조건 잘했다고 할 수는 없었다.

하대를 하든 말든 돈을 받고 칼을 만들어줘 버렸으면 간단히 끝날 일을 거절한 것은 자초한 화일 수도 있었다.

또한 인생을 살다 보면 본의 아니게 자신보다 어린 사람에게 두들겨 맞을 수도 있는 것 아니겠는가. 만약 자신이 맞았

다면 미친개한테 물렸다 생각하고 화끈하게 잊어버렸을 것이
다.

　어쨌든 하마터면 죽을 뻔했다는 사실을 떠올리자 등골에
식은땀이 흘렀다.

　부모지만 자식의 인생을 마음대로 할 수는 없다.

　이제 자신의 나이 열여섯.

　한 번만 더 이번과 같은 일을 강요하면 그땐 아무리 부모님
이지만 절대 가만있지 않겠다고 맹세했다.

　문득 왕악의 오른손이 아랫배를 쓰다듬었다.

　아랫배에 이상한 물체 하나가 잡혔다. 달걀만 한 크기의 혹
이었는데 자신이 죽었다 다시 깨어난 때부터 만져졌으므로
필시 벌모세수의 후유증 같았다.

　그래서 왕악은 살갗이 부딪치면 시퍼렇게 멍이 드는 것처
럼 실패한 벌모세수로 인해 몸속에 멍이 들었다고 생각했
다.

　아무리 커다란 멍도 일반적으로 한 달 보름 정도면 감쪽같
이 사라진다.

　오늘로 한 달하고 사흘이 지났으니 십여 일 정도 더 기다려
보고 그때까지도 아랫배의 혹이 사라지지 않으면 의원을 찾
아가 봐야겠다고 마음먹고 있을 때 발자국 소리가 들렸다.

　"네가 왕산이냐?"

　팔베개를 하고 있던 왕악이 슬며시 허리를 세웠다.

삼십쯤 되어 보이는 두 사내가 대장간을 들어서고 있었다. 두 사내는 약속이나 한 듯 긴 흑발을 가지런히 뒤로 묶고 옆구리에는 붉은 수실이 달린 검을 한 자루씩 차고 있었다.

왕악은 한눈에 무림인이라는 걸 알아보았다.

지금까지 대장간을 운영하면서 겪은 경험에 의하면 무림인도 급이 있었다.

하수일수록 행색도 꾀죄죄했다.

그러나 실력깨나 있는 사람들을 보면 아주 깔끔하였는데 두 사내의 옷차림이 그랬다. 앞 코가 유난히 번쩍이는 가죽 장화에 검집에 누런 금룡 한 마리가 길게 새겨진 것이 평범한 사람들은 아니었다.

"아버지께서는 원철을 구하기 위해 대파산에 가셨습니다. 어떤 칼을 찾으십니까? 아주 싸게 드리겠습니다."

무림인들은 무섭지만 그들의 약점이라면 세상 물정에 어둡다는 것이다.

달라는 대로 줄 뿐 왜 비싸냐는 따위의 질문은 일체 없다.

오랜 경험에 비춰 둘 모두 무공은 높을지 몰라도 세상 돌아가는 것에 대해 까막눈이라는 냄새가 강하게 풍겼다.

관자놀이에 벼락을 한 대 맞은 듯 뇌전 모양의 흉터를 가진 오른쪽 사내가 이마를 찌푸렸다.

"왕산이 없다고? 언제 돌아오지?"

"빨라도 보름은 걸릴 것입니다. 한번 쭉 골라보십시오. 마음에 드는 칼이 없으면 주문 제작도 해드립니다.”

사내가 함께 온 동료를 쳐다보았다.

동료가 동의하듯 고개를 끄덕이자 사내가 왕악의 위아래를 훑어보았다.

“아들이냐?”

“그런데요?”

“소문에 듣자니 너의 재주도 범상치 않다던데 아버지가 없으니 너라도 우릴 따라가야겠다.”

사내의 오른손이 왕악의 완맥을 낚아 잡았다.

왕악은 본능적으로 팔을 거둬들였지만 이미 사내의 갈고리 같은 손이 자신의 팔목을 단단히 쥐고 있었다.

왕악이 인상을 쓰며 소릴 질렀다.

“뭐 하는 겁니까?”

“같이 갈 곳이 있다.”

“어딜 가는데요? 도대체 아저씨들은 누구세요?”

“가보면 안다.”

이어 옆구리가 뜨끔하더니 온몸이 마비되었다.

그때 시장에 갔다가 양손에 반찬거리를 사 들고 대장간을 들어서던 장씨가 사내에게 붙잡힌 왕악을 보며 소리쳤다.

“악아!”

“어머니!”

왼쪽 사내가 달려드는 장씨를 후려쳤다.

마치 태풍에 휘말린 가랑잎처럼 장씨의 몸은 허공을 날아 골목 구석에 처박혔다.

"이것 안 놔!"

왕악이 시끄럽게 소릴 지르자 사내는 아혈까지 제압해 버렸다.

두 사내는 왕악을 데리고 몸을 날렸다. 반항을 하고 싶어도 몸과 혀가 굳어 꼼짝할 수가 없었다.

왕악은 몇 번 무림인들이 신법을 펼치는 것을 본 적이 있었다.

그러나 자신을 데려가는 두 사내의 신법은 지금까지의 어떤 무림인들보다 빨랐다.

가히 빛살이라 할 만큼 주위 경관이 뒤로 후퇴하고 있었다.

계절은 봄이었지만 어찌나 속도가 빠른지 뼈를 에일 것 같은 냉기에 몸이 떨렸다.

몸을 날리며 두 사내는 얘기를 주고받았다.

바람 소리에 자세히 알아듣지는 못했지만 이번만큼은 꼭 성공해야 한다는 걸로 보아 왕악은 어떤 모종의 일을 성사시키기 위해 자신을 데려간다는 걸 알았다.

왕악은 본능적으로 자신이 지금 아주 위험한 곳으로 잡혀가고 있다는 것을 깨닫고는 숨을 들이마셨다.

사내들은 해질녘이 되어서야 달리는 것을 멈췄다.

사내가 혈도를 풀어주었으므로 주위를 살피던 왕악은 깜짝 놀랐다. 한 채의 장원이 눈앞에 있었는데 그 위세가 대단했다.

일 장 높이로 쌓아 올린 돌담과 육중한 철문, 용마루가 동서로 뻗은 문루(門樓)에 남궁승천(南宮昇天), 즉 남궁의 기세가 하늘에 이른다는 커다란 현판이 걸려 있었다.

한 번도 들어본 적이 없는 문파였다.

강호에 대해 왕악이 알고 있는 문파는 당문이 유일했다.

정문을 지키고 서 있던 철탑 거구의 무사가 두 사내를 발견하고 들고 있던 창을 '탁' 소리가 나도록 앞으로 힘차게 모아 세우며 예를 취했다.

남궁가의 규모는 실로 방대했다.

뭇 산들이 주변을 에워싸고 수백 채의 고루거각이 산봉우리마냥 겹겹을 이루어 신령스럽기까지 했다. 또한 곳곳에 꾸며진 화원과 인공 가산이 웅장한 기관을 연출하여 장원은 더욱 눈부셨다.

태어나 이렇게 큰 저택은 처음 보는 왕악으로서는 자꾸 위축되었으나 가급적 어깨를 펴고 당당해지려고 노력했다.

두 사내는 왕악을 장원 깊숙이 데리고 갔다.

두 사내와 마주친 무사들이 소스라치며 한 걸음 비켜서서 예를 취하는 것을 보면 그들의 위치가 이곳에서 매우 높다는 것을 짐작할 수 있었다.

또 하나의 문이 앞을 가로막고 있었다.

앞서 통과했던 정문보다 규모는 작았지만 제법 삼엄했다.

아마 문 안쪽으로는 고위급 인물들이 거주하는 특별한 지역 같았는데 현무문(玄武門)이란 글씨가 새기듯 박혀 있었다.

정문과 다름없이 두 사내를 향한 경비무사들의 허리는 깊숙이 휘어졌다.

두 번째 문을 통과하고 얼마 가지 않아 두 사내의 신형이 멈췄다.

그들이 날아 내린 곳은 한 채의 아담한 소축이었다. 비록 화려하지는 않았지만 은은한 위엄이 배어 있었는데 존각(尊閣)이라는 현판이 걸려 있었다.

그때 좌측으로부터 호미로 땅을 파는 소리가 들려왔으므로 왕악은 고개를 돌렸다.

한 명의 백의청년이 호미로 꽃밭의 잡초를 매고 있었다.

두 사람은 백의청년에게 다가가 일제히 부복하며 입을 열었다.

"아비가 외출 중이어서 일단 아들을 데려왔는데 실력은 아비의 아래가 아닙니다."

백의청년은 천천히 허리를 펴고 흐르는 이마의 땀을 소매로 닦았다.

백의청년은 스물 중반쯤으로 보였는데 훤칠한 용모에 특

히 두 눈이 호수처럼 맑았다. 백의청년은 오른손에 들고 있던 호미를 뇌전 문양의 흉터를 가진 사내에게 건네주고 왕악을 향해 다가왔다.

"남궁관이라고 하네."

왕악은 얼떨결에 자신의 이름을 말했다.

"왕악이라고 합니다."

"오느라 수고 많았네. 안으로 들어가지."

남궁관은 성큼성큼 앞장서서 걸어갔다.

왕악이 그 자리에서 꼼짝도 하지 않자 두 사내가 재촉했다.

"속히 공자님을 따르지 않고 뭐 하느냐?"

두 사내가 재촉했다. 왕악은 두근거리는 가슴을 진정하고 전각을 향해 걸어갔다.

남궁관이 데리고 들어간 곳은 조그만 방이었다.

방은 비교적 단출했다. 자단목으로 된 조그만 책상과 벽에 걸린 이름 모를 산수화 두 점, 그리고 책상 뒤쪽 벽에 비스듬히 걸린 커다란 도끼 한 자루가 시선을 끌었다.

왕악이 우두커니 서 있는데 남궁관이 책상 위로 낡은 두루마리 한 개를 던졌다.

두루마리는 몹시 오래된 듯 금방이라도 삭아 흩어질 것 같았다.

"거기에는 한 개의 병기가 그려져 있네."

왕악은 조심스럽게 두루마리를 펼쳤다.

가볍게 두루마리를 펼치던 왕악의 안색이 돌연 하얗게 굳어졌다.

두루마리에는 생전 처음 보는 괴상한 병기 하나가 그려져 있었다. 생긴 것은 검과 흡사했는데 칼처럼 한쪽에만 날이 있었고 끝은 둥글어 설핏 보아 곤(棍)을 닮았다.

또한 표면에는 용의 비늘처럼 육각형의 껍질이 빼곡히 입혀져 있어 한 마리 교룡을 보는 것 같았다.

그런데 왕악을 더욱 놀라게 하는 것은 병기의 크기였다. 검과 칼을 반죽해 놓은 것 같은 병기는 어지간한 사람은 꼼짝도 할 수 없을 만큼 무지막지하게 컸다.

왕악은 고개를 갸웃했다.

병기는 자신을 지키고 적을 무찌르는 도구이기 때문에 가벼워야 한다.

이따금 파괴력을 얻을 목적으로 덩치가 좋거나 힘이 우월한 사람들이 무거운 병기를 사용하지만 그런 것은 느리다는 단점을 안고 있었다.

병기는 무조건 가볍고 강해야 한다.

그런데 그림 속의 병기는 족히 백 근은 되어 보였다.

바로 그때였다. 왕악의 머릿속으로 부친의 얘기가 번개처럼 떠올랐다.

워낙 오래전에 했던 얘기라 기억도 희미했지만 산발적으

로 떠오르는 기억을 빠르게 조합한 결과 부친이 말했던 병기가 어쩌면 눈앞의 것인지도 몰랐다.

날이 한쪽에만 있으나 양쪽 모두로 벨 수 있으며, 끝은 둥글지만 찌르지 못할 것이 없고, 무게가 백 근인데 마음이 깊으면 누구라도 휘두를 수 있는 엄청난 병기가 무림에 전설로 회자되고 있다고 했다.

"혹시……."

너무 긴장이 되어 중간에서 말이 멎었다.

이내 호흡을 다스리고 힘을 내어 물었다.

"생사신이라는 병기 아닙니까?"

남궁관이 놀라는 표정으로 왕악을 쳐다보았다.

하나 이내 표정이 차갑게 굳어졌다.

"맞다."

왕악은 갑자기 가슴이 철렁했다.

아버지는 수많은 사람들이 생사신을 얻으려다가 비명횡사했다고 했다.

왠지 봐서는 안 될 것을 봤다는 생각이 뇌리를 스쳤다.

왕악은 터져 나오는 신음을 삼키며 생사신의 손잡이로 시선을 돌렸다.

손잡이 역시 덩치만큼이나 컸는데 그곳에는 여덟 마리의 동물이 생동감 넘치는 모습으로 그려져 있었다.

"내가 듣기에 대장장이들은 병기를 만들면서 생각없이 아무 문양이나 새겨 넣지 않는다더군. 그 병기 손잡이에 새겨진 여덟 마리의 동물이 무엇을 뜻하고 있는지 알 수 있겠나?"

남궁관의 말처럼 대장장이들은 아무 생각 없이 병기에 문양을 넣지 않는다.

병기의 문양에는 흔히 두 가지 의미를 담는다.

하나는 병기의 용도와 사용법을 타인이 알지 못하도록 문양으로 남기 것이고, 또 한 가지는 단순히 모양을 내기 위해 새긴다.

왕악의 이마가 잔뜩 찌푸려졌다.

아버지와 함께 온갖 병기를 만들었고 주문을 받아 제작해 봤지만 손잡이에 이토록 많은 짐승이 새겨진 것은 난생처음이었다.

도장(刀匠)들은 손잡이를 입구(入口)라고 부르기도 하고, 그 병기를 움직인다고 하여 열쇠[鍵]라고도 부른다.

그래서 용도와 사용법을 알리는 목적의 문양은 주로 손잡이에 남기고 멋을 내기 위한 문양은 도신에 새긴다.

결국 여덟 마리의 동물을 손잡이에 새긴 걸 보면 모양을 내기 위한 목적은 아닌 것으로 봐야 했다. 여덟 마리의 짐승은 병기의 용도나 사용법을 담고 있을 가능성에 무게를 둬야 할 것 같았다.

"지금까지 많은 대장장이들이 여덟 마리 동물이 담고 있는 의미를 알아내려고 애썼지만 모두 실패했네. 하나 자네만큼은 반드시 성공하리라 믿겠다. 오늘부터 일주일의 시간을 줄 테니 반드시 밝혀내기 바라네."

왕악이 멈칫하며 남궁관을 쳐다보았다.

너무 긴장한 탓인지 몰라도 남궁관의 목소리에서 섬뜩한 한기가 느껴졌다.

마치 일주일 안에 알아내지 못하면 죽이겠다는 협박처럼 들렸다.

남궁관이 밖을 향해 소리쳤다.

"산산!"

한 명의 백의여인이 입구에 나타났다.

"부르셨사옵니까, 공자님."

"넌 오늘부터 왕 소협께서 이곳 생활을 하는 동안 전혀 불 편을 느끼지 않도록 최선을 다해 돌보아야 한다."

"알겠사옵니다, 공자님."

남궁관은 왕악의 어깨를 두어 번 토닥여 주고는 사라졌다. 남궁관이 방을 나가자 산산이 다가와 입을 열었다.

"산산이라고 하옵니다. 뭐든지 필요한 것이 있으면 말씀해 주십시오."

왕악의 낯빛이 붉어졌다.

산산은 자신보다 두세 살 위로 보였는데 무척 아름다웠다. 그녀의 몸에서 푸릇한 향기가 풍겼는데 긴장됐던 마음이 조 금 풀어지는 것 같았다.

그러나 가슴은 크게 두근거렸다.

"저는 왕악이라고 합니다."

"공자님께서는……."

"공자라뇨? 당치 않습니다. 그냥 악이라고 부르십시오. 저보다 나이도 많은 것 같은데."

그런데 얼굴을 붉히며 더듬거리는 왕악을 바라보는 산산의 입가에 쓸쓸한 미소가 떠올랐다.

하나 이내 표정을 바꾸고 공손히 입을 열었다.

"두루마리의 비밀을 밝혀내는 동안 저는 줄곧 옆방에서 대기할 것입니다. 소녀의 도움이 필요하시면 언제든지 부르십시오."

산산은 왕악을 향해 깍듯이 고개를 숙이고는 방을 나갔다.

여자는 나갔지만 기분 좋은 향기는 아직도 왕악의 코끝을 맴돌고 있었다.

산산은 매월루의 추홍만큼 예뻤다.

추홍은 자신과 장래를 약속한 여자였다.

잠시 후 마음을 진정시킨 왕악은 탁자 위에 올려진 두루마리로 시선을 옮겼다.

손잡이에 새겨진 여덟 마리 동물의 시작은 용이었다.

그 뒤를 이어 독수리, 거북이, 늑대, 호랑이였고 약간의 거리를 두고 사슴과 고양이와 봉황이 새겨져 있었다.

두 사내는 병기 손잡이에 새겨진 짐승의 비밀을 밝히기 위해 자신을 납치해 왔음이 밝혀졌다.

왕악은 길게 한숨을 내쉬었다.

여덟 마리의 짐승에 어떤 비밀이 담겨 있는 것이 분명해 보였지만 얼른 떠오르는 것이 없었다. 날은 금방 어두워졌고, 왕악은 저녁을 먹고서도 그림과 씨름하다 자시가 조금 넘어 잠자리에 들었다.

잠자리가 바뀌어서인지 잠이 쉽게 오지 않았다.

왕악은 남궁관이란 인물에 대해 곰곰이 생각해 보았다. 자신을 찾아와 정중히 도움을 요청하지 않고 강제로 끌고 온 것을 보면 결코 선한 인물 같지는 않았다.

이튿날부터 왕악은 본격적으로 그림 해독 작업에 몰입했다.

자신이 만들거나 보아왔던 많은 칼과 병기들을 떠올려 보았으나 손잡이의 것과 일치하는 것은 없었다.

어느새 나흘이란 시간이 훌쩍 지나 버렸다.

왕악은 여전히 두루마리 속의 병기에 대해서는 아무런 소득도 얻지 못했다.

남궁관은 하루에 한 번씩 찾아왔다.

정확히 하루 일과의 중간인 오시(午時)에 들어와 진행 상황을 물었다.

오늘이 벌써 네 번째 방문이다.

"서둘 것 없다. 천천히 연구해라."

처음에는 가벼운 미소를 지으며 어깨를 토닥여 주기까지 했지만 날이 갈수록 남궁관의 낯빛은 굳어져 갔다.

첫날 자신을 바라보던 시선과 나흘이 지난 오늘의 눈빛은 극명한 차이가 있었다.

‘이러다 일주일 동안 아무것도 알아내지 못하면 날 죽이지 않을까.’

불현듯 무서운 생각이 떠올랐다.

하나 이내 고개를 세차게 좌우로 흔들어 불길한 생각을 떨쳐 버렸다.

아무 잘못도 없는 자신을 죽일 리가 없었다.

왕악은 다시 두루마리에 시선을 고정하고 손잡이에 새겨진 여덟 마리의 짐승을 날카롭게 쏘아보았다.

그날 밤 왕악은 잠이 오지 않아 답답한 마음에 창문을 열었다.

달이 밝았다. 보름달은 아니었지만 달은 중천에서 빛나고 있었고, 하늘에는 구름 한 점 없었다.

지금쯤 어머니는 자신을 찾기 위해 혈안이 되어 있을 것이다.

어머니를 떠올리자 갑자기 눈시울이 붉어졌다. 하나 일주일이라고 했으므로 이제 사흘만 지나면 어머니를 만날 수 있다는 생각에 마음을 가다듬었다.

바로 그때였다. 어디선가 도란거리는 사람의 목소리가 들려와 고개를 돌렸다.

근무를 교대하고 가는 듯 두 명의 무사가 화원 사이로 난 조그만 소로를 나란히 걸어가며 얘기를 나누고 있었는데 조용한 밤이어서 또렷하게 들렸다.

"이번에 잡혀온 대장장이도 죽어나가겠지?"

"글쎄, 속단할 수는 없지만 지금까지 끌려온 일곱 명 모두 시체로 나갔으니 이번에도 죽을 가능성이 크다고 봐야지."

왕악의 안색이 급변했다.

두 무사의 얘기는 계속 들렸다.

"도대체 대장장이들을 끌고 와서 무엇을 하기에 모두 시체로 나가는지 자네 혹시 아는가?"

"내가 무슨 수로 알겠나. 다만 듣자니 아주 중요한 병기가 그려진 그림 하나를 해독하는데 혹시라도 그들을 통해 비밀이 외부로 흘러나갈까 봐 모두 죽인다더군."

왕악은 터져 나오는 신음을 삼켰다.

두 무사의 얘기로 보아 이미 일곱 명의 대장장이가 잡혀와 죽었으며 자기 역시 손잡이에 새겨진 그림의 의미를 알아내지 못하면 그들과 같은 신세를 면치 못한다는 얘기였다.

왕악은 아침이 될 때까지 가슴을 진정하지 못했다.

이제 해독이고 뭐고 도망치는 게 급선무였다.

나흘 동안 아무런 단서도 얻지 못했는데 남은 사흘 동안 무슨 수로 알아낸단 말인가.

아침을 먹는 둥 마는 둥 하고 두루마리를 펼쳤지만 정신은 온통 죽음이란 것에 머물러 있었다.

잘못된 벌모세수로 죽을 뻔하다 가까스로 살아났는데 또다시 죽을 위기에 처하다니 억세게 운이 없다고 생각했다.

그때 왕악의 시선이 탁자 왼쪽 귀퉁이에 멎었다. 여태껏 모든 신경을 두루마리에 집중하는 통에 미처 발견하지 못했는데 붉은 얼룩이 보였다.

두루마리를 들어올리자 탁자 곳곳에 손톱만 한 크기의 자국이 점점이 묻어 있었다.

'피다!'

오래되어 색깔이 바랬지만 왕악은 사람이 흘린 핏자국임을 한눈에 알아보았다.

왕악은 어젯밤 두 무사의 얘기를 떠올렸다.

일곱 명의 대장장이들이 끌려와 모두 시체로 나갔다고 했다.

책상 위의 피와 등 뒤 벽에 걸린 도끼에 묻은 혈흔 역시 이 자리에서 살해당한 대장장이들 것이리라.

왕악의 어깨가 가늘게 떨렸다.

죽음이 현실로 다가왔다. 사흘 안에 비밀을 풀어내지 못하면 자기 또한 죽는다.

남궁관은 오늘도 오시가 되자 어김없이 찾아왔다.

“어떻게 뭐 좀 알아냈는가?”

왕악은 제대로 말을 잇지 못했다.

“아직…….”

남궁관의 표정이 적나라하게 싸늘해졌다.

허연 서리가 덮이듯 얼굴이 굳어지는 것을 보며 왕악의 가슴속에 찬바람이 일어났다.

“꼭 알아내기를 바라겠네.”

남궁관은 애써 넉넉한 웃음을 지어 보이며 돌아갔다.

그가 방을 나가자 왕악은 허리를 펴고 길게 숨을 내쉬었다.

죽음이 빠르게 다가오고 있다는 것이 피부로 느껴졌다.

왕악은 두 눈을 좁혀 떴다.

뭔가 결단을 내려야 할 때면 생기는 어렸을 때부터의 버릇이었다.

‘죽을 수 없다!’

이제는 해독보다는 이곳을 살아나갈 수 있는 비책 개발에 매진할 때라고 생각했다. 자신을 끌고 온 두 사내와 주위 무사들의 흉흉한 기세를 보아 도망친다는 것은 불가능할지 모른다.

그렇다고 포기할 수는 없었다. 이래 죽으나 저래 죽으나 어차피 생존이 불가하다면 도망치는 데까지는 쳐봐야 한다.

왕악은 곧장 행동에 나서기로 했다. 칠 일째 되는 날보다 하루 정도 일찍 탈출을 감행하는 것이 나을 것 같다는 판단이

들었기 때문이다.

머릿속에는 두 사내를 따라 들어올 때의 길이 일목요연하게 정리되어 있었다.

밤은 어둡다는 것 때문에 경계가 삼엄하다.

그렇다면 오히려 허를 찔러 낮에 도망치는 것이 성공할 가능성이 좀 더 높다.

탈출을 하루 앞둔 왕악은 두려움으로 잠을 이루지 못했다.

자리에서 일어나 책상 앞에 놓인 의자에 무너지듯 주저앉았다. 책상 위에는 어젯밤 늦게까지 해독했던 낡은 두루마리가 그대로 펼쳐져 있었다.

길게 하품을 하던 왕악이 아무 생각 없이 동물들 이름을 순서대로 중얼거렸다.

'용웅구낭호.'

돌연 왕악의 표정이 굳어졌다.

어디서 많이 들어본 이름이었다. 왕악의 두 눈이 불꽃처럼 타올랐다.

'용웅구낭호! 이건 호수 이름이다!'

그렇게 크지 않은 호수로 다섯 마리의 짐승을 닮은 봉우리가 에워싸고 있다고 하여 오수호(五獸湖)라고도 불리는데 대파산에 있었다.

대파산 근처에 철을 생산하는 광산이 있었고, 몇 번 아버지를 따라가 보았기 때문에 용응구낭호를 잘 알고 있었다.

혹시나 하는 마음에 나머지 세 가지 동물 이름도 불러보았
다.

'녹묘봉(鹿猫鳳).'

전혀 생소했다.

하지만 용응구낭호라는 말이 대파산에 있는 호수를 뜻하
는 건지 아닌지 알 수 없지만 놀라운 발견임에는 틀림없었다.

결과는 장담할 수 없었지만 상당한 발견이었으므로 산산
이 자고 있는 옆방으로 걸음을 옮겼다.

하지만 왕악의 발걸음은 문턱을 넘지 못했다.

고개를 약간 앞으로 삐쭉 내밀자 입구 좌측으로 붉은 주렴
이 드리워진 산산의 처소가 눈에 들어왔다.

남궁관은 납치해 온 대장장이들을 그림의 해석 유무와 상
관없이 모조리 죽였다.

그래서 자신이 지금 밝혀낸 사실을 말해줘도 이틀 후에 자
신이 죽는 것은 변함이 없을 것이라는 생각에서 걸음을 세운
것이다.

육 일째.

남궁관은 오늘도 어김없이 오시가 되자 방문을 열고 들어
섰다.

여전히 뒤로는 왕악을 납치해 왔던 두 사내가 따르고 있

었다.

항상 탁자에 앉아 있던 왕악은 없었다.

"어디 갔나?"

산산이 허리를 구부렸다.

"잠시 산책을 나간 듯합니다."

순간 뇌전 문양의 흉터를 갖고 있는 사내가 산산을 노려보았다.

"항상 이 시간이면 공자님께서 방문하신다는 걸 알 텐데도 자리를 비웠단 말이냐?"

"소녀가 당장 모셔오겠습니다."

산산이 급히 밖으로 나갔다.

남궁관은 두루마리 속의 생사신을 내려다보았다.

손잡이에 그려진 여덟 마리의 짐승에는 지상 최강의 병기로 취할 수 있는 비밀이 담겨져 있었다.

문득 남궁관의 시선이 벽에 걸린 낡은 도끼에 고정되었다.

다른 도끼에 비해 두 배는 크고 날이 시퍼렇다.

자오개백부(子午丐白斧).

백정에서 일약 강호오살(江湖五殺)의 반열에 올라섰던 자오개백(子午丐白)의 애병이다.

열두 번째 생일 날 그는 자신의 애병 자오개백부를 바치며 남궁관에게 충성을 맹세했다.

남궁관이 도끼에서 시선을 거두어 입구를 쏘아보았다.

"놈을 데리러 간 이 계집은 왜 안 오는 거지?"

그때 왕악을 데리러 간 산산이 바쁘게 들어와 머리를 조아렸다.

"큰일났습니다. 왕 공자님께서 보이지 않습니다."

"안 보이다니?"

"존각 영내를 샅샅이 뒤졌지만 없습니다."

말이 끝나기도 전에 두 사내의 신형이 번개처럼 창밖으로 쏘아져 나갔다.

남궁관이 도끼의 손잡이를 쓰다듬었다.

순간 산산이 새파랗게 질린 얼굴이 되었다. 실로 무서운 도끼였다.

산산은 저 도끼로 수많은 대장장이들의 골통이 부서지는 것을 직접 목격했다.

그들은 모두 두루마리를 해독하기 위해 중원 곳곳에서 잡혀온 대장장이들이었는데 남궁관은 일주일이 멀다 하고 인정사정없이 도끼로 머리를 내려쳤다.

"한 시진 전까지는 분명히 계셨습니다."

산산은 공포에 질려 말을 제대로 잇지 못했다.

그런데 남궁관이 의외로 산산을 보며 미소를 지었다.

"산책을 나갔다가 길을 잃었을 수도 있지 않느냐? 조금만 더 기다려 보자."

그때 뇌전 문양의 흉터를 가진 사내가 급히 뛰어들어 와 빠르게 입을 열었다.

"아무래도 도망친 것 같습니다."

남궁관의 낯빛이 차갑게 변했다.

"틀림없느냐?"

"예, 확실합니다."

남궁관이 산산을 향해 홱 고개를 돌렸다.

"아침은 몇 시에 주었느냐?"

"정확히 진시입니다."

"진시이면… 지금이 오시를 넘었으니까 도망을 쳤다면 상당히 멀리 갔겠군."

남궁관이 도끼 손잡이를 거머쥐었다.

"잡아라! 감히 나 남궁관의 손아귀에서 벗어날 생각을 하다니! 당장 어린 놈을 내 앞에 끌고 와!"

사내가 급히 밖으로 사라졌다.

남궁관은 잔뜩 화난 표정으로 산산을 쏘아보았다.

산산은 자신도 모르게 목을 움츠렸다.

"너에게 놈의 시중을 들게 한 건 그가 그림을 해독하는 데 조금도 불편함이 없도록 편의를 제공해 주려는 뜻도 있지만 감시의 목적이 더 크다는 걸 알고 있느냐?"

"죽을죄를 지었사옵니다."

"물론이다."

말과 함께 남궁관의 오른손에 들려 있던 도끼가 날아왔다.

거리도 지척인데다 워낙 빨라 피한다는 것은 불가능했다. 도끼는 정확하게 경악으로 일그러진 산산의 얼굴을 파고들었다.

도끼는 산산의 양 눈 사이로 깊숙이 박혔다.

산산이 남궁관을 쳐다보았는데 너무 놀란 듯 두 눈을 멀뚱거렸다.

하나 이내 원망과 증오를 모조리 쏟아내는 듯 두 눈이 붉게 타올랐다.

산산은 아주 천천히 바닥으로 쓰러졌다.

"왕악이라고 했던가?"

남궁관이 피식 웃음을 지으며 방을 빠져나갔다.

그런데 남궁관이 사라지고 얼마 지나지 않아 쓰러진 산산의 몸 위로 긴 그림자 한 개가 드리워졌다.

그림자의 주인은 놀랍게도 도망쳤다고 알려진 왕악이었다.

왕악은 경악의 시선으로 아직 숨이 덜 끊어진 산산을 내려다보았다.

그리고 곁에 쭈그리고 앉았는데, 그때 가래 끓는 소리를 내며 죽음을 밀어내기 위해 안간힘을 다하던 산산이 고개를 들어올렸다.

산산은 왕악을 발견하고 소스라쳤다.

"고, 공자님."

"산산 누님."

"도망쳤다고 하던데……."

"그렇습니다. 도망을 쳤죠."

산산이 시선을 빛냈다.

"설마 밖으로 도망간 것이 아니라 이 안에 숨어 있었던 말입니까?"

"내가 무슨 재주로 그들의 추적을 뿌리칠 수 있겠습니까."

왕악은 자신이 도망칠 경우 남궁가 무사들의 추적에서 벗어날 확률은 없다고 판단했다.

그래서 생각해 낸 것이 밖으로 도주하는 것보다 집 안에 숨는 방법을 택했다.

그렇게 하면 모두들 자신이 집 밖으로 도망쳤다고 생각할 것이다.

그래서 자신을 잡기 위해 많은 무사들이 출동할 것이고, 당연히 집 안 경계는 허술해질 수밖에 없다.

그때를 이용하면 탈출의 가능성이 높다고 판단했다.

산산의 입가에 미소가 걸렸다.

"이제 열여섯 살이라고 들었는데 대단하십니다. 누구도 생각하지 못할 기묘한 계책입니다."

"미안합니다."

산산은 자신 때문에 죽는다.

왕악으로부터 사과를 받아서일까. 죽어가던 산산의 표정

이 환해졌다.

"공자님을 원망하지 않아요. 도망 잘 치셨습니다."

"한 가지 물어봐도 되겠습니까? 처음 여기에 왔을 때 날보고 왜 그렇게 안타까워했습니까?"

"여기에 잡혀온 사람은 모조리 시체로 나갔습니다. 공자님 또한 그들처럼 될 것이기 때문에 가슴이 아팠습니다."

산산의 얼굴에 핏기가 가셨다.

희다 못해 푸르기까지 했는데 그건 죽음이 임박했음을 알리는 신호였다.

"걱정됩니다. 과연 공자님의 계책이 성공해야 할 텐데……."

돌연 산산의 두 눈이 거세게 타올랐다.

삶의 마지막을 태우는 회광반조였다.

"부탁 한 가지 드려도 될까요?"

"물론입니다. 무엇입니까?"

"저희 동생에게 약속을 지키지 못해 미안하다고 전해주세요. 이름이 산설입니다."

그리고 온 힘을 말했다.

"꼭 좀 부탁드리겠어요."

"알겠습니다. 살아서 이곳을 벗어난다면 반드시 동생을 찾아 그 말을 전해주겠습니다."

"부… 디 꼭 살… 아서 여기를 도망… 치기 바라겠… 어요……."

산산의 목이 힘없이 옆으로 꺾였다.

그녀는 입가에 미소를 띠며 숨을 거두었다.

산산은 왕악이 밥상의 음식을 조금만 남겨도 잔소리를 했다. 마치 누이가 남동생을 챙기듯 세심한 배려로 불안에 떨던 자신을 편하게 감싸주었다.

어머니로부터 받아온 애정과는 또 다른 여인의 손길이었다.

왕악은 부릅뜬 산산의 눈을 감겨주고 곧장 자신이 은신처로 정해놓은 복도 마루 아래로 숨어들었다.

왕악이 복도의 마루를 택한 것은 간단한 이유였다.

방 안은 사람이 정지하는 곳이다.

그러므로 방 아래는 숨어도 들킬 염려가 크고, 더구나 무림 고수들의 이목을 속이기는 어렵다.

그러나 복도의 마루는 이동하는 장소이기 때문에 주의력이 분산될 수밖에 없고, 무림인들의 특성상 긴 복도는 걷지 않고 몸을 날리는 버릇이 있기 때문이다.

마루 아래로 몸을 숨긴 다음 뜯어낸 판자를 원래대로 올려놓자 감쪽같았다.

최소한 사흘은 숨어 있어야 한다.

자신이 잡히지 않을수록 좀 더 많은 무사들이 집 밖으로 자신을 찾아나갈 것이다.

그래서 오래 숨어 있을수록 집 안의 경계는 허술해진다.

하지만 너무 오래 은신하면 굶주림으로 인해 체력이 고갈되어 정작 도주할 때 위험을 자초할 수가 있었다.

왕악은 가장 적절한 시기를 사흘로 잡았다.

하루에 한 번씩 아주 잠깐 복도 창문을 통해 들어온 햇빛이 마루 틈을 비춘다. 그럴 때마다 마른 나뭇가지를 부러뜨려 표시했는데 세 개가 모였으므로 사흘이 지났다.

지난 사흘 동안 누구도 복도를 지나가지 않았다.

물론 신법을 펼쳐 출입을 했다면 자신의 이목으로는 눈치챌 수 없었다.

머리 위에 있는 판자를 슬며시 들어올리고 복도의 동정을 살폈다.

예상대로 복도는 쥐 죽은 듯 고요했다.

복도 문 뒤에 숨어 슬며시 고개를 빼고 마당을 살폈지만 사람의 그림자라고는 없었다.

서너 번 길게 호흡을 하며 마음을 가다듬었다.

왕악은 비장한 각오를 다지며 문을 열고 밖으로 나갔다.

자연스럽게 걸음을 떼려고 했지만 심장이 뛰고 온몸이 굳어졌다.

숨어서 나가는 방법을 고려해 보지 않는 건 아니었다. 하지만 화원이나 으슥한 지형을 이용하면 일반 식솔들 눈은 피할 수 있겠지만 경비무사들은 오히려 사람들 눈에 잘 띄지 않는 장소를 택해 은신해 있기 때문에 그들에게 발각될 가능성이 높았다.

그래서 택한 방법이 대로를 이용한 당당한 탈출이었다.

자살 행위에 가까운 가장 위험한 방법이긴 했지만 도망친 지 사흘이나 지난 자신이 이제야 걸어나갈 것이라고는 어느 누구도 생각하지 못할 것이라고 판단했다.

또한 이곳 남궁가의 공식적인 손님이 아니었기 때문에 무사들이 자신의 얼굴을 모른다는 것이다.

이곳에는 수천 명의 식솔과 무사들이 생활하고 있다.

당황하지만 않고 걸어간다면 집안의 인물들인 줄 알고 별 의심을 받지 않을 것이다.

양팔을 가볍게 흔들며 천천히 걸으려 했지만 자꾸 걸음이 빨라졌다.

저만치 현무문이 보였다.

왕악은 길게 숨을 들이마시며 떨리는 가슴을 진정시켰다. 워낙 조직의 규모가 크고 사람이 많기 때문에 이상한 행동만 보이지 않는다면 자신을 결코 알아보지 못할 것이다. 승부는 떨지 않는 것에 있었으므로 다시 한 번 폐부 깊숙이 찬 공기를 들이마시고 당당히 걸어갔다.

다행히 무사들은 들어오는 사람만 가로막을 뿐 나가는 사람에게는 관심을 두지 않아 예상 밖으로 수월하게 벗어날 수 있었다.

　온몸이 땀으로 흥건히 젖었다. 특히 얼굴의 땀은 의심을 살 수 있었으므로 부지런히 닦아냈는데도 비 오듯 흘러내렸다.

　왕악의 어깨가 움찔거렸다.

　맞은편에서 두 명의 무사가 다가오고 있었는데, 아마 근처 어딘가에서 근무 교대를 하고 돌아오는 것 같았다.

　'침착해야 한다. 떨면 안 된다.'

　마음속으로 수십 번 같은 말을 되뇌며 걸어갔다.

　심장 두근거리는 소리가 어찌나 크게 들려오는지 두 무사가 들어버릴 것 만 같았다.

　얼굴 표정을 부드럽게 하여 약간 미소를 머금었다.

　어깨에 힘을 빼고 아주 턱을 약간 당겨 눈을 부라리며 걸었다. 눈에 힘을 준 이유는 마음의 창이라 했기 때문에 자신의 심리 상태를 가리기 위해서였다.

　다행히 두 무사는 자신을 향해 가벼운 목례만 하고 지나쳤다.

　온몸이 땀으로 후줄근하게 젖었다.

　아랫도리에 힘이 쭉 빠지며 그 자리에 주저앉고 싶었지만 정신을 가다듬고 계속 길을 따라 걸었다.

　정문까지 가는 동안 세 번에 걸쳐 근무 교대 중인 무사들을 만났고, 누구도 말을 걸어오지는 않았지만 그때마다 혼이 빠질 지경이었다.

마침내 저만치 정문이 눈에 들어왔다.

정문은 현무문과 달리 출입자 모두를 감시했다. 또한 처음 이곳에 끌려올 당시 근무를 서고 있던 경비무사들을 만날 수도 있었으므로 정문 통과는 피해야 했다. 그래서 정문을 피해 백여 장 정도 떨어진 담장 앞에 걸음을 세웠다.

일 장 정도 높이의 담장은 자신이 넘기에는 무척 높은 돌담이었지만 틈새가 있어 충분히 기어오를 수 있었다.

담장을 반쯤 기어올랐을 때 멀지 않은 곳에서 옷자락 펄럭이는 소리가 들려 얼른 자세를 낮추고 고개를 돌려보았다.

삼십 명쯤 되는 무사들이 정문을 향해 날아가고 있었다.

자신을 찾지 못하자 추적대를 증파하는 것이리라.

담장 너머는 조그만 협곡이었는데 물빛이 아주 탁하고 냄새가 나는 걸 보아 남궁가의 배수로 같았다.

왕악은 배수로를 따라 죽어라 내달렸다.

제三장

탈출, 그리고 신산자

팽묘화의 눈이 더욱 가늘어졌다.

그녀는 신경을 어느 한곳에 집중할 땐 눈을 가늘게 뜨는 버릇이 있었다.

이상하게도 실눈을 만들어야 집중이 잘되었다.

그런데 위아래 눈꺼풀이 쫙 달라붙을 만큼 작아진 걸 보면 그녀가 지금 얼마만큼 정신을 한곳에 모으고 있는지 알 수 있었다.

희미하지만 똑똑하게 들려오고 있었다.

네 다리로 걷는 짐승과 두 다리의 인간이 내는 소음은 확실히 구분된다.

남자의 발걸음과 여인의 발걸음도 단번에 알아채는 자신
이었다.

어디 그뿐인가. 발자국 소리만 듣고도 노인인지 젊은인지
정확히 구별할 수 있었다.

들려오는 발자국 소리의 주인은 사내였다.

물론 자신이 쫓고 있는 인물 또한 사내이기 때문에 정확히
맞아떨어진다.

팽묘화는 옆구리에 차고 있던 몽둥이를 풀어 쥐었다.

사냥감을 사로잡는 데는 몽둥이 이상 좋은 것이 없었다.

놈을 쫓기 시작한 지 무려 반년, 마침내 일주일 전 그 흔적
을 찾았고, 오늘 대면하게 되었다.

꼭 죽여야 한다. 내가 얻지 못할 것은 남도 취하지 못하도
록 해야 한다.

사냥감을 잡게 되었다는 흥분에 몽둥이를 거머쥔 팽묘화
의 양손에 땀이 차올랐다.

독사 눈처럼 두 눈을 가늘게 찢어 뜨고 발자국 소리가 눈앞
에 나타나기를 숨죽여 기다렸다.

눈앞에 모습을 보이는 순간 단 일격에 치명타를 먹여야 한
다.

워낙 말발이 좋고 머리가 잘 돌아가는 놈인만큼 일격에 골
통 정도를 깨서 무력화시켜 놓은 다음 마지막으로 다시 한 번
설득을 한다.

　그런데도 씨알이 먹히지 않으면 모든 미련을 버리고 목숨을 끊어버릴 작정이었다.

　발자국 소리는 이제 귀를 기울이지 않아도 될 만큼 가까이에서 들려왔다. 발자국 소리가 크다는 것은 그만큼 놈의 경계심이 흐트러졌다는 뜻이다. 하긴 삼 개월을 도망쳤으니 지금쯤 완전히 자신의 손에서 벗어난 줄 알고 느긋해져 있을 것이다.

　바위 뒤에 잔뜩 웅크리고 있던 팽묘화의 신형이 몽둥이와 하나가 되어 뛰어올랐다. 팽묘화는 고개를 약간 떨군 채 죽을 힘을 다해 달려오고 있는 흑의사내의 머리를 내려쳤다.

　뭔가 기척을 느낀 듯 흑의사내가 고개를 쳐들었고, 그 순간 팽묘화의 몽둥이가 정통으로 정수리를 까버렸다. 잘 익은 수박 쪼개지는 소리와 함께 흑의사내가 '아이쿠' 하면서 땅바닥을 나뒹굴었다.

　왕악은 엄청난 고통에 바닥을 뒹굴었다.

　맞는 순간 본능적으로 머리를 틀어 정수리를 피해 왼쪽 눈두덩이 위쪽을 맞아 눈이 뽑힐 듯 아팠다. 하나 고통보다는 기어코 남궁가의 무사들에게 잡혔다는 것이 너무 괴로웠다. 남궁가를 도망친 지 하루가 지났으므로 어느 정도 추적권을 벗어났다고 보았다.

　또한 의도적으로 자신의 집이 있는 남충과 반대 방향으로 도망쳤는데 잡힐 줄이야.

"엄살 부리지 말고 일어나, 자식아!"

왕악은 뾰족한 여자 목소리에 깜짝 놀라며 고개를 들었다.

처음 보는 낯선 여자가 몽둥이를 거머쥐고 기세등등하게 자신을 노려보고 있었다.

"어쭈구리! 이 개자식 좀 봐라? 반년 못 본 사이에 다 바꿨네. 그런다고 내가 속아 넘어갈 줄 알아!"

인피면구를 쓴 것이 틀림없었다.

요즘은 워낙 인피면구 제조법이 발전하여 육안으로는 아무리 쌍심지를 켜도 구별하지 못한다.

"일어나, 잔대가리 놈아!"

번개처럼 다가가 멱살을 잡아 일으킨 팽묘화의 오른손이 왕악의 얼굴을 사정없이 할퀴었다.

쇳조각이라도 뜯길 것 같은 거칠고 우악스런 손놀림이었다.

하나 왕악의 얼굴에는 아무런 자국도 생겨나지 않았다.

"이런 개자식, 얼마나 정교하게 만들어 썼으면 가죽에 흠집도 안 생기는 거야!"

인피면구를 썼다고 확신하는 듯 이번엔 오른손이 갈고리처럼 일어섰는데 잔뜩 진기를 주입했다.

슈악!

또다시 팽묘화의 오른손이 왕악의 얼굴을 긁었다.

하지만 여전히 아무런 흔적도 생겨나지 않았고, 대신 다섯 개의 손톱이 지나간 곳이 조금씩 부어오르고 있었다.

팽묘화의 두 눈이 강렬하게 빛났다.

아무리 섬세하고 잘 만들어진 인피면구도 내공이 실린 자신의 조공이면 어렵지 않게 떨어지거나 찢어진다.

그때 엄청난 고통을 참지 못하고 왕악이 버럭 소리를 질렀다.

"무림인들은 사람을 이렇게 할퀴어 죽입니까! 죽이려면 단번에 때려죽이시오!"

목소리까지 바뀌었다.

팽묘화는 어이가 없었다. 목소리를 바꾸는 것은 인피면구보다 더 쉽다.

한 모금 마시면 두 시진 정도 전혀 엉뚱한 목소리가 나도록 하는 변성약은 강호에 흔하다.

놈의 교활성에 더욱 분노가 치솟았다.

팽묘화가 아금 손을 하여 왕악의 목젖을 소리나게 거머쥐었다.

이윽고 있는 힘을 다해 목젖을 쥐어틀어 버렸다.

목젖을 비틀면 아무리 약물로 목소리를 변조했어도 금방 자신의 음성으로 돌아온다.

숨이 막힌 듯 왕악의 얼굴이 시뻘게지며 캑캑거렸다.

"으악! 도대체 내가 뭘 잘못했다고 이러십니까?"

목젖을 망가뜨릴 만큼 비틀었는데도 놈의 목소리가 아니

었다.

그 정도에도 목소리가 돌아오지 않은 걸 보니 보통 성분의 약을 마신 것 같지는 않았다.

이번에는 양손으로 비틀었다.

하지만 왕악의 목소리는 그대로였고, 급기야 열이 받친 팽묘화는 몽둥이로 두들겨 패기 시작했다.

약을 이용한 음성 변조가 아니라 의도적으로 꾸민 목소리일지 모른다는 생각이 들었다.

그렇다면 천천히 말을 할 때는 얼마든지 음성을 꾸밀 수 있지만 본능적으로 터져 나오는 비명은 위장할 수 없다.

그렇기 때문에 비명을 유도하기 위해서는 때려야 한다.

때려도 그냥 때려서는 안 되고 강력한 고통을 가해야 한다.

팽묘화는 혼신을 다해 왕악을 두들겨 팼다. 한데 단단한 박달나무 몽둥이가 잘게 쪼개지도록 갈겼지만 왕악의 목소리는 변하지 않았다.

팽묘화의 동작이 뚝 멎었다.

믿을 수가 없었다. 가성을 지키기 위해 비명까지 위장하는 의지도 대단하지만 더욱 황당한 것은 왕악의 몸이었다.

'정말로 금강불괴란 말인가.'

몽둥이에 실린 내공은 바위라도 충분히 깨뜨릴 위력인데 왕악의 몸은 부어오르기만 할 뿐 상처 하나 생기지 않았다.

비명이야 결의와 집념만 있다면 얼마든지 참을 수 있다지만 몸의 상처는 노력한다고 해서 찢어지고 안 찢어지고 할 성질의 것이 아니었다.

강호에 아직 금강불괴는 없다.

몽둥이를 거머쥔 팽묘화의 손등의 힘줄이 새끼줄처럼 튀어나왔다.

극한으로 공력을 끌어올린 팽묘화의 몽둥이가 왕악의 머리를 내려쳤다.

빠아아악!

거대한 파육음이 터져 나온 것이 이번에야말로 제대로 걸렸다고 느꼈다.

하나 팽묘화의 눈은 충격으로 부릅떠졌다.

왕악의 머리가 찐빵처럼 부풀어 오르기만 할 뿐 피는 고사하고 기대했던 상처는 생기지 않았다.

팽묘화는 서서히 오기가 치밀어 올랐다.

이렇게 되면 강한 몽둥이질로 공포를 심어준 뒤 적당히 타이르고 구슬려 회유한다는 애초 계획은 없었던 일이다.

남은 건 몸뚱이를 깨느냐 못 깨느냐였다.

팽문제일고수 중 한 사람이 일방적인 공격을 퍼붓고서도 피 한 방울 뽑아내지 못했다면 개망신이다.

팽묘화의 몽둥이를 쥔 자세가 지금까지와는 판이하게 달라졌다.

사람을 죽이는 것도 아니고 상처 하나 내보기 위해 가문의 비전신공을 운용한다는 것이 자존심 상하긴 했지만 기어코 찢고야 말겠다는 단호한 의지를 가다듬으며 몽둥이를 쳐들었다.

"오늘 신산자(神算子) 네놈 몸뚱이를 아작 못 내면 내가 사람이 아니다."

몽둥이가 바람을 갈랐다.

왕악은 드디어 오늘 자신이 죽는다고 생각했다. 지금까지는 혹시나 목숨을 부지할 수 있을까 싶어 얻어맞으면서도 가급적 감정을 상하지 않기 위해 힘썼다.

그러나 이렇게 죽을 바엔 더 이상 참을 필요가 없었다.

"더러운 년!"

온 힘을 다해 악을 썼다.

"벼락이나 맞아 뒈져라, 개년아!"

왕악을 공격해 가던 팽묘화의 온몸이 부르르 떨렸다.

당금 천하에서 감히 자신에게 욕을 할 사람이 몇이나 될까.

팽묘화는 이성을 잃었다. 그래서 몽둥이에 이성의 힘을 더 얹어 실었다.

바로 그때, 다급한 외침이 터졌다.

"아가씨, 마침내 놈의 꼬리를 잡았습니다!"

한 명의 흑의무사가 바람처럼 팽묘화 앞에 날아 내렸다.

자칫하면 부하가 맞아 죽을 위험이 있었으므로 팽묘화는 신속히 몽둥이의 방향을 틀었다.

몽둥이는 왕악의 옆에 커다란 구덩이를 만들었다.

"놈의 흔적이 대곽봉 칠 부 능선에서 발견되었습니다. 잘하면 오늘 안으로 신산자를 잡을 수 있을 것 같습니다."

팽묘화는 왕악을 쳐다보았다.

자신의 몽둥이에 맞은 왕악의 모습은 끔찍했다.

"뭐야? 그럼 이놈은 누구지?"

흑의무사가 흉측한 왕악을 보며 눈을 휘둥그레 떴다.

"설마 저놈을 신산자로 알고?"

팽묘화가 고개를 쳐들고 간드러지게 웃었다.

"호호호! 이 자식, 되게 웃기는 놈이잖아? 어떻게 그렇게 맞으면서도 신산자가 아니라는 말 한마디 않은 거야?"

"변명할 기회라도 주었습니까?"

팽묘화가 흑의무사를 돌아보았다.

"대곽봉이라면 여기서 멀지 않은 곳 아니냐?"

"속하가 안내하겠습니다."

흑의무사는 앞장서 몸을 날렸다.

문득 뒤따라 몸을 날리려던 팽묘화가 무슨 생각이 들었는지 왕악을 돌아보았다.

그런데 왕악을 쳐다보는 팽묘화의 눈빛이 푸르게 타올랐다.

"조금 전 나에게 욕을 했더냐?"

괴물 같은 얼굴을 한 왕악이 분연히 소리쳤다.

"입장을 바꿔놓고 생각해 보시오! 아무 잘못도 없는 사람을 때리는데 낭자 같으면 화가 안 나겠소이까?"

"당연히 나지."

팽묘화가 씨익 웃으며 오른손에 쥐고 있던 몽둥이를 왕악을 향해 던졌다.

몽둥이는 무서운 속도로 날아갔다.

추우도술(追雨刀術)이라는 것으로 팽가의 가전도법 중에서도 가장 무서운 삼 초식 중 하나로 부수지 못할 것이 없다.

번쩍 하는 순간 날아왔으므로 피하고 자시고 할 것도 없었다.

몽둥이는 정확히 왕악의 단전을 찍었고, 왕악의 신형은 가랑잎처럼 숲 속 멀리 날아갔다.

욕설을 한 것 말고도 왕악을 죽여야 하는 이유는 또 있었는데, 그것은 자신의 몽둥이를 맞고서도 피 한 방울 흘리지 않은 몸뚱이를 가졌다는 것이다.

도검이 불침한다는 금강불괴는 전설일 뿐이지만 상처를 입지 않는다는 것은 확실히 이상했다. 조금이라도 꺼림칙한 자는 절대 살려두지 않는 것이 강호의 법칙이다.

팽묘화의 신형이 흑의무사가 사라진 방향으로 날아갔다.

단전에서 뜨거운 열기가 솟구쳤다.

열기는 삽시간에 전신으로 퍼져 나가면서 온몸을 태울 듯이 휘감았다.

왕악의 몸은 순식간에 불덩이처럼 달아올랐다. 팽묘화가 날려 보낸 몽둥이는 정확히 왕악의 단전을 찍었고, 그 순간 불길이 확 일어난 것이다.

왕악은 열기를 견디지 못하고 땅바닥을 나뒹굴었다.

그런데 더욱 놀라운 일이 벌어졌다.

몸에서 뻗쳐 나온 열기에 걸치고 있던 의복과 머리카락이 재가 되어 사라졌다. 그뿐 아니라 땅바닥을 나뒹굴며 그의 몸이 깔고 지나간 초목과 근처 바위도 열기에 녹아내렸다.

실로 무서운 열기가 아닐 수 없었다.

때마침 목을 축이기 위해 은신처에서 나온 신산자는 경악했다.

얼핏 보면 온몸이 불길에 휩싸인 것처럼 보이지만 너무 강한 열기가 폭사하다 보니 그렇게 보일 뿐이었다.

사람의 몸에서 나무와 바위를 태울 만큼의 열기를 폭사한다는 건 오십 년 강호 생활 중 처음 보는 괴이한 광경이었으므로 신산자의 두 눈이 부릅떠졌다.

왕악에게서 방원 삼 장 안에 있는 나무와 바위는 흔적도 없이 사라졌다.

신산자는 자신이 지금 쫓기고 있다는 사실도 망각할 만큼 왕악에게 모든 신경을 빼앗기고 있었다.

쇠를 녹이는 불을 흔히 백화(白火)라고 한다.

무색에 가까울 만큼 투명하여 시선에는 잘 잡히지 않지만 가장 뜨거운 화력을 갖고 있었다.

그런 백화와 비슷한 열기가 인체에서 뿜어져 나온다는 건 보고서도 믿을 수 없는 일이었다.

반 각쯤 지났을까. 왕악의 몸에서 뿜어지던 거센 열기가 점차 수그러들었다.

한동안 죽은 듯이 누워 있던 왕악이 벌떡 일어나 주위를 살피다가 신산자를 발견하고는 경계의 자세를 취했다.

왕악이 잔뜩 눈길을 세워 물었다.

"뭐 하는 사람이오?"

"아무리 우리 둘뿐이라지만 일단 이걸 좀 걸치게."

신산자가 경장 위에 걸치고 있던 헐렁한 장포를 벗어 던져 주었다.

자신의 덩치에는 맞지 않았지만 중요 부위는 충분히 가릴 수 있었다.

"우연히 물 마시러 계곡에 내려왔다가 뜨거운 열기에 몸부림치는 자네를 봤네. 강호의 동도들은 나더러 신산자라고 한다네."

왕악의 인상이 사정없이 찡그려졌다.

"당신이 신산자란 말이오?"

왕악의 분노한 표정에 신산자는 깜짝 놀랐다.

"왜 그러나? 노부에게 감정이 있나?"

“하마터면 당신 때문에 맞아 죽을 뻔했소. 어휴, 이렇게 살아난 것이 다행이지.”

“무슨 소린가? 왜 나 때문에 자네가 죽을 뻔했단 말인가?”

왕악은 생각만 해도 진저리가 난다는 듯 몸을 한차례 떨고 나서 신산자로 오인당해 실컷 두들겨 맞은 사실을 말해주었다.

신산자의 안색이 굳었다.

“하면 나 때문에 팽묘화에게 얻어맞아서 얼굴이 그렇게 흉하게 되었단 말인가?”

팽묘화란 말에 왕악이 기겁하며 놀랐다.

“팽묘화라고 했습니까? 정말 날 때린 여자가 팽묘화 맞습니까?”

“노부로 오인하여 자네를 때렸다면 틀림없는 그녀일세.”

그러고 보니 아버지가 말해준 인상과 너무 닮았다.

아버지는 자신에게 복수를 간청하면서 팽묘화의 생김새에 대해서 말했는데 키는 쓸데없이 컸고, 끝이 쭉 찢어진 쾡한 눈을 가졌으며, 특히 입술은 무처럼 희멀겋고 두꺼웠다고 했다.

악에 받쳐 있는 만큼 당신을 때린 여자에 대해 결코 좋게 표현할 리 만무하지만 어쨌든 아버지의 표현을 정상적으로 바꾼다면 아마 키는 호리호리하며 눈은 가늘고 맑았다는 뜻일 것이다.

또한 무처럼 두꺼웠다는 입술은 붉고 두툼하여 상당히 도발적이었다는 뜻일 텐데 팽묘화의 생김새는 그대로였다.

어떻게 이럴 수가 있단 말인가.

일 년 전 아버지를 사흘 동안 때린 사람도 팽묘화라고 했다. 한데 그 여자에게 자신까지 이렇게 두들겨 맞다니 믿을 수가 없었다. 아버지와 아들이 한 여자에게 얻어맞다니, 이런 어처구니없는 일이 또 있단 말인가.

왕악은 마른침을 삼키고 신산자의 앞선 질문에 대답을 했다.

"물론이오. 조금 전 열기도 그 여자가 던진 몽둥이를 아랫배에 맞고 그랬소."

그러면서 몽둥이에 맞은 아랫배를 매만지던 왕악이 멈칫했다.

아침까지 만져지던 달걀만 한 혹이 잡히지 않았다. 손끝에 힘을 모아 깊숙이 눌러보았지만 없다.

조금 전 팽묘화가 던진 몽둥이에 맞아 깨진 것이 틀림없었다.

그리고 온몸을 태울 것 같았던 열기 또한 혹이 깨지면서 생겨난 현상이 확실했다.

자칫 열기에 타 죽을 뻔했다는 것을 생각하면 온몸이 으스스했지만 혹이 사라졌다는 것에 일단 안도했다.

아랫배에 혹이 생기면서 솔직히 불안했다. 무서운 병일수록 몸에 혹이 생긴다지 않는가.

"몸은 이제 뜨겁지 않은가?"

"아무렇지도 않소."

정말 몸은 이상이 없었다.

가공했던 열기는 흔적도 없이 사라졌고, 대신 온몸이 날아갈 것처럼 가벼워졌다.

졸지에 대머리가 되었다는 것이 약간 꺼림칙했지만 몸이 가뿐해지면서 팽묘화에게 두들겨 맞아 우울했던 기분은 씻은 듯 사라졌다.

"자네 몸을 잠시 살펴봐도 괜찮겠는가?"

신산자는 사람의 몸에서 주위 초목을 태울 만큼 강한 열기가 발산되었다는 것이 보고서도 믿을 수 없었다.

왕악은 잠시 머뭇거리다가 이내 팔을 내밀었다.

신산자가 무림인인 것은 분명했고, 자신을 해치려고 맘먹는다면 죽었다 깨어나도 피할 수 없다.

하나 팔을 내밀어준 진짜 이유는 옷을 벗어 자신의 치부를 덮어주는 사람과 보자마자 앞뒤 가리지 않고 죽이려 했던 팽묘화와는 비교할 수가 없었기 때문이다.

두 눈을 지그시 감고 맥을 짚던 신산자가 '우웃' 하며 신음을 토했다.

"왜 그러십니까?"

신산자의 안색이 돌덩이처럼 굳어졌다.

“자네, 몸이 조금 이상하다는 걸 느끼지 않는가?”

“사실 몸이 솜털처럼 가볍게 느껴집니다. 붕 날아갈 것 같은 그런 느낌 있잖습니까?”

신산자는 다시 눈을 감고 진맥했다.

왕악의 몸속에는 상상을 초월하는 엄청난 힘이 온몸을 흘러다니고 있었다.

만약 단전으로 끌어 모으기만 한다면 어마어마한 내공이 될 것이다.

“팽묘화의 몽둥이에 단전을 맞는 순간 폭발하듯 불길이 일어났다고 했나?”

“예.”

팽묘화는 왕악을 죽여 없앨 작정이 분명했다.

설혹 생명을 부지한다고 해도 무공을 연마하지 못하도록 하기 위해 일부러 단전을 노렸다.

그런데 하필 단전에 뭉쳐 있던 거대한 극양의 덩어리가 몽둥이에 맞아 깨지면서 엄청난 열기가 발생한 것이 틀림없었다. 그건 곧 단단하게 농축된 화기 덩어리가 몸속에 있었다는 것이고, 앞서 어떤 기연을 얻었다는 의미였으므로 다시 물었다.

“근자에 몸에 좋은 무슨 영약 같은 것을 복용한 적이 있는가?”

“없습니다. 단지 한 달 보름 전쯤 우리 아버지가 날 벌모세수시킨다고 수백 가지의 독물이 녹아 생성된 물속에 던져 넣었다가 오 일 만에 살아난 적은 있습니다.”

독 자체는 음의 기운이지만 발열 작용으로 녹으면 강력한 극양의 기운으로 변한다.

이따금 독물을 이용해 내공을 증진시키거나 벌모세수를 하는 사람들이 있긴 하지만 위험한 시도이며 실패의 확률이 높았다.

설혹 성공한다고 해도 대부분 독중지체가 되어 정상적인 생활이 불가능했다.

하나 눈앞의 왕악은 자신이 손을 잡았음에도 아무렇지도 않았다.

왕악이 독중지체가 되었다면 자신은 이미 한 줌 물로 녹아 사라졌어야 한다.

아무리 헤아려 보아도 만사무불통지라는 자신의 지식으로도 왕악의 부친이 시행했다는 벌모세수의 종류를 알 수가 없었다.

신산자의 시선이 왕악을 살폈다. 덩치는 크지만 얼굴에 아직 솜털이 보송보송한 것이 열대여섯을 넘어 보이지 않는다. 만약 몸속을 흐르는 극양의 기운을 단전으로 모으기만 한다면 무서운 고수가 될 것이다. 하지만 그 정도의 가공할 힘을 통제할 만한 심법은 자신이 아는 한 강호에 없었다.

그때 커다란 새 울음소리가 들려왔는데 그것은 자신을 쫓는 추적자들의 신호였다.

순간 신산자의 안색이 굳었다.

"어서 가게. 팽묘화가 오고 있네."

신산자가 다급히 말했다.

"자네가 죽지 않고 살아 있는 걸 보면 자존심이 상해서라도 기어코 죽이려 들 걸세. 어서 도망치게."

왕악이 눈을 비비고 물었다.

"노인장께서도 도망쳐야 하지 않습니까?"

"아니네. 이것도 운명이라면 순응해야겠지. 쫓겨 다니기도 지쳤고, 그냥 그녀를 만날 생각이네."

팽묘화가 오고 있다는 소리에 왕악은 뒤도 돌아보지 않고 산 아래로 도망치기 시작했다.

절뚝거리며 도망치는 왕악을 쳐다보는 신산자가 길게 장탄식을 하였다.

사람을 욕심 내보기는 처음이었다.

몸속에 흐르는 가공할 극양의 기운이 아니더라도 당당한 체격은 무공을 배우기에는 최상의 조건이었다. 비록 자신은 무공보다는 문(文)에 정통하지만 워낙 조건이 좋아 조금만 가르쳐도 거물이 될 소년이었다.

하나 신산자는 왕악을 붙들지 않았다.

왕악과 자신은 인연이 아니었고, 단지 한 번 만났다는 것으로 족해야 한다.

인연이란 흐르는 물과 같아서 억지로 붙잡으면 무서운 화로 돌아온다는 것이 자신의 경험이었다.

그러나 신산자는 오늘 생각없이 던져 준 때 묻은 장포 한 벌이 훗날 자신의 목숨을 살리게 될 줄은 미처 몰랐다.

옷자락 펄럭이는 소리와 함께 흑의무사를 대동한 팽묘화가 날아 내렸다.

팽묘화는 신산자를 발견하곤 대뜸 교소를 터뜨렸다.

"호호호! 드디어 우리가 만났군요!"

"오랜만이오."

"도망치지 않고 이렇게 기다리고 있다는 것은 죽이든 살리든 맘대로 하라는 뜻인가요?"

"천하에 나보다 뛰어난 사람은 많소."

"알아요. 그러나 난 신산자 당신이 필요해요. 그래서 지난 반년을 쫓아다닌 거죠."

"팽 낭자를 거절하면 날 죽일 것이오?"

"죽이지도 않을 거면서 반년을 쫓아다닌 줄 아세요?"

신산자의 입가에 쓸쓸한 웃음이 걸렸다.

"어쩔 수 없구려."

신산자가 그 자리에 무릎을 꿇었다.

팽묘화가 깜짝 놀라며 소리쳤다.

"무슨 짓이에요? 어서 일어나세요!"

"보잘것없는 재주지만 그토록 원한다면 최선을 다해 받들겠습니다, 아가씨."

낭자와 아가씨의 호칭에는 큰 차이가 있다.

아가씨라는 것은 자신을 주인으로 받들겠다는 충심의 선언이었으므로 팽묘화의 가슴은 세차게 요동했다.

그리고 이내 팽묘화는 환한 웃음을 지었다.

마치 한 송이 연꽃이 피는 듯한 화려한 모습에 신산자는 신음을 삼켰다.

왜 세상 사람들이 그녀를 무림에서 가장 아름다운 여인이라고 하는지 이해가 되는 뇌쇄적인 미소였다.

신산자.

봉황은 천 리를 쉬지 않고 날아도 오동나무가 아니면 앉지 않는다고 했던가.

그의 지혜와 지략은 이미 오래전부터 강호에 정평이 나 있었다.

그래서 수많은 당세의 거인들이 그를 얻고자 노력했지만 누구에게도 일신을 의탁하지 않았다.

팽묘화는 그를 얻기 위해 무진 애를 썼다. 그러나 그는 한사코 거절을 했고, 그럴 바에는 차라리 죽여 없애는 게 낫다고 생각했다.

괜히 남이 얻게 되면 강력한 적만 하나 더 만들게 된다.

그래서 지난 반년을 쫓아다녔는데 그의 입에서 한쪽 팔이 되어주겠다는 약속이 흘러나오고 있었다.

바야흐로 하늘을 날 수 있는 날개를 얻은 것이다.

장사에 있어서 하루의 길흉화복(吉凶禍福)은 첫 손님에게 달려 있다.

누가 첫 손님으로 오느냐가 그날의 매상을 결정한다는 것이 대박루 주인 위곡의 지론이었다.

그래서 위곡은 첫 손님을 목숨처럼 중요시 여겼다.

첫 손님이 깔끔한 날은 미치도록 장사가 잘되지만 외상을 한다거나 지저분한 작자가 들어오면 그날은 종일 꼬였다.

평소와 다름없이 아침 일찍 일어난 위곡은 의관을 정제하고 주루 입구에 섰다.

일부에서는 점소이를 놔두고 굳이 주인이 손수 호객 행위를 하느냐고 의아해하는데 그건 뭘 모르는 소리다. 다른 건 몰라도 손님을 끌어 모으는 일만큼은 주인이 직접 나서야 한다.

비가 오나 눈이 오나 지난 사십 년 동안 단 하루도 빠지지 않고 자신이 문 앞에서 손님을 안내한 결과 다른 주루보다 돈을 많이 벌었다.

손님을 기다리던 위곡의 두 귀가 쫑긋 세워졌다.

아직 어둠이 완전히 걷히지 않아 정확한 모습을 볼 수는 없었지만 발자국 소리가 들려왔다.

그런데 발자국 소리가 불규칙했다.

위곡은 단번에 몸이 불편한 사람이라는 걸 오랜 경험으로 떠올리며 이맛살을 찌푸렸다.

아침부터 몸이 불편한 사람은 절대 받아서는 안 된다.

만약 자기 집으로 들어오려고 하면 무슨 트집을 잡아서라도 쫓아내리라고 마음먹고 차분히 기다렸다.

사십 년 술 장사 경험은 정확했다.

기우뚱거리며 한 명의 비렁뱅이가 다가오고 있었다.

비렁뱅이는 곧장 자신의 집을 향해 돌진하듯 걸어오고 있었고, 위곡은 가슴을 쫙 펴고 앞을 가로막았다.

"우린 내부 수리 중이므로 다른 주루를 이용해."

위곡은 더 이상 말을 맺지 못했다.

약간 어두운 탓에 얼굴을 자세히 보지 못했다. 그런데 가까이서 본 사내의 얼굴은 흉측하다 못해 공포스러웠다.

사십 년 동안 이 장사를 하면서 수많은 손님들을 보아왔지만 눈앞의 사내처럼 얼굴이 뒤죽박죽인 사람은 처음이었다.

약을 잘못 먹어 생긴 현상 같지는 않았다.

누구와 치열한 싸움 끝에 얻어맞아 부은 것 같았는데 이쪽이 저 정도라면 상대는 보나마나 죽음을 면치 못했을 것이다.

특히 오른쪽 눈썹에서부터 왼쪽 귀밑을 대각선으로 가르는 다섯 줄의 부기(浮氣)는 전율이었다.

'고수다.'

위곡의 허리가 문어처럼 휘어졌다.

"어서 오십시오, 손님."

재빨리 한쪽으로 비켜서서 앞으로 손을 뻗었다.

"안으로 들어가시지요."

술장사는 사람 보는 눈이 중요하다.

모가지를 좌우로 돌려가며 가래침을 찍찍 뱉거나 팔뚝에 조류 몇 마리 새긴 자는 삼류이다.

진정한 고수는 말이 없다. 그리고 갖고 있는 상처도 크면서 장엄하다.

몸의 부기를 보아 틀림없이 엄청난 고수들과 치열한 싸움을 끝내고 돌아오는 길이 분명했다.

이런 사람은 깍듯이 모셔야 한다.

무림인들은 성질까지 까다로워 자칫 한 방에 가는 수가 있다.

위곡은 사내를 대박루에서 가장 좋은 자리인 동쪽 창가로 안내했다.

"무엇을 드시겠습니까?"

최대한 예의를 갖춰 물었다.

사내가 조용히 물었다.

"음식 되는 것이 무엇입니까?"

"다 됩니다."

무조건 안 되는 음식이 없다고 해야 한다. 없으면 옆집에서 빌려와서라도 대접해야 한다.

"너무 배가 고픕니다. 그래서 가장 빨리 되는 음식을 시켜
야겠습니다."

하긴 이 정도의 상처를 입을 만큼 치열한 싸움을 벌였으니
당연히 배가 고플 것이다.

"대백탕이 가장 빨리 됩니다."

"그것으로 주십시오."

더욱 고수라는 확신이 들었다.

양아치들은 주루 주인이든 점원이든 무조건 반말을 쓴다.
하나 끝까지 품위를 잃지 않고 존칭을 쓰는 것을 보면 확실히
익은 벼가 틀림없었다.

특별히 주방장에게 부탁하여 두 그릇이 될 만큼의 양을 내
왔다.

사내는 무척 배가 고픈 듯 미친 듯이 식사를 했다.

마파람에 게눈 감춘다는 말이 실감나도록 사내는 순식간
에 대백탕 한 그릇을 다 비웠다.

흑의사내는 왕악이었다.

왕악은 밤새 산을 헤매다 이제야 마을을 찾아 내려왔다.

별것 아니라고 여겼던 산은 의외로 깊고 넓었다. 만약 사냥
꾼을 만나지 못했다면 더 헤맸을 것이다.

다행히 신산자가 건네준 장포 주머니에 적지 않은 은자가
있어서 산을 내려오자마자 주루를 찾은 것이다.

오 일 가까이 굶었기 때문에 무척 배가 고팠다.

"부족하면 더 드리겠습니다. 물론 돈은 한 그릇 값밖에 받지 않지요."

"아닙니다. 너무 잘 먹었습니다."

왕악은 밥값으로 은자 세 냥을 내놓았다.

위곡은 허리를 굽히며 두 손으로 깍듯하게 받았다.

식사 값을 군소리없이 지불한다. 또다시 하는 얘기지만 온몸에 조류를 새기고 다니는 싸구려들은 음식 값 가지고도 시비를 건다.

얼굴이 보기 흉해서 그렇지 대형 고수가 틀림없었다.

"옷을 한 벌 구하려고 하는데 포목점이 어디 있습니까?"

신산자로부터 받은 장포는 나뭇가지와 가시덤불에 찢어져 거의 걸레가 되어 있었다.

"이렇게 아침 일찍 문을 연 포목점은 없을 것입니다. 괜찮으시다면 제가 입던 의복을 한 벌 드리겠습니다."

"정말 감사합니다."

위곡은 번개처럼 안으로 뛰어들어 갔다.

잠시 후 위곡은 흑의 한 벌을 손에 들고 나타났다.

"몸에 맞을지 모르겠습니다. 한 번밖에 입지 않아 새것이나 마찬가지입니다. 저쪽 방에 들어가셔서 갈아입으십시오."

왕악은 주방 옆에 붙은 방으로 들어가 옷을 갈아입고 나왔다.

약간 작았지만 움직이는 데는 큰 불편이 없었다.

"얼마 드리면 되겠습니까?"

"당치 않습니다. 그냥 입으십시오."

왕악은 위곡을 향해 목례를 하였다.

순간 위곡은 소스라치게 놀라며 맞절을 했다. 한낱 주루 주인 주제에 감히 무림의 고수로부터 절을 받는 것이 너무 황송했다.

너무나 인간성 좋은 무림고수를 만났으므로 위곡은 오늘 하루 장사는 무조건 대박이라고 자신했다.

주루를 나온 왕악은 곧장 마차를 잡았다.

사냥꾼은 이곳이 호북의 무창이라고 했으니 사천의 남충까지는 대략 이백여 리 정도 떨어져 있다.

마차를 빌려 타고 부지런히 가면 해질녘이면 도착할 수 있을 것 같았다.

마차는 예상보다 조금 빠른 신시쯤이 되어 남충에 도착했다.

왕악은 남충 시내가 내려다 보이는 우모령에서 하차했다.

어쩌면 지금쯤 남궁가에서는 자신의 집을 이중 삼중으로 감시하고 있을지 모른다.

무턱대고 집까지 가는 것보다는 우선 상황을 파악해 본 뒤 들어가기로 마음먹었다.

불과 열흘 정도 지났을 뿐인데도 저잣거리가 아주 낯설게 느껴졌다.

왕악의 시선이 저잣거리 초입에 멎었다.

그의 눈에 이층 건물이 들어왔는데, 바로 매월루였다.

왕악은 매월루를 향해 발길을 옮겼다. 그런데 매월루 입구를 향해 다가가던 왕악의 발걸음이 벼락을 맞은 듯 그 자리에 멈췄다. 매월루를 오르는 계단에 한 구의 시신이 큰대 자로 뻗어 있었다.

매월루의 점소이 기몽이었다.

왕악은 번개처럼 매월루 안으로 뛰어들었다.

순간 왕악은 또다시 멈춰 서고 말았다. 매월루 앞마당에 세 구의 시체가 나뒹굴고 있었다. 모두 앞가슴에 기다란 검흔이 있었는데 매월루의 기녀들이었다.

왕악은 이층 계단을 달려 올라갔다.

쭉 뻗은 복도 끝 방이 자신과 미래를 약속한 추홍의 거처였다. 복도를 달리는 왕악의 눈에 띈 것은 바닥에 말라붙은 핏자국이었다. 왕악은 반쯤 열린 문을 발로 차며 뛰어들었다.

추홍은 방에 있었다. 회백색으로 치장된 넓은 방 가운데 아직 완전하게 피지도 못한 열여섯의 추홍이 엎어져 있었다.

왕악은 추홍의 시신을 뒤집었다. 추홍의 얼굴은 아주 평화로웠는데 아마 공포를 느낄 사이도 없이 일검에 목숨이 끊긴 것 같았다.

왕악은 할 말을 잃고 우두커니 서 있었다.

추홍은 기녀를 모친으로 두었기 때문에 누구의 자식인지도 모르고 세상에 태어났다.

그래서 그녀가 기녀가 되는 것은 지극히 당연한 일이었다.

무식하고 어리숙했지만 왕악에 대한 사랑만큼은 주위의 시샘을 받을 만큼 끔찍했다.

아버지는 두 사람이 사귀는 것을 강력하게 반대했다.

술집 기녀를 하나뿐인 아들의 여자로 맞아들일 수는 없다는 것이었는데, 그녀는 부친을 원망하지 않았다. 다만 주제넘게 아드님을 사랑하여 죄송하다는 그녀의 눈물에 끝내 아버지는 고개를 숙이고 말았다.

추홍은 너무 일찍 세상을 알아버려 독할 법도 하건만 걸핏하면 눈물바람을 했다.

그런 여자가 술값 문제로 거친 사내들과 싸울 때 보면 항상 선봉에 있었다.

강한 사람에게는 강하지만 약한 사람에게는 끝없이 물러서는, 그래서 더욱 연민과 애정을 동시에 느끼게 했다.

왕악의 뺨을 타고 눈물 한 방울이 흘러내렸다.

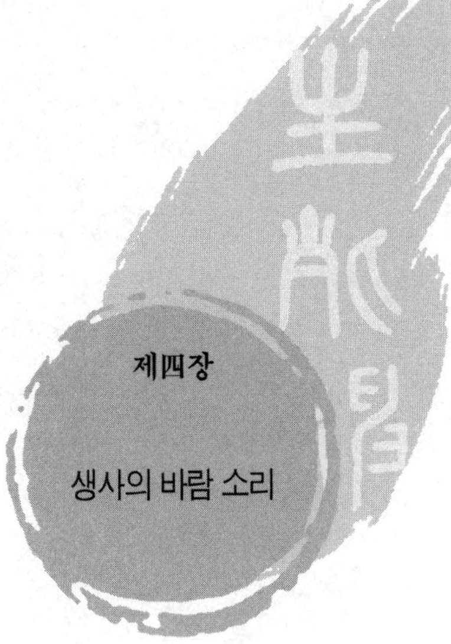

제四장

생사의 바람 소리

남충에서 가장 큰 정육점집 아들 맹삼은 부친과 함께 반 듯이 누운 상태로 숨져 있었다. 두 사람 모두 손에 칼을 들고 죽어 있었는데 고기를 썰다 당한 듯했다.

조구점을 운영하는 사필용은 낚싯대에 이마가 뚫려 죽어 있었다.

기원(棋院)에서 내기 바둑으로 소일하는 욱소는 상대와 같이 칠공에 바둑알이 박혀 있었고, 천축산 붉은 무를 가지고 만년삼왕이라고 사기를 치던 저잣거리의 상인 뇌충도 죽었다.

남충에 있는 자신의 친구들은 한 명도 남김없이 죽었다.

그런데 의외로 대장간의 어머니는 살려두었다.

은밀히 사람을 시켜 알아보았더니 어머니는 납치되어 간 자신을 걱정하며 평소와 다름없이 생활하고 있다고 한다.

왕악은 남궁관의 속셈을 알아차렸다.

친구들을 모두 죽인 것은 자신이 도피할 장소를 완벽하게 차단하려는 목적과 더불어 빨리 돌아오지 않으면 이제 마지막 남은 어머니마저 죽이겠다는 경고였다.

혹독한 압박이지만 굴복해서는 안 된다.

어쩌면 자신이 잡히지 않는 한 어머니는 안전할지도 모른다.

그러나 그들의 위협에 겁을 먹고 자수를 한다면 자신은 물론 다른 가족까지 살려두지 않을 것이다.

도대체 생사신이 무엇이기에 이토록 많은 생명을 앗아간단 말인가. 열 명이 넘는 많은 사람이 자기 한 사람 때문에 죽었다.

갑자기 뜨거운 기운이 가슴 밑바닥에서 꿈틀거렸다.

무림인들이 무섭다는 건 알고 있었지만 이렇게 많은 사람을 파리 죽이듯 할 줄은 상상도 못했다.

자신에게 잘못을 사죄하기는커녕 나중에 적이 될 소지가 있다는 이유로 살수를 펼친 팽묘화라는 여자나 추홍을 비롯한 친구들을 무참하게 도륙한 남궁관 모두 죽이고 싶었다.

콰악!

왕악은 복받치는 분노에 길가의 바위를 발로 걷어찼다.

그런데 갑자기 왕악의 두 눈이 경악으로 부릅떠졌다. 그냥 홧김에 걷어찼을 뿐인데 발길질에 맞은 바위가 산산조각이 나버렸다.

길 가던 사람들도 놀라 쳐다보았지만 다행히 얼굴이 부어 자신을 알아보지는 못했다.

왕악은 사람이 많은 곳은 결코 안전하지 못했으므로 서둘러 저잣거리를 빠져나왔다. 인적이 드문 곳에 이른 왕악은 걸음을 멈추고 자신의 오른발을 쳐다보았는데 멀쩡했다. 자신이 커다란 바위를 산산조각 냈다는 사실이 도저히 믿어지지 않아 주위를 두리번거렸다.

마침 사람 머리통만 한 뭉텅한 바위가 눈에 띄었다.

왕악은 또다시 힘껏 걷어차 보았다.

그런데 믿을 수 없게도 바위는 두부처럼 으스러졌다. 어려서부터 통뼈라는 말을 듣고 자랐고, 덩치도 또래 아이들보다 큰데다 무거운 쇠를 만지면서 힘이 장사였다.

몇 살 위의 형들도 자신의 완력을 인정해 주고 지나치지 않으면 어느 정도의 불손한 행동은 묵인해 주곤 했다. 하지만 그 정도의 힘으로 바위를 깨뜨린다는 것은 결코 설명될 수가 없었다.

괴력은 발에서만 끝나지 않았다.

오른 주먹으로 아름드리 소나무를 쳤는데 힘없이 뚝 부러졌다.

　백 년은 더 먹었음 직한 노송이 커다란 굉음을 내며 쓰러졌다. 손은 말끔했고 붓지도 않았다.

　두 그루의 노송을 주먹으로 더 부러뜨리고 나서 왕악은 잠시 생각에 젖었다.

　그리고 얼마 지나지 않아 괴력의 실체를 떠올렸다.

　잘못된 벌모세수로 닷새 만에 깨어났으며, 그로 인해 아랫배 생긴 달걀 크기의 혹과 그것이 팽묘화의 몽둥이에 깨지면서 생겨난 가공할 열기가 지금의 괴력을 만든 것이 틀림없었다.

　문득 부기로 엉망이 된 얼굴의 피부를 만졌다.

　팽묘화는 죽을힘을 다한 몽둥이질에도 흠집 하나 생기지 않는 자신의 피부에 어쩔 줄 몰라 했다. 찢어지지 않는 피부도 필시 염화독령유에 의해 얻어진 현상의 하나일 것이다.

　그때 거친 말발굽 소리에 고개를 쳐들자 저잣거리로부터 한 대의 마차가 달려오고 있었다.

　화물을 실은 마차를 보는 순간 왕악의 눈앞으로 부친의 얼굴이 떠올랐다.

　아버지는 원철을 구하기 위해 대파산으로 떠났다. 날짜를 계산해 보니 오늘내일쯤이면 돌아올 것이다. 아버지가 돌아오는 길목을 지키고 있다가 모든 사정을 설명하고 집으로 들어가는 것을 막아야 했다.

부친은 정확히 다음날 미시에 남충으로 들어오는 우모령
에 모습을 드러냈다. 우모령에서 밤새워 기다리고 있던 왕악
이 마차를 가로막고 나서자 부친은 부은 얼굴 때문에 얼른 알
아보지 못했다.

대신 산적인 줄 알고 마부석 옆에 꽂아놓은 커다란 도끼를
뽑아 들었다.

얼굴은 험상궂지만 한 명뿐이라는 것에 자신감을 얻은 듯
했다.

"덤벼라, 이놈!"

"아버지 접니다. 악입니다."

도끼를 쳐들어 올렸던 부친이 멈칫하며 왕악을 살폈다.

하지만 대머리인데다 얼굴도 절대 아니었으므로 부친은
힘껏 도끼를 내려쳤다.

왕악은 황급히 몸을 피하며 외쳤다.

"저라니까요! 어느 계집년한테 두들겨 맞아서 이렇지 아버
지 아들이란 말입니다!"

경계 태세를 풀지 않은 채 부친이 재차 왕악을 매서운 시선
으로 훑어보았다.

자세히 보니 외형은 아니지만 몸매나 목소리는 왕악이었
으므로 차갑게 물었다.

"네놈이 진정 내 아들이라면 옷을 벗어봐라!"

왕악의 앞가슴에는 태어날 때부터 북두칠성 형태를 한 일곱 개의 붉은 사마귀가 있었다.

부친은 아들의 가슴에 있는 일곱 개의 사마귀를 장차 큰 인물이 될 것을 암시하는 하늘의 징표로 확신하고 있었다.

왕악이 앞자락을 헤쳐 북두칠성을 보여주고 나서야 부친은 도끼를 거둬들였다.

그러나 왕악의 얼굴이 너무 흉측했으므로 다급히 물었다.

"네놈 행색이 왜 이렇게 됐느냐? 어느 놈과 싸웠느냐?"

왕악은 지난 십여 일 동안 자신에게 일어났던 일을 말해주었다.

순간 부친의 얼굴이 사색이 되었다.

"정말로 다 죽었단 말이냐?"

"예."

부친은 엄청난 충격을 받은 듯 잠시 말이 없었다.

한참 후 부친이 마른침을 삼켰다.

"어머니는 어떡해야 하느냐? 놈들에게 붙들려 있는데 모른 체할 수는 없고, 그렇다고 잡힐 걸 뻔히 알면서 들어가는 것도 그렇고."

왕악은 마부석에 걸터앉았다.

부친이 가까이 다가와 올려다보며 말했다.

"좋은 생각 없느냐? 지금쯤 너희 어머니는 우리가 구출하러 오기만을 눈이 빠져라 기다리고 있을 텐데."

문득 왕악이 마부석을 내려와 아름드리 소나무 앞에 걸음
을 멈춰 섰다.

부친이 뭐 하느냐는 듯 다가와 쳐다보았지만 왕악은 지그
시 소나무를 직시했다.

길게 심호흡을 한 뒤 오른 주먹을 말아 쥐고 시선 높이의
위치를 힘껏 내질렀다.

한 아름은 족히 넘어 보이는 소나무가 쩍 소리를 내며 쓰러
졌다.

부친의 눈이 찢어져라 커졌다. 계속해서 왕악의 왼발이 커
다란 바위를 박살 내자 부친은 떨리는 목소리로 중얼거렸다.

"너, 괜찮느냐? 아프지 않느냐?"

"이것뿐만이 아닙니다. 저의 몸이 이렇게 붓기는 해도 아
무리 두들겨 맞아도 피가 나지 않습니다."

부친의 눈이 확 커졌다.

"저, 정말이냐?"

왕악이 주위를 휘 둘러보다 마부석 기둥에 꽂힌 도끼를 거
머쥐고 자신의 손등을 찍었다. 손등은 아무런 상처도 생기지
않았다. 그걸 본 부친의 입이 떡 벌어졌다.

"아버지가 보기에 어떻습니까? 이 정도의 능력이라면 놈들
의 수중에서 어머니를 구출할 수 있을까요?"

왕악의 얼굴에 비장함이 풍겼다.

"아무리 저의 힘이 세졌다고는 해도 정식으로 무공을 배운

그 사람들을 이긴다는 생각은 하지 않습니다. 하지만 달리 뾰족한 방법이 없잖습니까?"

위험을 각오하고서라도 어머니를 구출하겠다는 왕악의 말에 왕산은 가슴이 뭉클해졌다.

확실히 효자였다. 이 맛에 너나 할 것 없이 아들을 낳으려고 하는 것이리라.

"부처님은 스스로 돕는 자를 돕는다고 했다. 아무리 상대가 무림인이라고 하지만 너와 내가 머리를 맞대면 너희 어머니 하나쯤 구출 못하겠느냐?"

"오늘 밤 어떻습니까?"

"좋다. 우린 가족이다. 죽어도 함께 죽자."

두 사람은 주먹을 불끈 쥐며 전의를 불태웠다.

문득 앞서 걷던 왕악이 빙글 돌아서며 눈을 빛냈다.

"생사신에 대해 자세히 좀 말씀해 주십시오. 어떤 병기고 누가 만들었습니까?"

"그것 때문에 하도 많은 사람들이 죽어 무림에서는 마병(魔兵)으로 불린다고 하더구나. 그렇지만 대장장이들에게는 한 번쯤 꼭 보고 싶은 꿈의 병기이기도 하지."

왕산은 고개를 돌려 길가에 침을 뱉으며 계속 얘기했다.

"나도 직접 본 적은 없다. 다만 이백 년 전 무림 사상 최초로 정(正), 사(邪), 불(佛), 도(道), 속(俗), 걸(乞), 유(儒)가를 단일 세력으로 통일해 버린 천종야신(天宗爺神)이란 사람의 애병이라는 말만 들었다."

그러더니 부친이 은근한 표정을 하여 왕악에게 물었다.

"어떻든, 생김새 말이다. 그림이지만 넌 봤다고 했잖느냐? 정말로 칼도 아니고 검도 아닌 괴상망측하게 생겼더냐?"

왕악이 고개를 끄덕였다.

"예. 그런데 너무 육중해 보여 우리 같은 보통 사람들은 들어올리지도 못하겠더군요. 물론 강호인들은 우리와 힘이 다르니 그렇지는 않겠지만 아무튼 대단했습니다."

부친의 두 눈에서 아쉬워하는 빛이 쏟아졌다.

도대체 어떤 병기이기에 천하에서 가장 훌륭한 병기라고 하는지 보고 싶었다.

"여기가 좋겠습니다."

길가에서 숲으로 삼십여 장 들어가자 마차를 숨길 만한 조그만 공터가 나타났다. 두 사람은 나뭇가지를 꺾어 마차를 덮어 위장한 다음 밤이 될 때까지 기다렸다.

부친이 옆구리에 차고 있던 호리병을 꺼내 마개를 열더니 술을 한 모금 마셨다.

"그런데 아까 팽묘화 그년에게 맞았다고 했느냐?"

부친은 생각만 해도 화가 치미는지 대뜸 욕설을 뱉었다.

왕악이 고개를 끄덕였다.

"죽는 줄 알았습니다."

"아비와 자식이 한 계집에게 보란 듯 두들겨 맞다니 고개를 들어 하늘을 볼 수가 없구나.”

부친이 호리병의 술을 입속에 처박았다.

두 사람은 이런저런 얘기를 나누며 밤이 되기를 기다렸다.

장씨는 잠을 이루지 못했다.

나쁜 놈들이 눈에 불을 켜고 감시하는 걸 보면 왕악이 제대로 도망친 것이 분명하지만 불안해서 견딜 수가 없었다.

자리에서 일어난 장씨는 문을 열고 골목길로 나왔다.

골목길은 짙은 어둠에 잠겨 있었다.

계절은 완연한 봄이었지만 아직도 밤공기는 차가웠다. 장씨는 주위를 휘 둘러보았다. 눈에 보이지 않지만 왕악을 잡으러 온 자들이 필시 어딘가에 숨어 있을 것이다.

그들은 대낮에도 어디에 숨어 있는지 보이지 않았다.

다만 대장간에 손님이 찾아들면 바람처럼 나타나 신분을 확인했다.

장씨가 왕악의 신변이 안전하기를 마음속으로 염원하며 돌아설 때 얼음장 같은 차가운 음성이 어둠을 갈랐다.

“웬 놈이냐?”

장씨는 반사적으로 소리가 난 곳을 향해 몸을 돌렸다.

어디서 나타났는지 네 명의 흑의무사가 골목길 아래를 쳐다보고 있었다.

네 사내는 벌써 삼 일째 대장간을 지키고 있었다. 시도 때도 없이 불쑥 부엌에 들어와 물을 마시고 가는 놈들이었다.

그때 발자국 소리가 들리며 희끄무레한 두 개의 그림자가 골목길을 올라오고 있는 모습이 장씨 눈에 보였다.

비록 빛이라고는 별빛밖에 없었지만 장씨는 당당한 체구의 두 사람을 단번에 알아보았다. 남편과 그토록 애타게 기다리던 왕악이 걸어오고 있었다. 두 사람 모두 이곳 사정을 전혀 모를 것이라는 생각이 들어 장씨는 크게 소리쳤다.

"여보! 악아! 오면 안 된다!"

그러나 이미 네 사내는 두 사람 앞을 가로막고 나섰다.

네 사내의 얼굴에는 사냥감을 앞에 둔 사냥꾼의 비릿한 웃음이 감돌고 있었다.

"언젠가는 올 줄 알았다."

장씨가 달려들며 큰 소리로 외쳤다.

"악아, 도망쳐라! 이놈들이 널 죽일 것이다!"

"저리 꺼져라, 계집!"

맨 오른쪽 사내가 장씨를 주먹으로 후려쳤다.

장씨는 자지러지는 비명을 지르며 담벼락이 있는 곳으로 나동그라지고 말았다.

왕산이 잽싸게 쓰러진 장씨를 일으켜 세웠다.

장씨는 코피를 흘리며 소리쳤다.

"저놈들이 우리 악이를 죽이고 말 거예요! 여보, 어떻게 좀 해봐요!"

왕산은 장씨의 코피를 닦아주며 달랬다.

"여보, 진정하고 일단 집 안으로 들어갑시다."

왕산은 장씨를 안채로 데리고 들어갔다.

네 사내의 날카로운 시선을 뒤통수에 느끼며 왕산은 장씨를 데리고 안방 문을 닫았다.

"왜 방으로 날 데리고 오는 거예요?"

방에 들어서자마자 왕산은 안쪽 벽을 손으로 밀쳤다.

그 순간 벽이 미닫이문처럼 열리며 조그만 골방이 하나 나타났는데 방바닥에 뚜껑이 열린 조그만 옥함이 있고, 그곳에 반짝이는 손톱만 한 옥색의 조각들이 반쯤 담겨 있었다.

사령자토금(沙靈紫土金)이었다.

금보다 비싸 팔찌나 귀고리 등 여인들의 장신구를 만드는 데 사용되었다.

도난을 우려하여 방 안 깊숙이 숨겨놓고 양가(良家)의 부인들로부터 주문이 들어올 때만 조금씩 꺼내 주조했다.

왕산은 사령자토금이 들어 있는 옥함만을 챙겨 품에 넣고 뒷문을 열었다.

밖은 인적이 좁은 골목길이었다.

"어디 가는 거예요?"

"도망을 쳐야 하오. 악이가 안심하고 싸우도록 해주기 위해서는 우리가 곁에 있어서는 안 되오. 우리가 함께 있는 한 불안하여 제 실력을 발휘하지 못할 것이오."

장씨가 눈을 휘둥그레 떴다.

"우리 악이처럼 겁 많은 아이가 무슨 수로 저들을 상대로 싸운단 말인가요?"

"악이는 이제 예전의 나약했던 아들이 아니오."

장씨는 무슨 소리냐는 듯 눈을 깜빡거렸다.

"그게 무슨 말이죠?"

"아무튼 일단 여길 벗어나는 일이 급하오."

왕산은 장씨의 손을 잡고 급히 골목길을 빠져나갔다.

왕악의 계획은 간단했다. 자신도 위험한 판국에 부모님까지 곁에 있으면 오히려 운신의 폭만 좁아진다. 최악의 경우 혼자 도망칠 수도 없다.

그래서 부친더러 어머니를 모시고 집 안으로 들어가도록 했다. 그런데 사내들은 뒷문이 있다는 것을 모르고 두 사람이 방 안으로 들어가자 감시의 눈초리를 거두었다.

왕악은 부모님이 충분히 도망칠 수 있는 시간을 벌어주기 위해 말을 시켰다.

"도대체 내가 무슨 잘못을 했다고 날 죽이려 합니까?"

"잘못이 있고 없고는 우리가 결정한다."

"그런 말이 어디 있습니까?"

맨 오른쪽 사내가 짜증스럽게 말을 뱉었다.

"공자님께서 데려올 필요 없이 발견 즉시 없애 버리라고 했는데 빨리 죽이고 가자고."

왕악의 표정이 굳어졌다.

남궁관은 기어코 자신을 죽이려 하고 있었다.

"방소, 일단 안으로 들어간 두 연놈부터 없애라."

맨 왼쪽 사내의 명령에 곁에 있던 사내가 집 안으로 날아갔다.

그때 오른쪽 사내가 반쯤 뽑았던 검을 다시 집어넣으며 말했다.

"무공도 모르는 어린 놈에게 검을 뽑는다는 것도 조금은 잔인해 보이고."

대신 주먹을 말아 쥐며 왕악을 향해 씨익 웃었다.

"고통없이 한 방에 보내주마."

사내는 우드득 소리를 내며 힘을 불끈 넣은 주먹을 반쯤 쳐들었다.

그 순간 왕악의 주먹이 사내의 면상을 벼락처럼 파고들었다. 오른쪽 사내는 왕악이 무공을 모른다는 것에 방심하고 있었기 때문에 갑자기 날아온 주먹을 피하지 못했다.

왕악의 주먹에 맞은 오른쪽 사내는 쌩 하는 바람 소리를 남기며 날아가 골목 담벼락에 부딪쳤다. 어찌나 세게 부딪쳤는지 담벼락에 반쯤 박혀 버렸다.

팔짱을 끼고 잔뜩 여유를 부리고 있던 두 사내는 급작스런 사태에 두 눈을 멀뚱거렸다.

하나 이내 자신의 동료가 단 한 방에 죽었다는 것을 깨닫자 안색이 급변했다.

사태가 심상치 않다는 것을 깨달은 두 사내가 검을 뽑아 들고 왕악을 후려쳤다. 두 사내의 검은 왕악의 어깨와 앞가슴을 내려쳤다. 그런데 그들의 눈이 왕방울만큼 커졌다.

정통으로 검을 맞은 왕악이 비틀거리며 뒤로 몇 걸음 물러날 뿐 상처를 입지 않았던 것이다.

잠시 당황한 표정을 짓던 왼쪽 사내가 재차 검을 찔렀다.

이번에도 끄떡없는 왕악을 보며 두 사내의 안색이 굳었다.

"난 저 어린 놈이 금강불괴지체라고는 믿지 않네."

두 사내는 검을 고쳐 잡더니 이를 갈고 달려들었다.

확실히 상처는 생기지 않았지만 검을 맞을 때마다 엄청난 충격이 전해지고 구역질이 났다. 하나 더욱 심각한 것은 경계심을 갖춘 그들에게 자신의 주먹은 더 이상 먹히지 않는다는 것이었다.

자신의 주먹과 발길질은 그들을 죽일 수 있는 힘은 갖추었지만 맞추기에는 너무 느렸다. 그에 반해 두 사람의 검은 왕악의 전신에 빗발처럼 꽂혔다. 검에 맞은 충격이 누적되면서 속이 뒤집힐 것 같았다.

이 상태로 싸움이 지속되면 상처는 입지 않는다고 해도 고통으로 인해 위험한 상황을 맞이할 것이 뻔했으므로 무슨 수를 써야 했다.

그때 집 안으로 들어갔던 사내가 부모님이 도망쳤다고 소리치면서 달려나오다 담벼락에 박혀 숨이 끊어진 동료를 발견하고는 경악했다.

"이게 어찌 된 일입니까?"

"우리가 속았다. 제법 한가락 솜씨를 갖고 있는 놈이다."

사내의 눈이 크게 떠졌다.

동료의 얼굴은 형체를 알아볼 수 없을 만큼 함몰되어 있었다.

엄청난 쇠망치에 맞아도 이렇게 끔찍하게 부서지지는 않을 것이다.

왼쪽 사내가 왕악을 힘차게 찔러 들어가며 말했다.

"뭐 하고 있나? 넌 빨리 두 연놈을 쫓아라!"

"옛!"

사내는 정신을 차리고 집 뒤로 달려갔다.

왕악이 찔러 들어오는 검을 왼손으로 붙잡았다.

설마 왕악이 손을 뻗어 자신의 검을 잡을 줄은 몰랐으므로 사내는 깜짝 놀랐다.

하나 곧바로 검을 놔버렸어야 하는데 사내는 본능적으로 뺏기지 않기 위해 버틴 것이 화근이었다.

왕악의 힘은 사내가 감당하기에는 너무 엄청났다.

왕악이 거칠게 검을 당기자 왼쪽 사내는 맥없이 끌려왔다.

사정권 안으로 끌려온 사내의 면상에 왕악의 오른 주먹이 작렬했다.

빠아악!

왼쪽 사내의 턱은 바위에 부딪친 달걀처럼 으스러지고 말았다.

다행히 검을 붙잡고 있어 날아가지는 않았지만 그대로 주저앉으며 숨이 끊어져 버렸다.

그 사이에 마지막 남은 사내의 검이 연거푸 왕악의 등을 찔렀다.

왕악이 휘청거리며 앞으로 밀려 나갔다가 몸을 세우고 돌아섰다.

혼신을 다한 자신의 공격에도 끄떡 않고 왕악이 돌아서자 사내의 얼굴에 공포가 떠오르고 있었다.

왕악은 목구멍으로 비릿한 것이 넘어올 것 같았지만 약세를 보이기 싫어 꾹 눌러 참으며 사내를 향해 웃음을 지었다.

사내는 흠칫했다.

왕악이 한 걸음 다가서자 사내는 뒤로 한 걸음 물러났다. 아무리 찔러도 피 한 방울 나지 않은 몸뚱이를 가진 놈과 싸운다는 것은 부질없는 짓이었다.

사내는 번개처럼 몸을 돌려 줄행랑을 쳤다.

왕악은 사내가 어둠 속으로 사라지자마자 검붉은 피를 토하고 말았다.

외상은 없었지만 두 사내의 공격에 내상을 입은 것이다.

피를 토하자 더부룩하던 속이 조금 안정되는 것 같았다. 왕악은 떨어져서는 도저히 이길 수 없다고 생각했다.

유일한 방법은 붙잡는 것인데 자신의 발로 무림인을 쫓아가 잡는다는 것은 더욱 불가능했다.

그래서 찔러오는 검을 이용해 잡아당긴 것이다.

맨손으로 검날을 쥐고 잡아당겼지만 손은 아무런 이상이 없었다.

지체할 시간이 없었다. 왕악은 부모님과 약속한 장소로 달려갔다.

맹도사(孟途祠)는 사당이었다.

우임금의 아들인 계(啓)의 신하 맹도는 현인으로 유명했는데 그가 죽자 백성들은 사당을 세워 그의 공덕을 기렸다.

왕악은 뜬눈으로 밤을 새웠다.

멀리 동쪽 하늘에 먼동이 터오고 있었지만 부모님은 오지 않았다.

그러나 왕악은 포기하지 않았고 하루를 더 기다려 보기로 했다.

하지만 다음날도 부모님은 모습을 나타내지 않았다. 대장간에서 맹도사까지는 대략 삼십 리 정도의 거리였다. 보통 사람의 걸음으로도 하룻밤이면 두 번은 도착하고도 남을 시간이었다.

왕악은 조금만 더 기다려 보기로 했다.

다시 밤이 되었고, 왕악은 사당 기둥에 기대앉아 밤하늘을 올려다보았다.

하늘에는 비가 올 것처럼 먹장구름이 잔뜩 끼어 있었다.

부모님이 오지 않는다는 것은 신변에 위험이 발생했다는 뜻이었으므로 왕악의 마음은 무거웠다.

오늘 하룻밤만 기다려 본 뒤에도 부모님이 오지 않으면 그때는 맹도사를 떠나기로 마음먹었다.

어디로 갈 곳을 정해놓은 건 아니지만 부모님이 언제 나타날지 알 수 없으므로 남충의 동정을 살필 수 있고 자주 방문이 가능한 지역에 터를 잡기로 했다.

비로소 왕악은 자신이 혈혈단신이 되었다는 것을 깨달았다. 남궁세가는 자신을 결코 포기하지 않을 것이다.

그렇다면 언제까지 그들의 추적을 피해 도망 다닐 수만은 없었으므로 죽지 않으려면 어쩔 수 없이 무공을 배워야 할 것 같았다.

칼을 만드는 장인인 관계로 어려서부터 많은 무림인들을 만나고 지켜보았다. 하나 한 번도 그들이 부럽다거나 무공을 배우고 싶다는 생각을 가져본 적은 없었다.

무림인이 되기 싫은 가장 큰 이유는 너무 위험하다는 것이었다.

그렇다고 위험한 만큼 돈을 많이 버느냐 하면 그것도 아니었다. 돈은 지지리도 없었고 가난했다.

그런데도 무림인이 되고 싶어 안달하는 주위 사람들을 보면 이해가 되지 않았다.

개인적으로 팽묘화에게 자신과 아버지가 두들겨 맞은 건 무척 화가 날 일이지만 딱히 어디가 병신이 된 것도 아니었으므로 전혀 참지 못할 일은 아니었다. 또한 엉뚱한 벌모세수법을 가르쳐 주어 자신을 죽었다 살아나게 만든 당오도 패 죽일 놈이었지만 이렇게 살았으므로 그 일 또한 넘어갈 수 있었다.

하지만 자신 때문에 하나뿐인 목숨을 빼앗긴 약혼녀 추홍을 비롯해 친구들의 죽음은 묵과할 수가 없었다.

최소한 억울한 그들의 원혼은 달래줘야 했다.

어디 가서 무공을 배워야 할까.

부친의 말에 의하면 강호의 문파마다 실력의 차등이 있고, 명문일수록 입문이 어렵다고 했다.

왕악이 잔뜩 인상을 찌푸리며 무공을 배우기 위한 방법에 골몰해 있을 때 귓가로 옷자락 펄럭이는 소리가 들리더니 맹도사에 한 사람이 나타났다.

처음에는 부모님인 줄 알고 소리치려 했으나 나타난 사람이 한 명이었고 체격도 왜소했다.

아버지는 말할 것도 없고 어머니도 체격이 컸다.

왜소한 인영은 누구를 기다리는 듯 자신을 등지고서 맹도사를 올라오는 길 아래를 내려다보고 있어 용모 확인은 불가능했다.

하지만 코끝에 분 냄새가 맡아지는 것으로 보아 여자인 것 같았다.

왕악은 자신을 쫓는 남궁세가의 무사들일지 몰라 숨을 죽였다.

잠시 후 한 사내가 한 마리 야조처럼 허공을 날아와 맹도사 뜰에 내려섰다.

사내는 내려서자마자 여인을 향해 허리를 구부렸다.

"소곡주님을 뵙습니다."

"어서 오너라. 그래, 남궁가의 고수들이 무슨 일로 남충에 몰려드는지 알아봤느냐?"

사내는 재차 허리를 구부리고 말했다.

"그들이 남충에 들어온 것은 남궁가의 무사 두 명을 살해한 흉수를 뒤쫓아서라고 하지만 그건 표면적인 이유일 뿐 사실은 생사신화(生死神畵) 때문인 것으로 밝혀졌습니다."

여인의 눈이 커졌다.

"생사신화라면 전설의 병기 생사신이 그려진 두루마리 아니냐?"

우연인지 아닌지 사내의 시선이 왕악이 숨어 있는 귀퉁이를 슬쩍 쳐다보고 말을 이었다.

"육 개월 전부터 남궁가에서 강호의 대장장이들을 은밀히 납치하여 생사신화를 해독하고 있다 합니다."

여인이 다그치듯 물었다.

"생사신화를 남궁가에서 확보하고 있단 말이냐?"

"왕씨대장간이라고 들어보셨는지요? 칼에 관한 남충에서 뿐만이 아니라 사천, 감숙, 호북 일대에까지 소문이 난 대장간인데 남궁가에서 생사신의 비밀을 풀기 위해 왕씨대장간의 아들을 데려갔다가 놓쳤다고 합니다."

"결국 왕씨대장간의 아들이란 아이를 추적하여 남충에 들어왔고, 그 와중에 남궁가 무사가 희생되었다는 것 아니냐?"

"남궁세가뿐만 아니라 지금 강호의 많은 고수들이 왕씨대장간의 후예를 잡기 위해 남충으로 몰려들고 있습니다."

말을 마친 사내가 돌연 왕악이 숨어 있는 귀퉁이를 다시 쳐다보며 냉랭한 음성으로 말했다.

"언제까지 숨어서 엿들을 셈이냐?"

왕악은 들켰다는 것을 깨달았다.

숨소리까지 죽였는데도 기척을 알아차리는 걸 보면 역시 무림인들의 감각은 탁월했다.

남궁가 무사들에게 얼어터진 부기가 아직 가라앉지 않은 흉측한 왕악의 몰골에 두 사람은 눈살을 찡그렸다.

사내는 왕악에게 다가서며 물었다.

"여기서 뭐 하고 있었느냐?"

왕악은 얼른 대답을 하지 못했다.

두 사람이 주고받은 대화에서 이들 또한 자신을 쫓는 강호의 인물들이 분명했기 때문에 사실대로 말할 수는 없었다.

적당한 거짓말이 떠오르지 않아 왕악이 우물쭈물하는 순간 사내가 차갑게 말했다.

"말을 못하는 걸 보니 의심스런 놈이군."

사내의 몸이 바람처럼 다가서며 왕악의 왼 팔목을 잡아왔다.

이미 무림인과 한 번 싸운 경험이 있는 왕악이 선택할 수 있는 방법은 한 가지뿐이었다.

어떻게 해서라도 사내를 자신의 주먹이 닿을 수 있는 사정권으로 끌어들여야 한다. 그런데 사내가 자신의 완맥을 잡기 위해 무척 빠른 속도로 파고들었다.

삼 장의 거리는 순식간에 지척으로 가까워졌다.

더구나 뒤로 피할 줄 알았던 왕악이 벼락처럼 달려들자 사내는 멈칫했다.

그 순간 왕악의 주먹이 사내의 명치를 향해 폭발하듯 뻗었다.

전력을 다해 파고든 사내가 왕악의 주먹을 피하기란 쉽지 않았다.

사내는 왕악의 기습에 깜짝 놀라며 본능적으로 몸을 틀었다.

워낙 순간 동작이 빨라 명치를 파고드는 왕악의 주먹을 오른쪽 어깨에 격중되도록 만들 수 있었다.

하나 명치를 피해 즉사는 면했지만 오른쪽 어깨의 쇄골과 신경이 완전히 끊어져 오래 살 것 같지는 않았다.

여인은 너무 놀란 듯 멍하니 쳐다만 보고 있었다.

아무리 방심했다고는 해도 한솜씨 하는 부하가 단 한 방에 무너져 버리자 할 말을 잃었다. 사내는 너무 충격을 받은 듯 말도 못하고 땅바닥에 주저앉아 피 거품만 물고 있었다.

왕악은 여인이 사내에게 신경을 쏟고 있는 틈을 이용해 달려들었다.

여인이 깜짝 놀라며 우장을 뻗었다. 그 바람에 왕악은 얼떨결에 뻗어나간 손으로 여인의 오른손을 붙잡았다.

콱!

여인은 왕악의 손에서 팔목을 빼내기 위해 뿌리쳤지만 옴짝달싹도 하지 않았다.

여인의 왼손이 왕악의 뺨을 후려쳤다.

강한 충격에 왕악의 목이 부러질 듯 뒤로 꺾였지만 붙잡은 팔목은 놓지 않았다.

"안 놔?!"

칼처럼 일어선 여인의 수도가 왕악의 목을 연거푸 다섯 번을 내려쳤다.

파파파파팍!

그러나 왕악은 더욱 손목을 세차게 움켜쥐었다.

놓치면 죽는다.

훗날 봉질지전(鳳蛭之戰), 즉 봉황과 거머리의 대결로 인구에 회자되었던 화운령과 왕악의 무림사 최고의 싸움은 그렇게 시작되었다.

화운령은 왕악을 떨어뜨리기 위해 왼손으로 미친 듯 머리와 목을 두들겨 팼다.

다른 사람 같았으면 머리가 깨지고 뼈가 박살이 날 강한 공격이었지만 왕악은 붓기만 할 뿐 멀쩡했다.

"뭐 이런 자식이 다 있어?"

두들겨 패서는 떨어뜨릴 수 없다고 판단한 화운령은 왕악을 풍차처럼 돌렸다. 화운령의 오른손에 매달린 왕악은 바람개비처럼 돌아가기 시작했다.

잠깐 사이에 왕악의 몸은 형체를 구분할 수 없을 만큼 엄청난 빠르기로 돌아갔다.

밖으로 퉁겨 나가려는 관성에 의해 양팔이 빠질 것 같았지만 왕악은 이를 악물고 버텼다.

손을 놓는 순간 자신은 죽은 목숨이었다.

왕악을 떨어뜨리는 데 실패한 화운령은 이번에는 땅바닥에 패대기를 쳤다.

퍼억!

나무는 물론이고 뾰쪽한 바위를 찾아 힘껏 후려쳤지만 왕악은 신체의 일부처럼 달라붙어 꼼짝도 하지 않았다.

패대기치는 방법으로도 왕악을 떨어뜨리는 데 실패한 화운령은 이번에는 발로 걷어차려고 했다.

한데 패대기를 멈추자마자 왕악은 재빨리 화운령의 다리 사이로 자신의 다리를 끼어 마치 교미하는 뱀처럼 얽혀 버렸다.

순간 다리가 얽힌 두 사람은 중심을 잃고 땅바닥에 쓰러지고 말았다.

화운령은 얽힌 다리를 빼기 위해 노력했지만 왕악은 더욱 파고들며 하체를 옴짝달싹 못하게 고정하고 왼 주먹으로 화운령의 옆구리를 찍었다.

"으윽!"

화운령의 입에서 신음이 터져 나왔다.

오른손으로는 화운령의 오른 팔목을 힘껏 쥔 채 왼손으로 혼신을 다해 팼다.

하나 화운령도 가만있지 않았다.

그녀 또한 왼 주먹으로 왕악의 온몸을 두들겨 팼다.

그런데 놀라운 건 자신의 왼 주먹에 부지기수로 맞은 화운령이 죽지 않는다는 것이었다.

비록 체력이 소모되어 위력이 현저히 떨어졌다고는 하지만 한 방에 바위도 으스러뜨렸던 주먹을 맞고서도 죽지 않는 화운령을 보며 왕악은 대장간 앞에서 싸웠던 무사들과는 비교가 안 되는 고수라는 걸 직감했다.

왕악이 몰라서 그렇지 화운령은 보통 여인이 아니었다.

가문은 봉황곡(鳳凰谷)이었고, 사문은 장마신니가 암주로 있는 황산 천도봉의 천진암(天眞庵)이다.

　장마신니는 중원에서 가장 강하다는 일신(一神), 이군(二君), 삼마(三魔), 사흉(四兇), 이름하여 우내십종(宇內十宗) 중 삼마의 한 사람이다.

　화운령은 감히 그가 올려다볼 수 있는 여인이 아니었다.

　주먹으로도 별 효과를 얻지 못한 화운령이 할퀴기 시작했다.

　"오늘 내가 널 못 죽이면 강호를 은퇴하겠다!"

　순식간에 독수리 발톱 같은 화운령의 손에 의해 왕악의 얼굴은 처절하게 일그러졌다.

　콱콱콱콱!

　퍼퍼퍼퍽!

　왼손을 이용하여 할퀴고 패는 두 사람의 막싸움은 시간 가는 줄 모르고 이어졌다.

　화운령의 곱던 얼굴도 왕악의 주먹에 맞아 만신창이가 되었고, 한쪽 코에서 피가 흘러내리고 있었다.

　걸치고 있던 의복도 찢어지며 허연 살갗이 드러났다.

　하나 그 정도는 왕악에 비하면 양호한 편이었다. 왕악의 몰골은 눈뜨고 볼 수 없을 만큼 참혹했다.

　뻐억!

　그때 마구잡이로 휘둘러지던 왕악의 주먹이 어딜 때렸는지 화운령이 비명을 삼켰다.

"아악! 형편없는 자식, 여인의 가슴을 때리다니!"

고의는 아니었지만 지금 왕악에게 여자의 가슴이고 뭐고 그런 것을 따질 때가 아니었다.

오로지 아무 곳이나 때려서 타격을 입히는 것만이 지상 과제였다.

화운령이 예민하게 반응하자 왕악은 그때부터 집중적으로 가슴을 노렸다.

왕악의 주먹이 가슴에 꽂히자 그 고통은 이루 말할 수가 없었다.

아무리 가문의 신공으로 몸을 보호하고 있지만 너무 아팠다.

더구나 몸이 붙어 있어 피할 수도 없었다.

화운령은 눈물이 나오려고 했다. 결국 참다못한 화운령이 자신이 먼저 왕악의 왼 팔목을 붙잡았다.

이제 두 사람은 땅바닥에 모로 누운 채 양팔을 붙잡고 마주보는 형국이 되었다.

화운령이 쌍코피를 흘리며 이를 갈았다.

"기어코 죽여 버리겠다!"

화운령의 주먹에 맞아 거의 감긴 눈을 한 왕악도 지지 않고 대꾸했다.

"내가 할 소리요!"

그리고 잠시 방심한 사이 왕악의 머리가 화운령의 턱을 박아버렸다.

　이빨이 부서지며 피로 범벅이 되었다.

　화운령도 뒤질세라 왕악의 턱을 들이받았다.

　양팔과 양 발을 쓸 수 없게 된 두 사람은 이번에 머리를 이용해 주거니 받거니 서로의 얼굴을 박기 시작했다.

　두 사람의 몰골은 악귀 같았다.

　하나 왕악은 부어오르기만 할 뿐 상처가 생기지 않아 겉모습은 피를 흘린 화운령이 더 처참했다.

　화운령은 천하에 자신의 공격을 그만큼 맞고서도 피 한 방울 흘리지 않는 인간이 있다는 것이 도저히 믿어지지가 않았다.

　그러나 그녀를 더욱 환장하게 만드는 것은 상대가 무공을 모른다는 것이었다.

　자신 같은 절정의 고수가 막싸움꾼 한 놈을 처리하지 못하고 늘씬 깨지고 있다는 사실이 미칠 노릇이었다. 힘은 또 어찌나 센지 일 갑자가 넘는 자신의 내공이 밀리고 있었다.

　두 사람은 계속 머리로 박았다.

　코뼈가 부서지고 살점이 떨어져 나갔지만 서로를 향한 두 사람의 박치기는 좀체 끝날 기미를 보이지 않았다.

　어느 한순간 화운령의 입에서 고함이 터져 나왔다.

　"그, 그만!"

　그녀의 목소리가 흐느끼고 있었다.

화운령은 너무 아파서 더 이상 참을 수가 없었다.

"졌다! 그만 하자, 개자식아!"

"여기서 그만두자는 게 무슨 말이오? 이 손을 놓자마자 날 죽이려 들 텐데 내가 미쳤소!"

화운령은 체면이고 뭐고 다 팽개치고 큰 소리로 사정했다.

"약속한다! 절대 공격하지 않겠다!"

"난 무림인 말은 안 믿소! 여기까지 왔으니 끝장을 봅시다!"

화운령은 몸서리를 쳤다.

"난 약속을 지키는 사람이다! 내가 거짓말을 하면 내가 네 놈 마누라다!"

다급한 마당인데 무슨 말인들 못하겠는가.

왕악은 단호히 고개를 저었다.

"그걸 지금 말이라고 하시오? 그따위가 뭐가 중요하단 말이오!"

"그럼 어떻게 하면 싸움을 멈추겠느냐? 네놈이 하자는 대로 할 테니 어서 말해봐라!"

"정말이오? 내가 원하는 대로 한단 말이오?"

"패 죽일 놈아, 여태 남에게 속고만 살았느냐? 어서 말해라! 무조건 너의 조건을 수락하겠다!"

왕악은 화운령이 진심으로 싸움을 끝맺고 싶어한다는 걸 알았다.

하지만 몇 번 겪어본 무림인들은 거짓말을 밥 먹듯 했기 때문에 안심할 수가 없었다.

그래서 어떤 방법이면 자신이 안전하고 싸움도 끝낼 수 있을까를 생각해 봤다.

그리고 한 가지 생각이 퍼득 머리를 스쳤다.

"진짜로 싸움을 끝내고 싶소?"

화운령이 버럭 소리쳤다.

"그렇다니까! 내가 지금 장난하는 줄 아느냐!"

왕악의 부어 터진 두 눈이 최대한 커졌다.

그리고 역시 엉망진창으로 변한 화운령의 양 눈썹 사이를 뚫어져라 쳐다보았다.

그곳은 급소이며 미간이라고 부른다.

어려서부터 저잣거리 왈패들과 싸울 때 그곳을 머리로 박아버리면 백발백중 의식을 잃었다.

화운령을 기절시키지 않는 한 그녀의 손에서 안전하게 벗어날 방법은 없었다.

그렇다고 스스로 의식을 잃어달라고 할 수는 없는 노릇이었으므로 자신이 기절시켜야 했다.

"좋소. 싸움을 끝낼 테니 얼굴을 가까이 내미시오."

"무슨 짓을 하려고?"

왕악이 냉랭하게 쏘아붙였다.

"싫거든 관두시오."

"알았다. 내밀면 될 것 아니냐? 난 화운령이라고 하는데 네 놈 이름이 뭐냐?"

왕악은 멈칫했다. 자신의 이름을 묻는 화운령의 의도는 뻔했다. 보나마나 나중에 복수를 하기 위한 포석인 것이다.

왕악은 가르쳐 주지 말까 하다 이내 마음을 바꿨다. 사내대장부가 여인의 복수가 두려워 이름을 가르쳐 주지 않는다는 것이 왠지 속 좁게 느껴졌다.

또한 자신이 이겼다는 기분도 들어 거리낌없이 말해주었다.

"왕악이오."

"가만, 혹시 남궁가에 쫓기고 있다는 왕씨대장간의 후예 아니냐?"

"바로 나요."

화운령이 눈을 빛냈다.

"진짜로 생사신화가 남궁가에 있더냐?"

그 와중에도 화운령은 생사신화에 대해 물었다.

왕악은 고개를 끄덕였다.

"있었소. 이제 그만 얼굴을 앞으로 내미시오."

모든 걸 포기한 듯 화운령은 순순히 왕악의 얼굴 앞으로 턱을 내밀었다.

얼핏 보면 사랑하는 남자에게 입술을 내미는 모습과 흡사했다.

왕악이 자신의 입술을 탐하려고 하는 줄 알고 화운령은 안색을 굳혔다.

"엉뚱한 상상 하지 마시오. 난 그런 사람은 아니오."

"그래, 널 믿는다."

말이 끝나기도 전에 왕악이 있는 힘을 다해 이마로 화운령의 미간을 박아버렸다.

얼마나 세차게 박았는지 자신의 골이 빠개질 것 같았다.

예상대로 화운령은 꼬르륵 소리를 내며 기절해 버렸다.

왕악은 화운령의 양팔을 놓고 몸을 일으켰다. 왕악의 고개가 자신에게 오른쪽 어깨를 파괴당한 사내에게 돌아갔다.

사내는 기대했던 화운령까지 무너지자 낯빛이 파랗게 질렸다.

그러다 이내 죽음을 각오한 듯 입술을 악물었다.

"죽여라. 이런 꼴로 살아봤자 사람 구실도 못할 텐데 삶에 미련도 없다."

"나, 그런 사람 아니오."

왕악은 화운령이 언제 깨어날지 알 수 없었으므로 빨리 맹도사를 떠나야 했다.

왕악은 비틀거리며 어둠 속을 향해 죽어라 내달렸다.

제五장

두 얼굴의 인연

봉황곡주 봉제(鳳帝) 화발군(華發君)은 온몸이 만신창이가 되어 수하들 등에 업혀 들어오는 화운령을 보고 기절초풍할 듯 놀랐다.

목불인견이라 할 만큼 딸의 행색은 참혹했다.

그런데 더욱 기가 막힐 일은 누구와 싸웠느냐고 아무리 물어도 대답을 않는다는 것이었다.

아무리 달래고 구슬려도 정체를 알 수 없는 고수와 싸웠다고만 할 뿐 자세한 내용은 함구했다.

무남독녀 외동딸을 저 모양으로 만든 자를 결코 용납할 수 없었다.

지옥 끝까지라도 쫓아가 복수를 하고 싶은데 자신과 싸운 상대에 대해 뭔가 숨기고 있는 눈치였다.

비록 근래에 이르러 딸이 무공 연마를 소홀히 한다는 것을 알고 있었지만 얻어맞고 다닐 만큼의 하수는 아니었기에 화발군이 받은 충격은 컸다.

화발군은 부하들을 시켜 화운령의 지난 이틀간 행적을 추적토록 지시했다.

반드시 하나뿐인 자식을 저렇게 만든 놈을 찾아 죽일 것이다.

굳게 잠긴 화운령의 방문이 열리고 육 노인이 나왔다.

육 노인은 자신을 비롯한 가족의 건강을 관리하고 있는 봉황곡 제일의 의원이었다.

화운령은 자신을 치료하는 육 노인을 제외하고는 누구도 들어오지 말라고 하였다. 그래서 화발군은 문밖에서 기다리고 있다가 육 노인이 나오면 그로부터 화운령의 치료 경과를 듣는다.

"령아는 좀 어떻소? 몸은 어느 정도 회복되었소?"

육 노인이 무거운 표정으로 입을 열었다.

"내외상은 빠르게 아물고 있습니다만 문제는 얼굴의 상처입니다. 자칫하다가는 흉터로 남을 수도 있습니다."

화발군의 눈이 커졌다.

여인의 얼굴은 생명이며 자존심이다.

자신도 아버지기 이전에 남자였다. 못생긴 여자보다는 아름다운 여자가 훨씬 좋다. 아무리 돈이 많고 무공이 강한 여자일지라도 얼굴이 못생겼으면 마음이 가질 않았다.

그런데 자신의 딸의 얼굴에 흉터가 생겨 뭇남자들로부터 외면을 받을 수도 있다는 생각을 떠올리자 하늘이 노랬다.

"흉터가 남아서는 절대 안 되네. 어떤 처방을 해서라도 예전의 아름다움을 찾아야 하네."

육 노인의 얼굴에 어두움이 스쳤다.

자신없어하는 표정이라는 걸 모르지 않는 화발군이 이를 부드득 갈았다.

"어느 놈과 싸웠는지는 좀 물어보았나?"

"지나가는 말로 물어봤는데 그냥 싸웠다고만 할 뿐 역시 자세한 말씀을 하시지 않더군요."

무척 자존심이 강한 화운령이다.

자신의 꼴이 우스운 만큼 말하기 싫을 것이지만 부모의 마음은 다르다.

어떻게든 입을 열도록 하여 놈을 찾아야 한다.

그때 문이 열리고 화운령이 경장 차림에 죽립을 깊숙이 눌러쓰고 나타났다.

"령아야, 그 몸으로 어딜 가려고 나오느냐?"

사흘이 지났는데도 죽립 밑으로 드러난 턱은 흉측했다.

“황산을 다녀오겠어요.”

황산이라 함은 사문 천진암을 말한다.

다섯 살 때 어머니 기제를 모시기 위해 아버지와 함께 천진암에 갔다가 장마신니를 처음 만났다.

장마신니는 한눈에 화운령의 자질을 알아보고 그 자리에서 제자로 맞아주었다.

당시는 나이가 어려 사제지연(師弟之緣)만 맺고 나중에 부모 품을 떠나서 생활할 수 있을 때가 되면 찾아오라고 하였다.

그때가 정확히 십오 년 전이었다.

이번 왕악과의 싸움은 자신에게 많은 것을 깨닫게 해주었다.

특히 붙어서 온몸으로 치고받는 막싸움은 처음 경험해 보는 대결이었다.

비록 봉황곡의 무예를 아직 절반도 채 배우지 않았지만 한 번도 써보지 못했다. 아니, 써보지 못한 것이 아니라 써볼 기회가 없었고 여건도 안 되었다.

한마디로 왕악에게만큼은 자신이 배운 무공이 아무짝에도 쓸모가 없었던 것이다.

유일하게 할 수 있었던 것은 꼬집고 할퀴는 것뿐이었다.

아무리 강한 무예일지라도 싸움의 형태에 따라서 무용지물이 될 수 있다는 것을 화운령은 처음으로 깨달았다.

어쩌면 이렇게 살아 돌아온 것만도 다행이었다.

"언젠가는 사문으로 들어가긴 해야 하겠지만."

화운령이 화발군의 말을 잘랐다.

"본 가의 재주가 보잘것없어 가는 것이 아닙니다. 이번 기회에 아직 배우지 못한 봉황곡의 무예와 사문의 무공을 완벽하게 소화하려면 조용한 천진암이 나을 것 같아서 가는 거예요. 오래 걸리지는 않을 것입니다."

부족한 무공을 채우러 간다는데 할 말이 없었다.

"그렇다면 말리지는 않겠지만 몸을 좀 추스르고 나서 가면 안 되겠느냐? 그 몸으로는……."

"마음이 일어날 때 가겠어요."

마음이 일어났다는 것은 자신을 이렇게 만든 자에 대한 삭일 수 없는 분노를 의미할 것이다.

"도대체 그놈이 누구냐? 아비가 자식을 이렇게 풍비박산 만든 놈을 모른다는것이 말이 되느냐?"

"알고 싶으세요?"

"말해라. 찢어 죽여 버리겠다."

"그자는 반드시 내가 알아서 처리할 거예요. 아버지는 절대 관여하지 마세요."

"알았으니 어떤 놈인지 말이나 해봐라. 이름이라도 알면 안 되겠느냐?"

"왕악이라는 자예요."

처음 듣는 이름에 화발군은 눈을 깜박거렸다.

화운령은 느릿하게 말했다. 그러나 마디마디에 분노가 짙게 배어 있었다.

"아무리 때려도 상처가 안 나는 걸 보면 신비의 외문무공을 익힌 것 같기도 하고, 다른 한편으로는 전혀 무공을 모르는 문외한인 것 같은 이상한 자예요. 내가 떠나고 없는 동안 놈의 행적과 거처에 대한 추적을 부탁드리겠어요."

부상당한 얼굴을 노출시키지 않기 위해 죽립을 깊숙이 눌러쓰고 가는 딸의 뒷모습이 그렇게 처량해 보일 수가 없었다.

화발군의 온몸으로 분노가 솟구쳤다.

"들었느냐, 백면사후(白面死猴)?"

먹구름 한줄기가 실내로 몰려들더니 사십가량의 흑의장한 한 명이 나타났다.

그런데 흑의장한의 안색이 분칠을 해놓은 것처럼 희었으며 기이하게도 팔이 무릎 아래까지 내려와 마치 다리가 네 개인 것처럼 보였다.

백면사후 육상염(陸上殮).

분칠을 해놓은 듯한 흰 얼굴은 밀교백마수(密敎白魔手)를 연성했기 때문이다. 화발군이 외부에서 데려온 사내라는 것만 알려져 있을 뿐 정확한 신상은 신비에 싸인 인물로 특히 보통 사람에게서는 찾을 수 없는 뛰어난 후각 능력을 갖고 있다고 한다.

"이름이 왕악이라고 한다는구나."

"전 중원을 뒤져서라도 놈을 잡아오겠습니다."

"내 자식이 피눈물을 흘리며 떠났다. 놈이 잡힐 때까지 나 밥 안 먹는다."

"존명."

백면사후가 이번에는 연기가 흩어지듯 사라졌다.

백면사후가 사라진 창문을 바라보는 화발군의 두 눈에 핏발이 맺혔다.

하나뿐인 자식이 울고 떠났다는 사실을 떠올리자 목구멍 저 아래서 뜨거운 덩어리가 불쑥 치밀어 오른다.

억장이 무너지고 숨이 막혀 죽을 것만 같았다.

부드드득.

봉황곡 위로 화발군의 이빨 가는 소리가 밤새 울려 퍼졌다.

화운령의 손에서 도망친 왕악은 미련없이 발길을 돌렸다.

더 이상 남충에서 자신이 머무를 곳은 없었다. 어서 빨리 떠나는 것이 상책이었다.

그런데 막상 남충을 떠난다고 생각하니 발길이 떨어지지 않았다.

조상 때부터 살아왔던 고향을 떠난다는 것도 서글펐지만 이러다 영원히 부모님과 이별을 하는 게 아닌가 하는 두려움이 더욱 가슴을 짓눌렀다.

하지만 언제까지 그런 감상에 젖어 있을 수만은 없었다.

시시각각 자신을 죄어오는 죽음의 그림자들을 떠올리는 순간 마음이 급해졌다.

왕악이 새로운 생활터전으로 정한 곳은 장안(長安)이었다.

장안은 진한 이래 당의 소종(昭宗)에 이르기까지 나라의 수도였던 탓에 아직까지도 대륙의 문물이 사통팔달했고, 그래서 천하 각처로부터 몰려드는 사람들에 의해 수많은 정보와 소문이 양산되었다.

사천이 아니면서도 자신을 쫓는 남궁가의 움직임을 가장 잘 지켜볼 수 있고, 집이 있는 남충과도 멀지 않아서 부모님의 소식을 수시로 살필 수 있는 적지라고 판단했다.

비록 처음 가보는 타관이지만 두렵다거나 걱정되지는 않았다.

자신의 제도술(製刀術)이면 어딜 가서든지 대우받고 목에 힘줄 자신이 있었다.

아버지와 함께 있을 때도 자신의 기술을 탐내어 데려가려 했던 철문(鐵門)이 한두 곳이 아니었다.

일단 적당한 대장간에 들어가 먹고 자는 문제를 해결한 다음 본격적으로 무공 연마를 위해 나서볼 계획이었다.

이왕이면 강한 무공을 얻기로 했다.

팽묘화나 화운령까지는 모르지만 남궁관과 당오는 보통

사람들이 아니었다.

그들을 상대하려면 어지간한 문파나 사부를 모셔가지고는 턱도 없을 것이다.

문득 왕악이 걸음을 멈춰 세웠다.

한 개의 봉우리가 하늘을 찌를 듯 앞을 막고 있었다.

대파산 열여섯 봉우리 중 가장 높은 천두봉(天頭峯)이었다. 천두봉을 올라서면 그곳에 호수가 있었다.

왕악은 길게 숨을 한번 내쉰 다음 천두봉을 오르기 시작했다.

왕악이 지금 가고 있는 곳은 오수호였다.

다섯 마리의 짐승을 닮은 봉우리가 감싸고 있다 하여 용응구낭호로도 불린다.

장안을 가려면 대파산을 넘어야 했고, 가는 길에 남궁관의 두루마리에서 찾아낸 해답과 호수가 일치하는지 알아보기로 한 것이다. 용응구낭호와 다섯 마리의 그림은 아무런 연관이 없을 수도 있었다. 하지만 생사신으로 인해 워낙 많은 사람들이 죽었으므로 찾아가 보고 싶었다.

천두봉에 올라서자 발아래에 쪽빛 큰 호수가 나타났다. 물빛이 어찌나 맑은지 바닥이 보일 만큼 투명했는데 바람에 물결이 일었다.

호수를 바라보던 왕악의 눈이 강렬하게 빛났다.

다섯 개의 봉우리가 호수를 감싸듯 뾰족하게 솟아 있었는데 생사신의 손잡이에서 보았던 다섯 마리의 짐승을 빼 닮았다.

왕악은 호수 주위를 살폈다.

나머지 세 개의 짐승, 사슴과 고양이, 봉황을 닮은 봉우리가 또 있는지 찾아보려는 것이었다.

하나 세 가지 동물을 닮은 봉우리는 더 이상 없었다.

혹시 녹묘봉과 연관성을 지을 만한 지형이나 구조물이 있는지 호수를 따라 걸으면서 샅샅이 훑어봤지만 눈에 띄는 것은 없었다.

결국 다섯 마리 동물과 호수 이름이 겹친 것은 우연이라는 결론이었으므로 왕악은 다소 실망한 표정을 감추지 못했다.

더 이상 살펴볼 것이 없었기 때문에 왕악은 발길을 돌렸다.

한데 바로 그 순간, 반쯤 몸을 돌린 왕악의 신형이 빠르게 돌아섰다.

마침 석양이 지고 있었다.

그런데 석양에 의해 다섯 봉우리가 만든 긴 그림자가 공교롭게도 한곳에 모아졌다. 다섯 봉우리의 그림자가 합해지며 놀랍게도 사슴과 고양이, 그리고 봉황을 만들어내고 있었다.

세 마리의 짐승이 빙 둘러앉아 있는 형상이었고, 왕악의 눈이 부릅떠졌다.

‘틀림없는 녹묘봉이다.’

비록 그림자로 만들어진 봉우리였지만 녹묘봉은 근처 어떤 봉우리보다 위엄이 넘쳐흘렀다.

왕악의 시선은 그림자 봉우리인 녹묘봉을 빠르게 살폈다.

녹묘봉의 그림자가 드리워진 곳은 천두봉의 서쪽 능선이었는데 그곳은 수직에 가까운 절벽이었다.

순간 왕악의 두 눈이 빛을 뿜었다.

녹묘봉 정상이 닿은 천두봉 서쪽 절벽에 조그만 동굴이 언뜻 보였기 때문이다.

그러나 그것도 잠시뿐, 석양은 순식간에 그림자를 흐트러뜨렸고 녹묘봉은 눈앞에서 사라졌다.

왕악은 뭔가 짚이는 것이 있어 지체 않고 천두봉 서쪽 능선을 거슬러 올라갔다. 수직에 가까운 절벽이었지만 돌출 부위와 바위틈 사이를 붙잡으며 올랐다.

절벽 중간쯤에 이르자 조그만 동굴이 나타났다.

산짐승 정도가 드나들 수 있는 크기였는데 왕악은 허리를 구부려 동굴 안으로 들어갔다.

동굴은 좁은 통로로 이어졌다.

오 장쯤 허리를 약간 구부린 상태로 들어가자 이끼가 가득 낀 석문이 앞을 가로막고 서 있었는데 금강지로 휘갈겨 쓴 듯한 웅장한 필치의 글귀가 시선을 사로잡았다.

생사문(生死門).

함부로 들어갔다가는 죽을 수도 있고 살 수도 있다는 뜻이
다.

왕악은 난감한 표정을 지었다.

문이라고 써놓은 것으로 보아 들어갈 수 있는 곳 같았지만
자칫 죽을 수도 있다는 생각에 망설였다. 불과 두 달 사이에
몇 차례 죽을 고비를 넘긴 왕악으로서는 어쩔 수 없었다.

절벽 한가운데 이런 문이 만들어져 있다는 자체가 범상한
일이 아니다. 더구나 생사신의 손잡이에 그려진 여덟 마리의
동물을 추적한 끝에 발견한 곳이므로 상당한 호기심이 생겼
지만 요즘 돌아가는 자신의 인생을 볼 때 선뜻 석문에 손을
댈 수가 없었다.

벌모세수한답시고 염화독령유에 빠졌지, 남궁관의 살수에
서 아슬아슬하게 살아났다.

어디 그뿐인가. 아버지는 사흘을 맞고 끝났지만 자신은 팽
묘화에게 죽을 뻔했고, 화운령이란 여자에게 살아난 것은 정
말 기적이었다.

하나부터 열까지 만사가 꼬였으므로 혹시 석문을 건드렸
다가 또 어떤 불행이 닥칠지 알 수 없는 일이었다.

하나 더 이상 고민할 것도 말 것도 없었다. 설혹 위험이 닥
친다고 해도 여기까지 와서 문을 안 열어본다는 것은 절대 말

이 안 되는 일이었다.

양손을 석문에 대고 슬며시 밀어보았다.

예상대로 석문은 꿈쩍도 하지 않았다. 좀 더 힘을 가했지만 여전히 요지부동이었다.

순간 은근히 오기가 치민 왕악이 양손을 석문 중앙에 대고 힘껏 밀었다. 어지간한 무림의 고수를 한 방에 죽이는 괴력을 갖고 있는 자신의 힘에 석문이 흔들거렸다.

자신감을 얻은 왕악은 다시 한 번 온 힘을 쏟아 석문을 밀어붙였다.

급기야 엄청난 크기의 석문이 거대한 굉음을 남기며 통째 뜯겨 넘어졌다.

쿠우웅!

자욱한 먼지가 눈앞을 가렸다.

잠시 먼지가 가라앉길 기다린 왕악이 부서진 석문의 잔해를 밟고 막 문안으로 들어설 때 눈앞으로 하나의 금빛이 번쩍였다.

왕악은 대뜸 누가 자신을 공격한다는 것을 깨닫고 양손을 벌렸다.

워낙 덮쳐 오는 속도도 빠른 데다 먼지로 인해 형체를 살펴볼 틈도 없었고, 무림인과 싸워 이길 수 있는 방법은 오로지 붙잡는 것뿐이었기 때문에 본능적으로 양팔이 벌려진 것이다.

크와아앙!

왕악은 너무 놀라 하마터면 숨이 멎을 뻔했다.

놀랍게도 자신이 끌어안고 있는 것은 사람이 아니라 전신이 금빛 털로 뒤덮인 성성이였다. 왕악은 기절초풍할 듯 놀라며 끌어안고 있던 성성이를 놓아버렸다.

한데 그것이 실수였다.

성성이는 자신과 비슷한 덩치로 두 눈에서 시퍼런 광채를 뿜어내며 침입자에 대한 가공할 적의를 드러냈다.

크아앙!

동굴이 떠나갈 듯 포효를 지르며 성성이가 공격해 왔다.

성성이는 오른쪽 앞다리를 사람의 주먹처럼 뻗어왔는데 어찌나 빠른지 눈앞으로 금광이 번쩍 하는 순간 왼쪽 관자놀이에 엄청난 충격이 전해졌고, 왕악의 육중한 몸은 동굴 벽에 사정없이 부딪쳤다.

왕악은 얼른 일어나지 못했다.

동굴 천장에 떠 있는 별을 보며 정신을 차리기 위해 고개를 좌우로 흔들었지만 천장에 떠 있는 별은 쉽게 사라지지 않았다.

남궁가의 무사를 비롯해 화운령과 팽묘화에게도 두들겨 맞아봤지만 이렇게 강한 주먹은 처음이었다.

목구멍에서 쓴 물이 넘어왔고, 현기증으로 동굴이 빙빙 돌았다.

또다시 성성이가 괴성을 지르며 덮쳐 왔다. 왕악은 본능적으로 바닥을 뒹굴었지만 옆구리에 벼락을 한 대 맞은 것 같은 뜨거운 충격이 전해져 왔다.

너무 고통스러워 비명도 뱉을 수가 없었다.

성성이는 앞발과 뒷다리로 왕악의 전신을 후려쳤다. 한낱 짐승에게 두들겨 맞는다는 것이 부끄러워 이를 악물고 대항했지만 도저히 상대가 되지 않았다. 왕악은 성성이를 놓아준 것을 후회했지만 이미 때는 늦었다.

성성이는 자신을 죽이려는 것 같았다.

왕악은 급기야 바닥에 축 늘어지고 말았다.

성성이는 쓰러진 왕악에게 다가섰다. 숨이 끊어졌는지 확인하려는 듯 앞발로 왕악의 심장을 더듬었다.

한데 바로 그 순간, 죽은 듯이 누워 있던 왕악의 오른 주먹이 성성이의 턱을 강타했다.

단 한 번에 해결하지 못하면 성성이에게 죽는다는 것을 절감하고 젖 먹던 힘까지 다 쏟아 갈긴 필사의 일권(一拳)이었다.

성성이의 몸이 동굴을 날아 구석진 곳에 처박혔다.

엄청난 충격을 받은 듯 성성이는 입에 거품까지 물며 허우적거렸다.

왕악은 느릿하게 몸을 일으켰다.

성성이의 공격 솜씨는 강호의 일류고수를 넘어섰고, 왕악은 그런 성성이 손에서 살아날 수 없다는 것을 깨달았다. 그래서 혹시 죽은 척하면 생각 짧은 짐승이니만큼 사실 확인을 위해 다가서지 않을까 싶어 모험을 했는데 운 좋게 들어맞은 것이다.

왕악이 다가서자 성성이 두 눈에 공포가 떠올랐다.

이 지능 높은 짐승도 왕악의 주먹 맛에 두려움을 느낀 듯했다.

성성이는 주춤거리며 뒤로 물러섰다.

"난 너의 적이 아니다. 네가 공격하지 않으면 나 또한 널 적대하지 않을 것이다."

짐승이 사람의 말을 알아들을 리는 없었지만 왕악은 입을 열어 말했다.

뒤로 물러나던 성성이가 돌연 동굴 한쪽 벽면의 돌출 부위를 앞발로 후려쳤다.

그그긍!

순간 동굴 벽이 좌우로 갈라지며 성성이는 도망치듯 그 안으로 사라져 버렸다.

혹시 안쪽에 어떤 함정이 설치되어 있지 않나 잠시 머뭇거리던 왕악이 조심스럽게 동굴 안으로 들어갔다.

안으로 들어선 왕악은 깜짝 놀랐다. 동굴 안은 무척 넓었으며 인공의 흔적이 곳곳에 엿보였다.

비록 오래되어 거미줄과 퀴퀴한 곰팡이 냄새가 코를 찔렀지만 화강암 바닥은 대청마루처럼 잘 다듬어져 있었고, 천장에는 희미한 야광주가 빛을 뿌렸다.

동굴 안을 살피던 왕악의 시선이 한곳에 멎었다.

동굴 한가운데에 반 장 높이의 제단이 설치되어 있고, 그 위에 한 명의 흑의노인이 가부좌를 틀고 앉아 있었다.

성성이는 노인 곁에서 잔뜩 웅크리고 앉아 자신을 두려운 눈으로 쳐다보고 있었다.

제단 가까이 다가간 왕악은 한눈에 노인이 숨이 끊어진 지 아주 오래되었다는 것을 알았다.

왕악의 시선이 노인의 발아래에 멈추었다.

순간 왕악의 두 눈이 강렬하게 빛을 뿌렸다. 거기에는 빛바랜 양피지 한 장과 고서 한 권, 그리고 엄청난 크기의 괴병 한 자루가 놓여 있었다. 왕악은 한눈에 괴병이 두루마리 속의 생사신과 일치한다는 것을 알았다.

왕악은 좀 더 가까이 제단으로 다가섰다.

여덟 마리의 동물이 조각되어 있는 손잡이, 용의 비늘 같은 투박한 쇳조각이 갑옷처럼 휘감고 있는 몸체와 칼처럼 한쪽밖에 없는 날과 뭉텅한 끝.

괴병은 생사신이 틀림없었다.

고금제일마병(古今第一魔兵)이라고도 했고 만병지왕(萬兵之王)이라고도 부르는 경천동지의 살인 총병.

황천에서 청천까지를 장악한다는 생사신을 보며 왕악은 돌연 자신의 가슴이 뜨거워지는 것을 느꼈다.

자신의 몸에서 일어나는 갑작스런 반응에 스스로도 당황
스러웠다.

마치 잃었던 신체의 일부분을 되찾은 듯한 느낌이랄까. 가
슴이 뛰며 아랫배에서 후끈한 열기가 온몸을 감싸며 회오리
처럼 솟구쳐 올라왔다.

아버지가 말하길 남녀 간에 궁합이 있는 것처럼 사람과 병
기에도 궁합이 있다고 했다. 궁합이 맞은 병기는 직접 피부에
닿지 않아도 주인과 교감하며 마음이 소통한다고 했다.

왕악이 손을 뻗어 여덟 마리 동물이 살아 꿈틀거리는 것처
럼 조각된 손잡이를 거머쥐었다.

"욱!"

왕악은 자신도 모르게 신음을 뱉었다.

뼛속까지 에일 것 같은 차가운 냉기가 손바닥을 타고 전해
왔다.

마치 얼음의 결정 빙정을 쥔 것처럼 손아귀가 시려왔으나
왕악은 지그시 이를 물고 들어올렸다.

하나 생사신은 꿈쩍도 하지 않았다. 순간 왕악은 생사신의
무게가 백 근에 이른다는 사실을 깨닫고 온 힘을 모아 생사신
을 쳐들었다.

생사신이 움직였다.

지옥의 무저갱 같은 시커먼 몸체가 왕악의 손에 의해 석탁
을 떠나 허공으로 들려진 것이다. 그냥 쳐들어 올리는 것도

힘에 겨운 이 엄청난 무게의 병기로 어떻게 사람을 죽이고 살상한다는 건지 왕악은 의아스러웠다.

왕악은 천천히 생사신을 휘둘러 보았다.

무거운 관계로 부자연스러웠지만 머리 위에 큰 원을 그리며 돌렸다.

부우웅!

불과 십여 바퀴 돌렸을 뿐인데 팔이 뻐근했다.

퍽!

한데 생사신이 그만 등 뒤 석벽에 부딪치고 말았다.

우르르릉 하며 금방이라도 석실이 무너질 듯 흔들리며 생사신과 부딪친 곳에 커다란 구멍이 뚫렸다.

슬쩍 스치듯 부딪쳤는데도 거대한 황소 한 마리가 지나갈 만큼의 큰 구멍이 생기자 왕악의 낯빛이 굳었다.

부딪친 부위를 살펴봤지만 멀쩡했다. 장인의 안목이지만 무슨 쇠로 만들었기에 백 근이 넘는 무게가 나가는지, 미끈하고 날카로워야 할 병기 표면에 비늘 같은 쇳조각을 덮은 이유가 무엇인지 아무것도 헤아릴 수가 없었다.

외관상은 그저 무겁기만 한 병기일 뿐이었다.

물론 이 무거운 병기를 일반 검처럼 휘두를 수 있는 힘만 갖춘다면 그야말로 천하무적일 것이다. 하나 사람의 능력으로 생사신을 장검 휘두르듯 한다는 건 쉬워 보이지 않았다.

왕악은 생사신을 놓고 이번에는 양피지를 주워 들었다.

노부는 천종야신(天宗爺神)이니라.

왕악은 흠칫 놀랐다.
아버지 말에 의하면 생사신을 만든 사람 이름이 천종야신이라고 했으며 천하의 뭇 고수들이 그 발 앞에 엎드려 경배하기를 서슴지 않았다고 했다.

노부의 무공은 철저히 힘에 밑바탕을 두고 있어서 강한 내공이 뒷받침되지 않으면 단 일 초식의 흉내조차도 낼 수 없느니라. 그래서 노부는 두 가지 관문을 만들었다. 첫째, 생사문을 만들어 백 년의 내공이 갖추어지지 않은 사람은 들어올 수 없도록 했고, 설혹 생사문을 열고 들어설지라도 이어지는 군성(君猩)과의 싸움에서 승리해야 노부를 만날 수 있다. 하나 생사문은 몰라도 강호의 일류고수를 능가하는 무예를 지닌 군성을 물리치기란 쉽지 않을 것이다. 군성은 말년에 설산을 여행하던 도중 만년설사(萬年雪蛇)와의 싸움 끝에 죽기 직전에 놓인 놈을 노부가 발견하고 구했느니라. 만년설사의 내단을 복용하여 일반 성성이보다 훨씬 수명이 늘어난 녀석인 데다 힘이 장사이고 노부가 몇 가지 무공까지 가르쳐 놓았다. 이 안에서 생활하는 동안 군성이는 그대에게 여러모로 많은 도움을 줄 것이다. 어쨌든 군성이를 격패시키면 그는 겁을 먹고 그대를 내 방으로 인도하도록 배려해 놨느니

라. 그러므로 이 편지를 읽는 그대야말로 노부의 무공을 배울 수 있는 자격을 얻었으니 축하하노라.

　왕악은 아직도 겁먹은 얼굴로 자신을 쳐다보는 성성이가 천종야신이 말하는 군성이라는 것을 알았다.
　죽은 척했던 꼼수가 아니었다면 자신은 결코 군성을 물리치지 못했을 것이다. 왕악은 한순간의 잔머리가 천종야신을 배알할 수 있는 기연을 불러왔다는 것을 깨달았다.
　만약 정상적인 싸움이었다면 어림도 없었다.

　노부가 왜 강호를 하나의 세력으로 통일하여 정천맹(正天盟)을 만들었는지 아느냐? 혹자는 노부가 독패의 야욕을 품고 강호를 규합했다고 하는데 천만의 말씀이다. 일반 백성들이 황실에서 일어나는 권력 다툼을 모르듯 보이지 않는 강호 저 깊은 곳에서 벌어지고 있는 야심가들의 움직임을 천하는 모른다. 노부가 천하를 하나로 일통시켰던 것은 강호의 아주 깊은 곳에 무서운 암류(暗流)를 발견했기 때문이다. 물론 그들은 노부의 등장에 겁을 먹고 자취를 감추어 버렸지만 노부가 생각하기에는 언젠가는 반드시 강호에 미증유의 피바람을 일으킬 것으로 판단한다. 그래서 그들의 발호에 대비하기 위해 천하를 일통시켜 힘을 뭉치도록 한 것이며 생사신 또한 그들을 겨냥하여 만든 병기니라.

생사신의 탄생 비화에 왕악은 두 눈을 빛냈다.

왕악은 천종야신의 편지를 계속 읽어 내려갔다.

혹자는 그런 보이지 않는 거대 세력을 견제하려면 차라리 의 발전인을 두어 체계적으로 준비할 일이지 자칫 악인의 손에 들어갈 수도 있는 생사신화(生死神畵)를 왜 남겼을까 하는 의문을 품을 것이다. 그 속사정은 이렇다. 노부의 무공은 워낙 막강하고 위력적이기 때문에 보통 사람은 절대 익힐 수가 없다. 늘그막에 제자가 될 만한 그릇을 찾아 천하를 주유했지만 실패했다. …(중략)… 결국 노환으로 죽음이 임박, 내가 취할 수 있는 것은 생사신화를 남겨 후세의 인연을 기다리는 방법뿐이었다.

갈수록 흥미를 더해가는 양피지의 내용에 왕악은 마른침을 삼키며 읽어갔다.

생사신이 없어도 노부의 무공은 천하무적이다. 하나 굳이 생사신을 만들었던 것은 이미 노부의 기존 무공이 그들에게 노출되었을 가능성 때문이다. 그들이 노부의 무공을 파훼할 절기를 만드는 일이 쉽지는 않을 것이다. 아니, 어쩌면 영원히 실패할지도 모른다. 하지만 반대로 성공할 경우를 대비하지 않을 수 없었기 때문이다. 노부의 무공은 크게 생사신 이전과 이후로 나눈다. 생사신 이전의 노부의 무공은 살인신술(殺人身術)이다.

살인신술이라 함은 손과 발, 무릎, 팔꿈치 등 온몸을 이용해 적을 타격하고 압살하는 무예를 말한다. 살인신술이 극성에 이르면 온몸은 지상 최강의 완벽한 살인 병기가 된다. 생사신 이후의 무공이라 함은 생사신으로 펼치는 생사신술(生死神術)을 말한다. …(중략)… 사람들은 백 근에 가까운 생사신을 휘둘러 번개보다 빠른 강호의 절정고수를 어찌 살상하느냐고 반문한다. 틀린 말은 아니다. 보통 사람들은 들어올리기조차 힘든 생사신으로 사람을 죽인다는 것은 쉽지 않다. 하나 천종야신의 무공의 근원이 힘[力] 아니더냐. …(중략)… 생사신을 일반 검처럼 가볍게 휘두른다면 생사신술을 만날 수 있을 것이니라.

왕악의 안색이 굳어졌다.

생사신의 무게가 백 근이라고 했는데 그런 무게의 병기를 일반 검처럼 휘두른다는 게 아무리 상상을 해도 이해가 되지 않았다.

어쨌든 일반 검처럼 휘두를 힘을 갖추지 않고서는 생사신술을 얻을 수 없다는 건 아마 힘도 없는데 무거운 생사신을 쥐봤자 병기로 사용하지 못할 것이기 때문이라고 나름대로 추측하며 글을 읽어 내려갔다.

백 근의 생사신을 일반 검처럼 휘두른다는 것은 어쩌면 노부를 제외하고는 누구도 이루지 못할 영원히 불가능한 일인지도 모른다. 하나 이루기만 한다면 가히 그 무서움은 상상을 초월할 것이니라. 제자를 얻지 못해 생사신화를 남겼으나 악인의 손에 들어갈지 모른다는 염려가 죽는 그 순간까지 노부를 괴롭히는구나. 하나 생사신화가 악인의 손에 들어가든 선인의 손에 들어가든 모든 건 하늘의 뜻이 아니겠느냐. 거듭 밝히지만 살인신술이든 생사신술이든 어느 것 한 가지만 얻어도 능히 독보천하할 수 있음을 장담한다. 군성이는 짐승이지만 뛰어난 지능을 갖고 있어 의사 소통이 충분할 것이니라. 그가 무예 연성에 많은 도움을 줄 터이니 친하게 잘 지내도록 하여라.

천종야신.

편지 내용은 거기까지였다.

왕악은 편지를 내려놓고 이번에는 고서를 주워 들었다. 고서 표지에는 마치 용이 춤추는 듯한 필치로 '살인신술' 이라고 쓰여 있었다.

살인신술은 철저히 몸으로 적을 죽이는 신기(身技)라고 했다.

왕악은 약간 흥분된 마음을 가라앉히고 첫 장을 넘겼다.

첫 장을 넘기자 가장 먼저 '살인십팔신공(殺人十八身功)' 이란 글씨가 눈을 가득 채웠다.

살인십팔신공은 손과 발을 비롯해 온몸으로 상대를 살상하는 열여덟 가지의 절기였다. 마침내 고금제일고수 천종야

신이 남긴 필사의 절기를 접하게 되었다는 사실에 자꾸 가슴
이 두근거렸다.

왕악은 길게 숨을 뱉으며 내용을 읽기 시작했다.

살인십팔신공 권술편(拳術篇).

주먹이야말로 적을 살상하는 가장 오래된 신병(身兵)이다. 그
래서 주먹은 다양하고 종류도 많은데 크게 직권(直拳), 곡권(曲
拳), 승권(昇拳), 와권(渦拳)으로 나눈다.

그중 가장 대표적인 주먹은 직권이다.

직권은 단순히 뻗는 주먹이다. 일반 사람들이 치고 받으며 싸울
때 사용하는 주먹으로써 적을 공격할 때 따로 배우지 않고서도 누
구든 뻗을 수 있는 주먹이라고 하여 본권(本拳)이라고도 부른다.

직권은 속임수와 변식이 없는 대신 오로지 정확성과 속도를
생명으로 한다. 검으로 치면 찌르는 것과 동일한 형태인 것이
다. 가장 기초이고 기본이며 모든 주먹의 시발점인 관계로 직권
이 정확하고 완벽해야 나머지 승권을 비롯한 곡권과 와권을 살
릴 수 있느니라.

직권이야말로 권술의 시작이며 완성인 것이다.

네 종류의 주먹을 설명하는 권술은 모두 다섯 장이었고, 그
중 세 장이 직권에 대한 설명이었다.

그만큼 천종야신은 직권의 중요성을 강조하고 있었다.

직권은 두 가지의 식(式)으로 이루어져 있었다.

제일식 학어단권(鶴魚短拳).

학어단권은 단 한 방에 백발백중 물고기를 잡아내는 학의 사냥 기술에서 착안한 주먹이었다.

학이야말로 가장 완벽한 사냥꾼이다.

물고기는 쉬지 않고 움직이는 표적이다. 거기다가 부리가 물에 부딪치며 일으키는 파장과 소음으로 인해 학은 자신의 사냥 사실을 물고기에게 미리 알려주기까지 한다. 그런데도 실패하지 않고 부리로 한번 겨눈 물고기를 정확히 포획한다.

그래서 학어단권은 가벼운 대신 상대를 정확하게 치는 주먹이었다.

"으음!"

왕악의 입에서 감탄성이 터져 나왔다.

많은 싸움을 해보지는 않았지만 학어단권이 어떤 역할을 하는 주먹인지 그림으로 떠올랐기 때문이다.

제六장

살인십팔신공(殺人十八身功)

生
脈
禮

제이식 맹호연포권(猛虎連砲拳).

학어단권이 정확성으로 상대를 때리는 주먹이라면 맹호연
포권은 생사를 결정짓는 승부권이었다.

호랑이는 자신보다 덩치가 큰 곰이나 들소를 공격할 때 보
통 한 번에 일곱 번에서 여덟 번의 발길질을 한다.

한 번에 천 근 바위를 깨부수는 호랑이의 연속적인 발길질
에서 착안된 주먹이 맹호연포권이었다.

맹호연포권이 극성에 이르면 뇌격십이타(雷擊十二打), 즉
떨어지는 벼락을 열두 번 때릴 수 있다고 했다.

왕악은 입을 떡 벌리고 말았다.

만약 설명대로라면 천하에 그 누구도 직권의 두 가지 식 아래에서 살아나지 못할 것 같았다.

왕악은 부풀어오르는 흥분을 지그시 누르며 권술편을 계속 읽어 내려갔다.

직권과 달리 곡권은 힘의 주먹이었다. 힘의 주먹이다 보니 당연히 직권에 비해 속도가 떨어지는 단점을 안고 있었다. 그러나 일단 격중시켰다 하면 곧바로 치명상을 입힐 수 있는 가공할 파괴력을 갖고 있었다.

그래서 직권은 턱밑에서 뻗어나가는, 곡권은 겨드랑이에서 발권하여 타원형을 그리며 뻗었다.

태악명동일권섬(泰嶽鳴動一拳閃).

주먹 하나에 태산이 울리고 요동한다.

왕악이 흠칫 놀랐다. 사람의 주먹으로 어찌 태산을 울리고 요동케 할 수 있단 말인가.

순간 자신도 모르게 거짓말일지도 모른다는 의심이 들었다.

그만큼 태악명동일권섬의 위력은 절대적이었다. 절정에 이르면 주먹에서 천둥이 울리고 내공이 약한 사람은 그 소리에도 내상을 입었다.

세 번째 승권은 붙어 싸울 때 사용하는 주먹이었다.

서로 끌어안은 완전히 밀착된 상황에서 사용하는 주먹이

었다. 팔과 어깨의 각도로 조정되는 일반 주먹과 다르게 바짝 붙은 틈 같은 공간에서 움직여야 하기 때문에 손목과 팔꿈치의 힘을 최대한 이용해 뻗는 주먹이었다.

증단사(增斷死).

비록 다른 주먹처럼 뻗어 치거나 돌려 치지는 않지만 위력만큼은 어떤 주먹에도 뒤지지 않는 폭발력을 갖고 있었다. 천종야신은 증단사를 일컬어 짧지만 빼어난 살상력을 갖고 있는 흡족한 주먹이라고 했다.

또한 간단해 보이지만 가장 터득하기 어렵다고 했다.

이윽고 마지막으로 왕악의 시선이 와권(渦拳)에 멈췄다. 와권은 말 그대로 폭풍 같은 주먹이었다. 직권과 곡권, 승권이 모두 합해진 결정(結晶)으로 강(罡)의 주먹이었다.

와류혈명(渦流血命).

피와 목숨이 돌아 흐른다.

왕악은 신음을 흘렸다. 설명하는 글귀는 짧고 간단했지만 피 내음이 물씬 배어 있는 주먹이었다. 와류혈명은 주먹이라기보다는 쇠붙이였다.

그래서 천종야신은 네 가지의 주먹 중 가장 잔혹한 위력을 갖고 있다고 했다. 주로 강력한 외문무공을 익힌 상대나 마공으로 몸을 두텁게 보호하는 자들을 부수는 데 적격이었다.

왕악은 고개를 들고 잠시 숨을 들이켰다.

천종야신의 권술은 예상보다 훨씬 강맹하고 무자비했다. 오로지 공격 일변도의 주먹이었고 한번 펼치면 반드시 부수고 죽이는 살권(殺拳)이었다.

군성은 여전히 석탁 한쪽에 엎드려 왕악을 쳐다보고 있었다.

왕악은 불현듯 자신의 무예 수련에 큰 도움을 줄 것이라는 천종야신의 말이 떠올라 군성을 향해 가벼운 미소를 지었다.

어차피 큰 도움을 받아야 할 처지인만큼 친해지고 싶었다. 한데 군성의 얼굴은 싸늘히 굳어 있었다.

아직까지 죽은 척한 자신의 속임수에 패배한 것이 불만인 듯했다.

왕악은 군성의 화가 풀리기를 기대하며 다시 한 번 환하게 웃어주고 살인신술 여섯 번째 장을 넘겼다.

살인십팔신공 주술편(肘術篇).

주는 팔꿈치를 말한다.

팔꿈치는 주먹으로 가격하기에 너무 가깝게 있는 적을 공격할 때 사용한다. 팔꿈치는 날카로운 삼각형으로 되어 있기 때문에 단 한 방에 치명상을 입힐 수 있었다.

그래서 어떤 신공보다 유용하고, 자주 사용하지 않는 대신 살상력이 높은 공격술이었다.

권사인(拳死人) 주사웅(肘死雄). 주먹은 사람을 죽이지만 팔꿈치는 영웅을 죽인다고 할 만큼 상대의 허를 찌르는 무서운 흉기였다.

아수참혈주(我修斬血肘).

아수라를 죽이는 팔꿈치라는 뜻이었다.

왕악은 자신도 모르게 흠칫 놀랐다. 직접 보지 않아도 아수참혈주의 위력이 섬뜩하게 다가왔다.

만약 화운령과 싸울 때 아수참혈주를 배웠다면 한 방에 보냈을 것이라는 생각이 떠올랐다.

어떤 강철일지라도 아수참혈주에 걸리면 걸레 조각처럼 찢긴다는 설명에 지나치게 흉포한 느낌도 들었다.

이윽고 일곱 번째 장을 넘겼다.

살인십팔신공 각술편(脚術篇).

각은 권과 더불어 가장 많이 사용하는 공격 형태다.

몸속의 기운을 발과 정강이, 무릎 등으로 발기시키는 공격으로 크게 각(脚)과 슬(膝)로 나눈다.

다리 공격은 손에 비해 움직이는 폭과 거리가 크기 때문에 위력 또한 훨씬 강하다.

맹룡탈명구각(猛龍奪命九脚).

아홉 개의 초식으로 이루어졌으며 연환식으로의 응용도 가능했다.

일각살인(一脚殺人) 이각파산(二脚破山). 한 개의 다리면 죽이지 못할 이 없고, 두 개의 다리면 산을 무너뜨린다.

두 개의 다리가 빗발치듯 교차하며 상대를 공격하는 맹룡탈명구각에 등격리사막을 중심으로 제국을 건설한 낭왕 적관우의 부하 일백팔혈낭대가 몰살당했다.

당시 사건 현장을 유일하게 목격한 중원제일거상 노종신은 일백팔혈낭대를 부수는 천종야신의 두 다리가 마치 폭포를 후려치는 용각(龍脚) 같았다고 했다.

천추귀슬(千秋鬼膝).

천종야신은 살아생전 딱 한 번 천추귀슬을 사용했다.

황하십팔수로맹의 대맹주 마곡신군 장손귀와 싸울 때였다. 장손귀는 외문무공의 일인자로 자신의 장기인 박투(搏鬪)로 도전을 해왔다.

천종야신은 박투로 싸우자는 장소귀의 의사를 흔쾌히 수락했고, 두 사람은 태산제일봉 장인봉에서 건곤일척의 대결을 벌였다.

하나 싸움의 결과는 너무도 싱겁고 간단하게 끝나고 말았다.

무려 백 초식의 공격을 쏟아 부었지만 장손귀는 천종야신의 옷자락도 건드리지 못했다.

그리고 천종야신이 뛰어오르며 친 단 한 방의 천추귀슬로 장손귀는 절명했다.

왕악이 여덟 번째 장을 넘겼다.

살인십팔신공 두술편(頭術篇).

왕악의 두 눈이 멈칫했다.

두술이라고 하면 머리로 펼치는 무공이란 뜻이었다.

손과 발이 아닌 머리로 펼치는 무공이 있다는 말에 왕악은 호기심 가득한 표정을 지으며 설명을 읽어 내려갔다.

머리야말로 적게 움직이고도 가장 큰 파괴력을 얻을 수 있는 신체 부위이니라. 노부의 경험에 의하면 머리는 주먹의 다섯 배, 다리의 두 배의 파괴력을 갖고 있다. 하나 머리의 약점은 움직일 수 있는 거리가 극히 제한적이라는 것이다. 하나 두술은 대중화되지 않은 공격법이기 때문에 상대로 하여금 거의 경계를 받지 않는 놀라운 장점을 갖고 있다. 한마디로 머리를 잘 굴리면 백전백승할 수 있다.

왕악은 머리를 끄덕였다.

확실히 머러는 손과 발에 비해 주목을 덜 받는 신체 부위였다. 어느 누가 머리를 필살의 절기라고 믿겠는가.

두술은 두 가지 식으로 분류되어 있었다.

전두금강박(前頭金剛搏).

말 그대로 앞이마로 들이받는 박치기다.

주로 적의 칠공을 중심으로 하는 면상을 공격하는 데 효과적이며 특히 코뼈와 이빨을 부러뜨리는 데 매우 적절한 공격이다. 또한 내공이 없이도 한 방에 즉사시킬 수 있는 것이 전두금강박이었다.

철포후두박(鐵袍後頭搏).

뒤에서 끌어안는 적을 처치하는 데 이보다 완벽한 무예는 없다.

뒤에서 달려드는 적의 면상을 고개를 뒤로 젖히며 있는 힘껏 박는다. 이때 쏟아지는 힘의 세기란 내공의 강약에 따라 다르지만 어지간한 바위도 깨뜨릴 수 있다.

살인십팔신공 인술편(印術篇).

인술은 손바닥으로 직접 적을 치거나 가격하는 공격 방법으로 장법과 흡사하지만 바람은 나오지 않는다. 손바닥이 부딪치는 곳에 선명하게 자국이 찍히는 내가중수법이었다.

즉, 내공을 바람이나 단순한 힘으로 바꾸지 않고 단단히 결집시켜 상대를 공격하는 방법이다.

그래서 내가중수법은 부딪친 곳보다는 주로 몸 안쪽에 상처를 입히고 공격 수단이 적의 상처에 도장처럼 남는 특징이 있다.

그래서 극성의 인술은 겉은 멀쩡한데 몸속을 완전히 가루로 만들어 버린다.

그래서 장이나 권보다 훨씬 잔인하고 냉혹한 공격법이다.

달마대사는 손바닥으로 펼치는 무공 중에서 가장 살인적인 수법이 인(印)이라고 말했다.

태양인(太陽印).

극성에 이르면 손바닥이 시뻘건 불덩이로 변한다.

그래서 상처 부위가 새카맣게 타버린다. 특히 어둠 속에서 펼치면 이글거리는 불덩이가 날아오는 것이 마치 혼령 같다고 하여 유령인(幽靈印)이라고도 한다.

하나 뭐니 뭐니 해도 태양인의 가장 큰 장점은 수(手)와 장(掌)으로의 변형이 가능하다는 것이었다.

모두 열다섯 장으로 이뤄진 살인신술에서 열세 번째 장이 넘겨졌다.

열세 번째 장에는 한 가지의 조공(爪功)이 기록되어 있었다.

건곤십조(乾坤十爪).

건곤은 하늘과 땅을 의미한다.

다시 말해, 열 개의 손톱이 천지를 찢는다는 혹독한 뜻인데 멧돼지를 낚아채 간다는 전설의 천마조의 발톱에서 얻었다.

문득 왕악의 눈앞으로 자신의 얼굴을 후비고 할퀴던 팽묘화의 기다란 손톱이 떠올랐다.

그토록 무자비하고 강한 손톱은 처음 보았다.

다행히 염화독령유로 인해 피부가 찢어지지 않아서 그렇지 마치 열 개의 쇠갈고리가 후벼 파는 것 같은 통증을 느꼈다.

팽묘화를 떠올리자 자신도 모르게 이가 갈렸다. 왕악은 나중에 만나면 반드시 건곤십조로 복수해 주겠다고 다짐했다.

건곤십조는 모두 삼 초식으로 이루어졌다.

제일식 일초백혈흔(一招百血痕). 한 번 공격에 백 개의 핏자국을 남긴다.

제이식 금강백조흔(金剛百爪痕). 금강석에 백 개의 손톱 자국을 찍는다.

제삼식 전신조각화(全身爪刻花). 온몸에 손톱으로 꽃을 새긴다.

왕악의 눈빛이 떨렸다.

무서운 살수였다. 손톱으로 사람을 부수는 가공할 마조(魔爪)였다.

왕악은 열 개의 손톱으로 이토록 가공할 절기를 만들어낸 천종야신의 재능에 새삼 머리가 숙여졌다.

열네 번째 장을 넘겼다.

살인십팔신공 구액술편(口液術篇).

돌연 왕악의 이마가 찌푸려졌다.

전혀 들어보지 못한 낯선 무공이었기 때문이다. 신장(神匠)이 되려면 우선 학문이 깊어야 한다면서 아버지는 어려서부터 많은 책을 읽혔다. 그래서 어지간한 글귀는 단번에 이해하는 자신이었지만 구액술이란 말은 처음 들어보았다.

잠시 눈을 깜박거리던 왕악이 느닷없이 고개를 쳐들고 웃음을 터뜨렸다.

'구액이라면 침을 말하는 것 아냐?'

왕악은 너무 엉뚱한 무공에 눈을 반짝였다.

침이야말로 완벽한 암기니라. 노부의 경험에 비춰 침의 효능은 무궁무진하며 다른 암기들처럼 몸에 은닉할 필요도 없고 과도하게 사용하여 소모될 위험은 더욱 없느니라. 그래서 노부는 침을 신의 암기라고 부른다. 암기란 드러나지 않기 때문에 누구에게도 두려운 병기다. 특히 상대가 도저히 생각하지 못하고 예측할 수 없는 침은 완벽한 살상 무기였다.

살아생전 모두 다섯 번 사용했는데 완벽하게 성공했으며 상대 역시 침을 이용한 노부의 무공에 혀를 내둘렀다.

구액탄전공(口液彈電功).

구액탄전공은 침을 뱉는 기예였다.

하나 단순히 뱉는 것 같지만 침 속에 강한 내공이 실려 있기 때문에 상대는 돌이킬 수 없는 치명상을 입었다. 또한 침을 이용해 혈도를 제압하고 길게 늘어뜨린 침은 비수로서의 활용도 가능했다.

즉, 늘어뜨린 침에 내기를 주입하여 입에 물고서 상대를 찌르거나 베는 것이다.

침의 굵기에 따라 구액탄전공의 위력도 달라졌다.

덩어리가 크면 속도는 느리지만 강한 파괴력을 보여줬고, 가늘고 작을수록 빠르지만 약했다.

왕악은 가벼운 웃음을 지으며 마지막 장으로 넘어갔다.

하나 그저 웃고 말았던 구액탄전공이 이후 중원무림을 혼

란의 도가니로 빠뜨릴 줄은 예상하지 못했다.

생사심법(生死心法).

열다섯 번째 장에는 심법이 기록되어 있었다.

심법은 모든 무공의 기초이며 뿌리였다. 절세신공의 밑바탕에는 항시 뛰어난 심법이 도사리고 있다.

심법은 내공을 증진시키고 초식을 유형화하는 뼈대이다. 그래서 뛰어난 심법이 기초가 되는 무공일수록 강맹하고 파괴적이며 무인의 성장과 미래는 어떤 심법을 배웠느냐에 의해 좌우된다.

왕악은 마른침을 삼켰다.

언젠가 당오가 말하길 몸속의 힘을 내공이라 하며 그것을 적절하게 쓸 수 있도록 조절하고 단련하는 것을 심법이라고 했다. 결국 구슬이 서 말이라도 꿰어야 보배라는 말인데 자신의 몸속에 있는 엄청난 힘을 제대로 사용하려면 지금 가장 필요한 것은 심법이었다.

생사심법의 처음은 호흡이다. 호흡은 마음을 일으키는 원인이기 때문에 먼저 호흡을 다스려야 한다. 처음은 길게, 두 번째는 짧게, 세 번은 아주 짧게 하는 호흡을 삼종공법(三種功法)이라 한다. 이윽고 마음이 일어나면 기력(氣力)이 생기느니라. 이것이 바로 내공의 시작이다. …(중략)… 기력을 삼종공법으로 단전에 모으는 것을 단결기(丹結氣)라 한다. 단결기가 왕성하게 이루어질수록 몸속의 힘은 강해지고 극성에 이르면 단결기는 덩어리로 변하는데 이것을 내단이라 부른다.

　왕악은 생사심법의 구결을 한 자도 빠뜨리지 않고 꼼꼼하게 읽었다.

　다른 무공과 달리 심법은 자구 하나만 빠뜨려도 돌이킬 수 없는 위험을 부른다고 천종야신이 경고하고 있었기 때문이다. 비록 내용은 한 장밖에 되지 않았지만 생사심법의 구결은 무척 난해하며 방대했다.

　또한 무공초식과 달리 호흡이라는 물리적 행위와 발심(發心)이라는 정신적 행위까지를 심오한 내용으로 담고 있어 적지 않은 공부를 한 왕악의 머리로서도 이해되지 않은 부분이 많았다. 하지만 왕악은 일단 글씨 하나 흘리지 않고 자세히 외우기 시작했다.

　탁.

　왕악은 생사심법을 끝으로 살인신술을 덮었다.

　그리고 잠시 눈을 감고 머릿속에 들어 있는 살인신술을 쭉 되새겨 보았다.

　누구든 자신의 무공에 대해서는 결코 유약하다 말하지 않을 것이다.

아버지가 술만 마시면 왕씨대장간의 칼이야말로 천하제일 도라고 호언하듯 천종야신 역시 자신의 무공은 적수를 찾을 수 없다고 큰소리쳤다.

자신은 무공에 대해 모른다. 단지 고금제일마병 생사신을 만든 천종야신만 알고 있을 뿐이었다.

그가 만든 생사신을 꺾을 병기는 아직 이 땅에 나타나지 않고 있었다.

그렇다면 더 이상 그가 남긴 살인십팔신공을 의심할 필요는 없었다.

석탁 주위를 두리번거렸다.

천종야신은 생사신술을 책자로 남기지 않고 생사신을 일반 검처럼 휘두를 수 있게 되면 자연적으로 얻게 된다고 했지만 혹시나 하는 마음에 찾아보았는데 역시 보이지 않는다.

왕악은 씁쓸히 웃으며 곧장 학어단권 수련에 들어갔다.

양다리를 대각선으로 벌리고 주먹을 말아 쥐었다. 턱을 약간 당겨 붙이고 눈은 전방을 주시하되 약간 상향을 유지하였는데 영락없는 싸움 자세였다.

천종야신은 직권의 중요성을 수십 번도 넘게 강조했다.

또한 누구나 본능적으로 뻗는 보편적인 주먹이라고 했다. 저잣거리에서 한싸움 했던 실력이었고, 군성이 지켜보고 있었으므로 왕악은 어깨에 잔뜩 힘을 주고 살인신술에 적혀 있는 설명대로 왼 주먹을 툭 뻗었다.

숙!

소맷자락에서 바람 소리가 경쾌하게 울려 퍼졌다.

쉭! 쉬익!

군성을 의식하여 더욱 빠르게 던지듯 뻗어내었다.

자신이 봐도 무척 가볍고 경쾌한 주먹이었다. 그때 갑자기 군성이 면전에 우뚝 서더니 자신의 얼굴을 가리키며 한번 때려보라고 했다.

왕악은 씨익 웃었다.

그런데 거리가 너무 가까웠으므로 군성에게 조금 떨어지라고 손짓했다. 아무리 강호의 절정고수급이라고 해도 자신의 주먹은 바위를 깨뜨리기 때문에 맞으면 위험했다.

왕악은 조심하라고 한 번 더 눈짓을 보낸 뒤 두어 번 헛기침을 한 다음 군성의 얼굴을 향해 왼 주먹을 뻗었다.

주먹이 날렵하게 직선으로 뻗어갔다. 하나 군성은 우뚝 선 채 고개만 좌측으로 돌려 자신의 주먹을 피해 버렸다.

깜짝 놀란 왕악은 다시 주먹을 뻗었다.

하지만 두 번째도 맞추지 못했고, 오기가 생긴 왕악은 연속적으로 주먹을 뻗었지만 군성은 여전히 단 한 걸음도 움직이지 않고 허리와 고개만을 이용해 자신의 주먹을 흘려버렸다.

왕악의 얼굴이 돌덩이처럼 굳었다.

군성의 무공이 아무리 높다고 해도 바로 앞에 두고서도 한 대도 때리지 못한다는 것은 말이 안 되었다.

그때 군성이 이번에는 자신이 뻗어보겠다고 손짓을 해 왕악은 혼쾌히 고개를 끄덕였다. 때리지는 못했지만 피할 자신은 있었다. 상대의 주먹을 빤히 보고서도 피하지 못하는 바보가 어디 있단 말인가.

슈욱!

빠악!

피하려고 마음을 먹기도 전에 군성의 주먹은 턱에 작렬했다.

충격으로 뒤로 세 걸음이나 물러섰다. 창피하기도 하고 화가 난 왕악이 다시 자세를 잡으며 한 번 더 질러보라고 소리쳤다.

"다시 때려봐."

뻐억!

눈을 부릅뜨고 군성의 주먹을 지켜보았지만 번쩍 하더니 이번에는 왼쪽 관자놀이에 박혔다. 벌떡 일어난 왕악은 순간적으로 자신이 눈을 감은 탓이라고 여겼다. 그래서 칼이 들어와도 눈을 감지 않겠다고 다짐하며 다시 쳐보라고 했다.

정말이지, 온 힘을 다해 눈을 부릅떴는데도 또 맞았다.

괜한 오기만 부리는 통에 얼굴만 벌겋게 부풀어 올랐다. 크게 힘을 쓴 것 같지도 않은데 옴짝달싹할 수 없을 만큼 군성의 주먹은 빠르고 정확했다.

왕악은 부끄러웠다.

한낱 짐승이라고 가볍게 여긴 자신의 경솔함이 후회되었고, 직권이라는 주먹이 왜 그토록 중요하고 권술의 기초가 되는지 깨달아졌다.

군성은 괴성을 지르며 손짓발짓으로 말을 했다. 워낙 지능이 높은 동물답게 입으로 말을 하지 못할 뿐 무슨 뜻인지 충분히 알아들을 수 있었다.

지금부터 학어단권을 시범 보일 테니 두 눈 크게 뜨고 보라는 뜻이었다.

군성이 잔뜩 상체를 웅크리더니 번개처럼 왼 주먹을 뻗었다.

쉭!

빠르고 경쾌한 단방이었다.

자신의 주먹과는 속도와 각도에서 확연한 차이를 보여주고 있었다. 군더더기 하나 없이 최단거리로 뻗고 회수했다. 어찌나 빠른지 주먹이 멈추고 난 뒤에서야 바람 소리가 일어났다.

학어단권은 상대가 알고 있든 모르든 한번 뻗었으면 반드시 격중시켜야 한다. 군성의 학어단권은 두 눈을 뜨고서도 쫓을 수 없을 만큼 빨랐다.

군성이 구석진 곳으로 가더니 납으로 만들어진 각반 두 개를 가져와 팔목에 채워주었다.

한 개가 대략 스무 근쯤 되어 보였는데 앞으로 팔목에 차고 수련하라는 뜻이다. 천종야신이 자신의 무공을 익힐 사람을 위해 미리 준비해 놓은 듯했다.

각반이 양 팔목에 채워지자 팔이 빠질 듯 무거웠다. 저녁이 되자 군성이 오수호로 나가 물고기를 잡아와 식사를 준비했다.

생사문의 하루는 그렇게 지나갔다.

왕악은 정확히 묘시에 일어났다.

일어나고 싶어서 일어난 것이 아니라 군성이 하도 깨우는 바람에 도저히 잠을 더 잘 수가 없었다.

동굴 밖은 아직도 어둠이 짙게 깔려 있었다. 군성은 일어나자마자 생사심법의 구결을 따라 운기조식할 것을 요구했다.

왕악이 엉성하게 결가부좌를 하자 군성이 목을 좌우로 한 번 돌리며 헛기침을 하더니 근엄한 얼굴로 시범을 보였다. 왕악은 가슴을 쫙 펴고 구결을 따라 천천히 삼종공법을 시도하였다. 한 번은 길게, 두 번째는 짧게, 그리고 마지막 세 번째는 아주 짧게 호흡을 시도했다.

처음에는 자주 순서가 바뀌고, 호흡이 나누어지지 않았다. 그러나 마음을 가라앉히고 반복하자 조금씩 삼종공법이 이루어졌다. 그런데 왕악은 잔뜩 이마를 찌푸렸다. 결가부좌가 익숙하지 않아 다리에 쥐가 나려고 했고, 뒷골이 당기며 허리가 뼈근했다. 그걸 본 군성이 가만히 앉아 눈을 감았는데 입가에 미소를 짓고 있었다. 그것은 아직 습관이 되지 않아서 그럴 뿐 점차 시간이 지나면 익숙하고 편해질 것이라는 뜻이었다.

운기조식은 무려 두 시진 가까이 계속되었고, 군성의 중단 지시가 떨어졌을 때 왕악의 몸은 땀으로 흠뻑 젖었다.

두 시진이 넘도록 진땀을 뺐지만 몸속으로부터 아무런 느낌도 전해오지 않았다.

아침을 먹고 곧바로 학어단권 수련에 들어갔다. 오십여 차례 정도 주먹을 뻗었는데 너무 힘이 들었다. 그리고 백 번을 뻗고 나서는 너무 힘들어 수련을 중단했다.

크와아앙!

순간 군성이 포효를 하며 길길이 날뛰었다. 당장 계속하라는 것이었다. 얼른 주먹을 지르지 않으면 가만두지 않겠다는 듯 군성이 자신의 주먹을 쥐어 보였다.

그냥 무시할까 하다 왕악은 생각을 고쳐 먹었다.

천종야신이 죽고 없는 지금 군성은 짐승이 아니라 자신의 사부였다.

왕악은 다시 주먹을 뻗기 시작했다. 하나 일각도 지나지 않아 입에서 단내가 풍겼고, 횟수가 늘어갈수록 팔은 천 근의 무게로 눌러왔다.

오백 회가 넘으면서부터는 팔을 들어올리기조차 힘들었다.

결국 왕악은 천 번을 지르고 쓰러져 버렸다.

군성은 인정사정없었다.

날마다 정확히 묘시에 왕악을 깨웠고, 생사심법을 운용하는 것으로 하루를 시작했다.

주먹을 뻗을 때마다 팔이 덜덜 떨려왔다. 육체적 고통은 갈수록 심해졌고, 주먹을 뻗는 것이 아니라 밀어내고 있었다. 그런데 놀라운 일이 벌어졌다. 십 일쯤 지나면서 서서히 속도가 빨라지기 시작한 것이다. 마침내 팔이 각반의 무게에 적응하기 시작했다.

주먹의 속도는 가파르게 속도를 더했다.

하나 더욱 놀라운 일은 심법이었다. 드디어 운기조식을 취하자 몸속에서 반응이 일어났다.

단전에서 뜨거운 기운이 피어올랐다. 처음 느끼는 경험에 왕악은 당황하여 호흡을 흐트러뜨리고 말았다. 하나 신속히 삼종공법을 유지하며 서서히 단전 밖으로 진기를 유도해 내었다. 온몸을 한 바퀴 돌아 다시 단전으로 돌아오는 일주천을 시도하려는 것이었다. 진기가 지나가는 혈도와 경락이 따끔거렸다. 강렬한 기운이 들어오자 놀라는 현상이었다.

군성도 왕악이 첫 일주천을 시도한다는 것을 알아차리고 긴장의 표정으로 지켜보고 있었다.

진기는 명문을 지나 천주를 거쳐 백회혈에 도착했다.

머리 한가운데 불덩이 한 개를 이고 있는 듯했다. 그리고 다시 진기는 기해혈을 거쳐 단전에 부드럽게 안착했다.

'성공이다.'

운기조식이 끝나자 몸이 한결 가벼워졌다.

군성과 왕악이 마주 섰다.

오늘로 생사문에 들어온 지 꼭 육 개월이 지났다. 그동안 왕악은 학어단권에 매달렸고, 이제는 누구라도 가격할 자신이 있을 만큼 왼 주먹은 전광석화 같았다.

오늘따라 몸도 아주 상쾌했다.

각반을 풀자 양손이 붕 뜨는 것처럼 부드럽고 가벼웠다. 운기가 되었으므로 단전의 진기까지 끌어올린 왕악의 주먹이 빛살처럼 뻗었다. 하나 주먹 끝에는 아무것도 걸리지 않았고, 너무 세찬 힘을 쏟아 부어 앞으로 넘어질 뻔하였다.

왕악은 믿을 수가 없어 다섯 번을 공격해 보았지만 처음과 달라진 건 없었다. 예전에 비해 다섯 배는 빨라진 주먹인데 여전히 허공을 때렸다.

왕악은 그제야 절정고수란 의미가 피부에 와 닿기 시작했다.

군성은 자신의 상상을 벗어난 고수였다. 그런데 자신이 싸워야 하는 남궁관과 당오, 팽묘화는 군성보다 훨씬 강하다. 더구나 천종야신이 말한 암류 세력은 또 얼마나 강할까. 왕악은 잠자는 시간만을 제외하고 학어단권에 매달렸다.

왕악이 군성과 다시 마주 섰다.
첫 번째 도전이 실패한 이후 꼭 육 개월 만이었다.
어느새 생사문에 들어온 지 일 년이 지났고, 그동안 학어단권 하나에만 매달렸다.
군성과 마주 선 왕악은 무척 달라져 있었다.
그중 가장 큰 변화는 눈빛이었다. 학어단권을 연마하는 틈틈이 생사심법을 수련한 덕분에 눈에서 날카로운 예기가 일렁거렸다. 사실 왕악의 단전에는 상당한 내공이 모여 있었다. 이제 운기조식은 수월했고, 하루가 다르게 몸속의 힘이 단전으로 몰려들고 있었다.
왕악은 왼 주먹을 뻗었다.
어깨는 말뚝처럼 고정되었고, 단지 왼 주먹만 툭 던지듯 뻗을 뿐이었다.
주먹은 미끄러지듯 직선으로 뻗어나갔다.
군성의 눈이 확 커졌다. 그건 충격과 놀라움이었고, 군성의 오른쪽 관자놀이에 충격을 가한 주먹은 어느새 처음 위치에 똬리를 틀고 있었다.
군성이 아픔도 잊은 듯 왕악을 멀건 시선으로 쳐다보았다. 그리고 돌연 펄쩍 뛰어 허공을 돌며 박수를 쳤다.
크와아앙!

짝짝짝짝!

군성은 좋아 어쩔 줄 몰라 했다. 더구나 손목의 각반도 풀지 않은 주먹으로 자신을 때렸다는 사실이 마냥 기쁜 듯 연신 동굴 안을 뛰어다녔다.

군성이 양 주먹을 턱밑에 바짝 붙였다.

맹호연포권의 기수식이었다. 잠시 호흡을 고르는 듯하더니 전방을 향해 주먹이 뻗었다. 왼 주먹이 앞섰고, 그 뒤로 곧장 오른 주먹이 뒤를 따랐는데 놀라운 일이 벌어졌다.

분명히 왼 주먹이 앞서 갔는데 권착점(拳着點:주먹이 표적에 도착하는 점)에서는 두 주먹이 거의 동시에 들이닥쳤다.

선좌후우세(先左後右勢) 선후지무착(先後之無着). 형식은 왼 주먹이 앞에 가고 오른 주먹이 뒤를 따르지만, 도착은 앞뒤 구분이 없다는 맹호연포권의 구결을 군성은 완벽하게 실천해 보이고 있었다.

그래서 극성에 올라서면 떨어지는 번개를 열두 번 때릴 수 있다고 했던가.

왕악은 곧바로 맹호연포권 수련에 들어갔다.

그런데 왕악이 몇 번 뻗지도 않았는데 군성이 그게 아니라는 듯 손을 내저으며 수련을 중단시켰다.

군성은 핏대를 올리며 손짓발짓으로 설명했다.

맹호연포권의 무서움 중 하나는 두 주먹이 한 지점을 오차

없이 정확히 때리는 것이었다.

열 번이든 백 번이든 주먹을 한곳에 쏟아 넣어야 상대가 받을 충격이 큰데 왕악의 주먹은 여기저기로 흩어진다는 것이다.

"내 주먹이 한곳에 정확히 꽂히지 않고 주먹이 이곳저곳으로 약간씩 빗나가는 이유가 뭐냐?"

군성이 눈을 빛내며 손짓했다.

어깨에 너무 힘이 들어가기 때문이란다. 너무 세게 치려고 하다 보니 어깨에 힘이 들어가고 그래서 주먹이 흔들린다고 했다. 힘을 빼고 학어단권을 뻗듯 가볍게 내고 힘은 표적에 꽂히는 순간 집중해야 한다는 몸짓을 했다.

그리고 군성이 석벽에 주먹만 한 크기의 동그라미를 그리더니 그곳에 맹호연포권을 갈겼다.

군성은 무려 서른다섯 번의 주먹을 갈겼는데 놀랍게도 단 한 치의 오차도 없이 동그라미 안에 박혔다. 깊숙이 뚫린 구멍을 보며 왕악은 신음을 삼켰다. 한마디로 때린 곳을 또 때리는 것이 맹호연포권이었다.

왕악은 주먹이 표적에서 조금만 벗어날 때마다 의식적으로 어깨의 힘을 뺐다.

한데 어깨에서 힘을 빼면 주먹이 느려졌고 힘을 넣으면 흔들거렸다.

끝없이 이어지는 엇박자였지만 왕악은 실망하지 않고 자

세 교정에 안간힘을 다했다. 마침내 맹호연포권을 수련한 지 두 달이 지나면서 흔들리던 주먹이 안정을 되찾았다.

또한 왼 주먹과 오른 주먹의 권착 시간도 거의 비슷해졌다.

처음에는 발권의 차이가 그대로 권착에까지 이어졌지만 시간이 흐를수록 두 주먹의 시간 차는 좁혀졌고, 이제는 거의 동시에 타격되었다.

슈슉!

왕악의 눈부신 맹호연포권에 군성이 연신 고개를 끄덕였다.

그리고 군성과 대결하여 그의 앞가슴에 무려 일곱 번의 주먹을 꽂아 넣고서야 맹호연포권의 수련을 끝냈다.

처음 생사문에 들어올 땐 봄이 무르익었는데 어느새 일 년이 지나고 계절은 다시 가을에 접어들고 있었다. 학어단권과 맹호연포권 두 가지를 배우는 데 무려 일 년 반이란 시간이 훌쩍 지나갔다.

이제는 깨우지 않아도 어김없이 묘시에 눈을 떴다.

가부좌를 틀고 앉아 생사심법을 운용하는 왕악의 몸 주위로 희끄무레한 김이 피어오르기 시작했다.

오수호에서 막 고기를 잡아 들어서던 군성이 얼어붙은 듯 그 자리에 서버렸다.

어제까지도 볼 수 없었던 현상이다.

백로출기(白露出氣).

틀림없었다. 몸속의 내기가 굳건해지면서 완전하게 틀을 잡으면 몸 밖으로 일부가 뿜어 나오는데 이를 백로출기라 한다.

많이 뿜어져 나올수록 내공은 높아지고 어느 정도 올라서면 그때부터는 눈에 잘 보이지 않는 맑은 청색의 기운이 나온다. 백로출기는 왕악의 내공이 완벽하게 몸에 생성되었다는 뜻이었으므로 군성은 또다시 펄쩍 뛰며 좋아했다.

산이 요동했다.

천두봉이 무너질 듯했고 바람도 없는데 오수호의 물살이 세찬 파동을 일으켰다.

마치 지진이 일어난 듯 온 산을 휘감아 도는 굉음과 들썩이는 진동은 열흘 전부터 시작되었다. 산짐승들까지도 느닷없이 들려오는 폭음에 잔뜩 겁을 먹고 멀리 도망가 버렸다.

쿠우우―웅!

어마어마한 기세로 터져 나오는 소리는 천두봉을 쩌렁쩌렁 흔들어대었다.

굉음에 귀가 먹먹할 지경이었지만 군성의 입가에는 미소가 끊이지 않았다.

태악명동일권섬을 연마한 지 불과 열흘밖에 되지 않았는데 왕악의 주먹은 무서운 위력으로 성장하고 있었다.

이미 생사문 석벽에는 왕악의 주먹에 맞아 수많은 구멍이 뚫려 있었고, 자욱한 먼지가 눈앞을 가렸다.

왕악의 옆구리에서 한줄기 광채가 터졌다.

주먹은 반원을 그리며 정확히 석벽에 격중되었고, 커다란 구멍이 뻥 뚫리며 돌가루가 난리를 쳤다.

우스스스!

온몸으로 쏟아지는 돌 조각을 맞고 서 있는 왕악의 두 눈은 무척 고요했다.

태악명동일권섬은 의외로 손쉬웠다. 이미 직권의 두 식으로 속도는 만들어졌기 때문에 오로지 힘만 쏟아 넣으면 되었다.

왜 천종야신이 그토록 직권을 강조했는지 이해가 되었다.

만약 직권을 갖추지 못했다면 태악명동일권섬은 도저히 연마하기가 불가능한 주먹이었다. 아무리 힘의 주먹이라고 해도 기본적인 속도가 있어야 파괴력이 실리기 때문이었다.

내공까지 상승일로에 접어들면서 태악명동일권섬의 위력은 갈수록 난폭해졌다.

시간이 흐를수록 더욱 세차게 흔들거리던 산이 어느 날 돌연 잠잠해졌다.

겁을 먹고 사라졌던 동물들도 다시 돌아왔고, 오수호의 물고기들도 예전처럼 즐겁게 물속을 유영했다. 광포한 폭음과 진동이 있은 지 정확히 석 달 만에 되찾은 평화였다.

제七장

생사현관(生死玄關)의 타통

生
命
禮

쓰으으으!

왕악의 몸을 감싸고 있던 흰 수증기가 돌연 머리 위에 덩어리가 되어 뭉치기 시작했다. 잠시 후 왕악의 머리 위에는 눈부시도록 흰 연꽃 세 송이가 떠 있었다.

그것도 잠시뿐, 머리 위에 떠 있던 연꽃이 흐트러지며 왕악의 콧속으로 빨려 들어갔다.

왕악이 눈을 뜨자 기다렸다는 듯 군성이 손가락 세 개를 들어 보였다.

연꽃이 세 개였다는 뜻이었는데 일명 삼화취정(三花聚精)이라고 부른다.

워낙 생사심법이 뛰어난 탓에 한 번씩 운기조식을 취할 때마다 염화독령유의 기운이 단전으로 쑥쑥 들어갔다.

왕악은 몸속을 흐르는 염화독령유의 약 사 할이 단전에 모였다고 보았다.

천종야신의 무공은 힘을 바탕으로 하기 때문에 완벽하게 터득하기 위해서는 최소한 팔 할은 내공으로 모여야 한다.

운기조식을 끝낸 왕악은 승권 연마에 들어갔다.

중단사. 박투시 가장 유용하게 사용되는 최고의 주먹이었다.

천종야신은 당세에 내로라하는 어느 권문(拳門)도 승권 같은 절묘한 주먹은 갖고 있지 않다고 했다.

왕악은 화강암으로 된 기둥에 바짝 붙어 서서 손목의 탄력만을 이용해 주먹을 꺾었다.

퍼억!

팔을 뻗지 않고 짧은 손목의 움직임으로 올려 치는 주먹이지만 워낙 내공이 듬뿍 실려 동굴이 울렸다. 왕악은 적을 붙잡듯 왼손으로 기둥을 끌어안고 오른 손목만을 이용하여 후려쳤다.

주먹만 한 돌 조각이 우수수 쏟아지며 기둥 중앙이 움푹 패었다.

권술편 마지막 주먹 와권의 와류혈명까지 터득하고 났을 때 오수호 위로 세 번째 눈이 내렸다.

생사문에 들어온 지 이 년 오 개월이 지난 것이다.

대부분의 무공은 초식과 기교에 치중한다.

그 이유는 내공을 증진시키는 일보다는 초식 숙달이 훨씬 수월하기 때문이었다.

그래서 많은 사람들이 내공보다는 변화무쌍한 초식 개발에 몰두하였다.

그에 비해 천종야신의 살인신술은 파괴적이고 선이 굵어 누구든 힘만 제대로 갖추면 골머리를 썩지 않고서도 터득할 수 있었다.

그래서 염화독령유로 무장한 왕악에게 더욱 적절한 무공이었다.

무예를 터득해 가는 왕악의 속도는 눈부실 만큼 빨랐다.

순식간에 지옥의 흉기라는 아수참혈주와 한 개의 다리면 죽이지 못할 자 없고, 두 개의 다리면 산을 무너뜨린다는 맹룡탈명구각, 그리고 단 한 방으로 황하의 절대지존 마곡신군 장손귀를 보내 버린 천추귀슬을 팔 개월 만에 소화해 버렸다.

또다시 생사문 안으로 군성의 박수가 울려 퍼지고 있었다.

왕악이 지금 막 두술 제일식 전두금강박으로 한 자가 넘는 두 개의 석벽에 구멍을 냈기 때문이다.

군성이 괜찮냐는 듯 가까이 다가와 왕악의 앞이마를 쓰다듬고 살펴보았다.

하나 조그만 돌 조각 몇 개가 박혔을 뿐 이마는 말끔했다.

왕악의 온몸이 땀으로 흠뻑 젖었다.

왕악은 운기조식을 하기 위해 자리를 잡았다. 운기조식이 내공을 증진시키기도 하지만 부상을 치료하고 떨어진 체력을 회복하는 데 탁월한 효능이 있다는 것을 알게 되었다. 그래서 수련 도중에도 틈틈이 운기조식으로 피로를 풀었다. 더구나 힘을 많이 쓰는 천종야신의 무공이다 보니 한번씩 전력을 다해 무공을 펼치고 나면 온몸이 파김치가 되었다.

삼종공법을 시도하자마자 단전의 진기가 벌 떼처럼 일어났다.

그러더니 밖으로 꺼내기도 전에 단전을 뛰쳐나가 경락을 따라 줄달음질쳤다.

왕악은 소스라쳤다.

단전의 내기가 일체 자신의 통제를 따르지 않았다. 순간적으로 왕악은 뭔가 잘못되었다는 것을 깨닫고 서둘러 삼종공법으로 진기를 통제하려 들었지만 막무가내였다.

진기는 마치 고삐 풀린 망아지처럼 몸속을 내달리더니 삽시간에 백회혈을 휘감아 버렸다. 그리고 잠시 두 호흡쯤 숨을 죽이던 진기가 두 개로 쫙 갈라져 폭포처럼 거꾸로 떨어져 내렸다. 그런데 두 개로 나누어진 진기가 달려가고 있는 곳은 여태껏 단 한 번도 흘러보지 못한 임맥과 독맥이었다.

왕악으로서는 어떻게 손을 써볼 틈도 없었다.

콰아아아아앙!

천둥 치는 소리가 몸속에서 일어나며 왕악의 몸이 붕 날아 맞은편 석벽에 부딪쳤다.

엄청난 충격에 정신이 얼얼하긴 했지만 뼈가 부러지거나 다친 곳은 없었다. 정신을 차리기 위해 잠시 바닥에 누워 있던 왕악이 벌떡 몸을 일으켜 세우는 순간 몸이 허공으로 솟구치며 이번에는 천장에 머리를 박았다.

왕악의 눈이 휘둥그레졌다.

허공을 딛고 서 있는 듯 전신이 가벼워졌고, 단전에는 폭포수 같은 내공이 득실거렸다.

'생사현관이 타통되었다.'

생사현관은 고수로 가는 최대의 관문이다.

단전에서 출발한 진기는 전신을 한 바퀴 돌며 몸 구석구석에 묻어 있는 찌꺼기를 깨끗하게 쓸어 단전으로 가져온다. 단전은 이런 노폐물을 운기조식을 통해 몸 밖으로 배출하거나 다시 정화하여 순기(純氣)로 재탄생시킨다.

한데 임맥과 독맥이 막혀 있으면 진기가 온몸을 한 바퀴 돌지 못하고 중간쯤에 다시 돌아온다. 그래서 몸속의 폐기와 탁기를 단전으로 가져오지 못해 금방 지치는 것이다.

하지만 생사현관인 임맥과 독맥이 뚫리면 진기가 끊임없이 온몸을 회전하며 피로를 씻고 탁기를 제거하고 재생시키기 때문에 오랫동안 싸워도 지치지 않는다.

강호에서 지치지 않는다는 것은 승리의 절대적인 요소다.

생사현관은 워낙 두꺼워 거의가 외부의 도움을 받아 타통시켰다. 그런데 자생적으로 뚫렸다는 것은 아직 내공으로 바뀌지 않은 염화독령유가 일시에 단전으로 들어오면서 내공이 폭발적으로 증가했기 때문이다.

으워어엉!

군성이 너무 기쁜 나머지 사람처럼 고개를 쳐들고 앙천광소를 터뜨렸다. 왕악은 어림잡아 염화독령유로 얻어진 힘의 약 팔 할이 내공으로 바뀐 것으로 짐작했다.

왕악이 두술 제이식 철포후두박의 수련을 끝냈을 때 그의 나이 스무 살이 되었다.

염화독령유에 사라졌던 머리카락도 길게 자랐고, 텁수룩한 구레나룻과 구릿빛 피부가 탄탄한 느낌을 주었다.

이제 앳된 소년의 모습은 어디에도 찾아볼 수가 없었다.

양손에 점심식사용으로 팔뚝만 한 황어 두 마리를 잡아 들어오던 군성이 멈칫했다.

왕악이 벽을 보고 우뚝 서 있었는데 어느 때보다 엄숙했다.

태양인은 그 한 가지로 끝나지 않는다. 성패에 따라 자그마치 세 가지의 무공을 얻느냐 못 얻느냐가 달려 있었다. 물론 태양인이 실패하면 태양장과 태양수 또한 당연히 얻지 못한다.

태양인은 장법이 아니기 때문에 소리가 없다. 그래서 무척

조용하게 상대를 공격하며 거칠고 동적인 파괴 행위보다는
태우거나 녹이는 정적인 무공이었다.

깨뜨리고 부수는 건 힘으로 가능하지만 녹이는 것은 구결
의 진의를 완전히 소화하지 못하면 이루어지지 않는다.

굵직하고 투박한 천종야신의 무공 중에서 유일하게 섬세
하고 난해한 무공이 태양인이었다.

무려 두 달 동안 구결을 연구하고 분석했으니 그럴 리는 없
지만 만약 끝내 자신이 잘못 이해했다면 실패할 것이다.

왕악이 명치 앞에 모인 쌍장을 벼락처럼 앞으로 내밀었다.
언뜻 장력을 펼치는 모습과 흡사했지만 손바닥에서 나가는
건 바람이 아니라 손바닥 모양을 한 이글거리는 투명한 열기
였다.

소리도 없고 색상도 없었다.

퍼억 하는 소리가 들리며 손바닥 모양의 열기는 정확히 맞
은편 석벽을 때렸다.

돌가루도 날리지 않았고 그 흔한 진동도 없었다.

하나 석벽에서는 아무런 변화도 일어나지 않았다. 긴장한
듯 지켜보던 군성의 목구멍으로 침 넘어가는 소리가 천둥처
럼 정적의 동굴을 울린다.

왕악의 안색이 흙빛으로 변했다.

'실패다.'

성공하면 격중된 석벽이 물처럼 녹아내려야 한다.

그때 군성이 다가와 잡아온 황어로 풀이 죽어 있는 왕악의 어깨를 툭 쳤다. 찢어져라 커다란 입을 벌리며 웃었는데 기죽지 말고 힘내라는 뜻이었다.

그리고 황어를 들어 보였다.

자신이 멋지게 황어 요리를 할 테니 기대하라는 뜻이었다.

왕악은 석벽으로 다가갔다. 가까이서 보아도 석벽에는 아무런 흔적이 남아 있지 않았으므로 길게 한숨을 내쉬었다.

착잡한 기분으로 손가락으로 자신의 손바닥이 쳤던 부위를 슥 눌러보던 왕악은 소스라치게 놀라고 말았다.

석벽이 힘없이 푹 꺼져 들어가며 검은 가루가 손끝에 묻어 나왔다.

'이럴 수가!'

손끝에 묻어 나온 것은 석벽이 타고 남은 재였다.

왕악은 손을 깊숙이 찔러 넣어보았다. 손바닥 모양으로 뚫린 석벽은 무려 한자 깊이로 완전히 재가 되어 있었다. 군성도 깜짝 놀라며 다가와 구멍 속으로 손을 집어넣었다 뺐다 했다.

가격한 곳을 부수기만 한 것을 태양파(太陽破)의 경지라 하고, 완전히 물처럼 녹이는 것을 태양액(太陽液), 그리고 완전히 태워 버리는 것을 태양인의 최고 경지 태양분(太陽分)이라고 한다. 천종야신도 말년에 이르러 겨우 태양분의 경지에 올랐다고 했다.

왕악은 자신이 태양분의 경지에 올라섰다는 것을 믿을 수
가 없었다.

태양분은 자신의 현재 내공 수위나 강호 경륜에 비춰 결코
오를 수 없는 경지였다.

한참을 생각하던 왕악이 두 눈을 빛냈다.

자신이 태양분을 시전할 수 있었던 원인을 찾았다.

'염화독령유 때문이다.'

염화독령유의 약 팔 할이 내공으로 변했다.

적은 양일 때는 그렇지 못했지만 팔 할이란 많은 양이 내공
으로 변하면서 염화독령유의 고유 성질이 나타난 것이다. 즉,
염화독령유가 갖고 있는 무엇이든지 녹이고 태워 버리는 열
기가 나타난 것이다.

내공은 증진시키기 위해 섭취하고 복용한 약물의 특성을
그대로 간직한다.

공청석유로 만들어진 내공은 영험한 기운을 갖고 있어 치
료와 해독에 뛰어나고, 채양보음이나 시체의 기운을 섭취하
여 쌓은 시음지기(屍陰之氣)는 사악하고 음험한 성질을 갖는
다.

그래서 어떤 성분의 내공이냐에 따라 무공의 위력도 달라
진다.

더구나 태양인은 내가중수법이다. 그렇잖아도 뜨거운 기
운인데 덩어리로 결집시켰으니 당연히 석벽이 견딜 턱이 없

었다.

자신의 무공에 염화독령유의 특성이 배어 나오는 것은 전혀 예상 못한 엄청난 소득이었다.

내공 자체가 강한 화기를 갖고 있기 때문에 상대는 다른 사람과 싸울 때보다 훨씬 위험에 노출될 수밖에 없었다.

그런데 염화독령유의 무서움은 건곤십조에서 더욱 위력적으로 드러났다.

손톱 자국이 스치는 석벽은 모조리 녹아버린 것이다. 물론 내공의 조절에 따라 녹는 강도는 달라졌지만 어쨌든 염화독령유의 성분으로 인해 본래의 건곤십조보다 더욱 섬뜩해졌다.

콰아아아!

왕악의 쌍수가 갈고리처럼 곧추서며 석벽을 향해 힘껏 교차했다.

열 개의 손가락이 현란한 광채를 뿌리며 석벽을 긁어갔고, 손톱과 석벽이 부딪치며 부싯돌의 석화처럼 불빛이 번쩍거렸다.

순식간에 석벽에는 밭을 갈아놓은 듯 가로세로로 십자 형태의 골이 파였다.

한 번 공격에 백 개의 핏자국을 남기는 일초백혈흔이다.

이어 왕악의 열 개의 손가락이 부챗살처럼 펴졌다 싶은 순간 또다시 석벽을 찍어갔다.

꼿꼿하게 선 열 개의 손가락이 전광석화와 같은 속도로 석벽을 찍는데 콩을 볶는 소리가 들렸다. 금강석에 백 개의 손톱 자국을 남기는 금강백조흔으로 건곤십조 제이식이었다.

왕악의 쌍수가 연이어 급변했다.

열 개의 손가락이 춤을 추듯 석벽을 쓰다듬었다.

한데 놀랍게도 석벽에는 꽃이 피어나고 있었다. 왕악의 손이 지나갈 때마다 손가락 굵기의 감국(甘菊)이 화려하게 피어났다.

천종야신이 살아생전 가장 좋아했다는 감국.

'둥근 꽃봉오리가 높이 맺혀 있는 것은 모든 것의 중심을 본뜬 것이며 다른 색과 섞이지 않은 것은 순수한 황색의 대지이다. 일찍 심었어도 늦게 피어나는 것은 군자의 덕과 같으며, 서리를 무릅쓰고 꽃을 피우는 것은 강직함을 상징하고 잔 안에 가볍게 떠 있는 꽃잎은 신선의 먹거리이다.' 라고 감국을 존중했던 천종야신의 애화(愛花)가 왕악의 손끝에서 피어나고 있었다.

건곤십조 제삼식 전신조각화.

백 송이의 감국은 침울하고 퀴퀴하던 석실을 화려한 화원으로 바꾸어 버렸다.

군성도 넋을 놓고 석벽에 새겨진 감국을 쳐다보았다.

왕악은 자신의 손톱을 살폈지만 깨지거나 긁힌 흔적 하나 없이 깨끗했다.

혹자는 남자가 손톱 무예냐고 비아냥댈지 모르지만 천종 야신은 건곤십조로 수많은 거목들을 좌초시켰다. 또한 남이 잘 사용하지 않은 신체 부위의 무공이야말로 필살의 비기(秘技)라는 건 이미 강자들 사이에 알려진 사실이다.

오수호 위로 둥근 달이 떠올랐다.

투명한 월광에 오수호가 은 비늘처럼 반짝이고 있었고, 근처 숲들은 흰 눈을 맞은 것처럼 눈부시게 빛나고 있었다.

왕악은 생사문 입구에 앉아 달빛 가득한 오수호를 바라보았다.

부모님이 보고 싶었다. 이곳에 들어온 지 어느새 오 년이라는 세월이 지났는데 혹시 그사이 집으로 돌아왔을지도 몰랐다.

'어머니.'

자신은 알고 있다.

지금쯤 어머니는 한숨 반 눈물 반으로 살고 있을 것이다. 아들이 없는 한 어머니는 절대 주무시지 않는다. 이 밤도 필시 유등을 밝혀놓고 아들을 기다리며 홀로 지켜 앉아 있을 것이다.

왕악은 터져 나오는 슬픔을 참느라 입술을 악다물었다.

그리고 어서 빨리 이곳을 떠나야겠다고 다짐했다.

그때 등 뒤로부터 인기척이 들려왔으므로 얼른 고개를 돌렸다. 자는 줄 알았던 군성이 다가와 불쑥 서찰 한 개를 내밀었다. 뭐냐는 듯 쳐다보았지만 군성은 그냥 내밀기만 했다. 서찰은 아주 오래된 듯 빛이 바랬는데 놀랍게도 천종야신이 남긴 것이었다.

그대가 이 편지를 받을 때쯤이면 노부의 살인신술을 거의 터득해 가고 있을 것이다. 이 서찰에는 노부의 신법과 보법이 들어 있다. 왜 다른 무공들처럼 살인신술에 기록하여 미리 터득하게 하지 않고 노부의 기예를 모조리 연마했을 때서야 따로 건네주는지 의아할 것이다. 무공을 연마하는 데 있어 보법은 마약과 같다. 달마는 제자 혜가에게 자신의 보법 불영선하보를 가장 나중에 가르쳤다. 그 이유는 보법이 다른 무공을 배우는 데 방해가 되기 때문이다. 보법은 움직임이다. 움직임이 좋으면 펼치는 무공의 위력도 달라진다. 하나 그것은 보법의 도움일 뿐 그 무공이 갖고 있는 고유의 위력이 아니다. 그래서 보법을 먼저 배우면 다른 무공을 대충 배우게 되는 것이다. 그런 우를 막기 위해 가장 늦게 보법을 전한 것이니 이해 바라노라. 노부의 생사신보(生死神步)는 강호제일이다. 만약 노부가 보법을 먼저 주었다면 그대의 무공은 지금의 절반 수준에 그쳤을 것이다. 하나 이제 생사신보를 익히면 그대의 무공은 지금보다 두 배는 강해지리라.

제八장

걸음

生
脈
福

만무지보(萬武之步). 걸음이야말로 모든 무예의 으뜸이란 뜻이었다.

아무리 뛰어난 신공을 지녔다고 해도 발이 따라주지 않으면 그 위력은 반감된다. 기민한 접근과 신속한 퇴각이야말로 승부의 절대적인 전술이다. 그래서 절정의 고수들일수록 빠르고 다변한 보법을 얻고자 필사의 노력을 경주했다.

생사신보는 동서남북 사방위를 축으로 해서 움직이는데 무척 현란하였다. 천종야신은 생사신보가 완성되면 우중행보(雨中行步), 즉 비를 맞지 않고 빗속을 걸어갈 수가 있다고 했다.

왕악은 흥분을 감추지 못하고 빠르게 읽어 내려갔다.

좌방삼삼(左方三三), 우방오오(右方五五), 후방이사(後方二
四), 전방일육(前方一六), 좌우구칠(左右九七), 후우사일(後右四
一)…….

왕악의 인상이 와락 찌푸려졌다.
도무지 무슨 내용인지 하나도 알 수가 없었다.
크와앙!
그런데 곁에 서 있던 군성이 보법만큼은 자신이 알고 있다
고 손을 들어 보였다.
생사신보의 기본 보세(步勢)는 삼급일완(三急一緩)이었다.
세 걸음은 빠르게 걷고 한 걸음은 느리게 걷는 것이었다.
왕악은 다음날부터 생사신보 수련에 들어갔다. 왕악은 앞
서 가는 군성의 발자국을 따라 걸음을 옮겼다. 그런데 군성의
걸음이 종잡을 수가 없었다. 앞으로 걷는 것 같은데 뒤로 가
고 있었고 뒤로 걷는데 옆으로 이동하였다.
처음에는 또박또박 느리게 걷던 군성이 점차 속도를 높였
다. 왕악은 발자국을 놓칠세라 정신을 똑바로 차리고 뒤를 따
라붙었다. 자신이 가까이 붙을수록 군성은 걸음의 속도를 높
여갔다. 어느새 동굴 안은 쫓고 쫓는 군성과 왕악의 그림자로
가득 찼다.

그리고 삼 개월쯤 지나면서 둘의 움직임은 육안으로는 보이지 않을 만큼 빨라졌다.

천종야신의 장담은 허언이 아니었다.

생사신보를 배우고 난 살인신술은 더욱 위력을 발휘했다. 이제 군성은 왕악의 상대가 되지 못했다. 왕악의 주먹과 발길질에 맞아 군성의 금빛 털이 뭉텅이로 빠졌고, 대결을 요청하면 슬슬 피했다.

군성은 초저녁 잠이 많았다.

오늘도 군성은 저녁 숟가락을 놓자마자 곧바로 곯아떨어졌다.

"할 말이 있다. 잠깐 일어나 봐."

왕악이 발로 툭 걸어차자 군성이 짜증스런 얼굴로 반쯤 허리를 세웠다.

잠이 잔뜩 묻은 눈으로 쳐다보는 군성을 향해 왕악은 단호히 말했다.

"나, 그만 여길 떠날 거야."

무슨 말인지 얼른 알아듣지 못한 군성이 눈을 깜박거렸다.

왕악이 결심을 한 듯 힘주어 말했다.

"뭘 그렇게 멍청히 쳐다만 보는 거야? 내 말 안 들려? 너와 헤어져야겠단 얘기야. 살인신술도 거의 다 배웠으니 더 이상 여기 있을 필요 없잖아?"

군성의 두 눈이 불거졌다.

왕악은 고개를 돌린 채 빠르게 말을 이었다.

"나가서 해야 할 일이 많아. 너무 섭섭하게 생각하지 말고 날 이해해 줘."

돌연 군성이 벌떡 자리에서 일어나더니 밖을 향해 달려갔다.

왕악이 깜짝 놀라며 소리쳤다.

"어딜 가는 거야?"

군성은 순식간에 왕악의 눈앞에서 사라져 버렸다.

하늘엔 별이 총총 박혀 있었다.

오수호 위로 긴 꼬리를 남기며 유성이 떨어지고 있었다. 군성은 생사문에서 조금 떨어진 절벽 끝 납작한 바위에 쭈그리고 앉아 있었다.

왕악은 슬며시 군성의 곁으로 다가가 앉았다.

둘은 말없이 잠시 그대로 앉아 있었다. 멀리 오수호 쪽에서 눅눅한 바람이 불어왔다. 끈적끈적하고 비릿한 냄새가 코끝에 훅 끼쳐 왔다.

"나 그럼 가지 마?"

군성이 돌아보았는데 울고 있었다.

왕악은 흠칫 놀랐다.

"너, 우는 거야?"

군성이 털이 부스스한 손등으로 눈물을 훔치고서 고개를
끄덕였다.

떠날 거면 떠나라는 뜻이다.

구액탄전공도 칠성 언저리에 이르렀고, 생사문에 들어온
지 육 년 가까이 되었으므로 왕악은 이제 헤어질 시기가 됐다
고 생각했다.

"널 못 잊을 거야."

왕악이 군성의 어깨에 오른손을 얹었다.

군성이 와락 끌어안았다. 긴 팔로 왕악의 목을 으스러져라
휘감으며 볼을 비볐다.

새벽녘이었을 것이다.

끄으윽, 왕악은 격렬한 열기에 신음을 흘렸다. 꿈인지 생시
인지 얼른 구분이 가지 않았지만 불구덩이에 빠진 듯 온몸이
뜨거웠다.

'으음.'

너무나 뜨거운 열기에 양 주먹을 쥐며 몸을 부르르 떨다 눈
을 번쩍 떴다.

꿈이 아닌 생시였다.

등 뒤 명문혈을 통해 강렬한 양강지기가 밀려들어 오고 있
었다. 반듯이 누워 잤는데 책상다리를 하고 있는 것을 보아
누군가 자는 틈을 이용해 자신을 제압한 것 같았다.

왕악은 한눈에 어떤 상황이 벌어지고 있는지 알아차리고 기겁하며 고개를 돌리려는데 등 뒤로부터 낮은 포효가 귓전을 파고들었다.

끄르르룽!

섬뜩했지만 포효를 지른 목소리가 누군지 알 수 있었다. 움직이면 죽는다는 무서운 경고였으므로 왕악은 꼼짝도 하지 못했다. 군성이 명문혈을 통해 본신의 진기를 주입하고 있었다.

너무 놀라 말도 나오지 않았다.

당장 그만두라고 소리치려는데 재차 군성의 경고가 살벌하게 파고든다.

자칫하면 둘 다 죽으므로 얌전히 있으라는 뜻이었다. 너무나 어처구니없는 돌발 사태에 왕악은 어찌할 바를 몰랐다.

크어어엉!

이번 경고는 빨리 자신의 진기를 받아 생사심법을 운용하라는 뜻이었다.

왕악이 머뭇거리자 재차 포효했다.

왕악은 하는 수 없이 생사심법을 운용하여 군성이 보내는 진기와 자신의 진기가 무리없이 섞이도록 했다. 군성의 진기는 염화독령유로 뭉친 자신의 진기에 빨리듯 흡수되었다.

얼마나 지났을까. 밀물처럼 밀려들어 오던 명문혈의 진기가 기세를 누그러뜨렸다.

그리고 퍼억 하며 등 뒤로 무언가 넘어지는 소리가 들렸다.

왕악은 빠르게 돌아섰다. 거기에는 주름살투성이의 늙은 성성이 한 마리가 벽에 기대어 거친 숨을 몰아쉬고 있었다. 어젯밤 자신과 이별을 약속했던 군성이었다.

군성이는 만년설사의 내단으로 얻은 진기가 빠져나가면서 폭삭 늙어버렸다.

"왜 이런 바보 같은 짓을 했어?"

군성이 환하게 웃으며 손가락으로 자신의 가슴을 툭툭 치며 손짓했다. 군성과 오랫동안 생활해 온 왕악은 그의 손짓이 무엇을 말하는지 알 수 있었는데 내용은 이러했다.

자신이 생사문을 지켜온 것은 왕악 한 사람 때문인데 왕악이 떠나면 더 이상 여기 남아 있을 의미가 없다. 그렇다고 다시 세상으로 나가고 싶은 마음도 없다.

만년설사 내단 덕에 다른 성성이들보다 훨씬 오래 살았으므로 삶에 미련은 더욱 없다. 결국 왕악을 위해 살았으므로 왕악을 위해 죽기로 했다는 대충 그런 뜻이었다.

"군성."

왕악은 목이 메었다.

천장의 야광주 빛이 주름살 가득한 군성의 얼굴을 푸르스름하게 바꾸어놓았다.

그래서인지 군성의 얼굴은 더욱 파리했다. 한데도 군성은 무엇이 그렇게도 좋은지 왕악을 보며 웃음을 지었다. 문득 군성이 허리를 구부리더니 왕악의 뺨에 자신의 볼을 비볐다. 거친 털이 얼굴을 찌르듯 파고들었지만 왕악은 그대로 있었다. 뺨으로 식어가고 있는 군성의 체온이 느껴졌다.

부르르.

군성이 온몸을 격렬하게 떨었다.

조금씩 자신을 끌어안은 군성의 손에서 힘이 달아나고 있었다. 그러면서도 군성은 웃음을 그치지 않고 있었다. 군성의 몸이 나무토막처럼 굳어지더니 한순간 고개가 옆으로 툭 떨어졌다.

숨이 끊어졌는데도 군성은 여전히 웃고 있었다.

왕악은 끝내 눈물을 흘리고 말았다.

순청(純靑)의 불[火].

왕악의 몸 주위로 아지랑이 같은 열기가 넘실대었는데 마치 푸른 불꽃에 휩싸인 것 같았다. 무인의 몸에서 티없이 맑고 깨끗한 순청색 화기가 뻗어 나오는 것은 오직 한 가지 때문이다.

노화순청(爐火純靑). 화롯불이 극에 이르면 청색이 된다는 뜻으로 내공의 한 경지였다. 이때가 되면 내공을 안으로 갈무리하여 일체 밖으로는 그 흔적이 드러나지 않는다. 지극히 평범한 모습으로 변하기 때문에 과연 상대가 고수인지 아닌지 판별이 쉽지 않다.

온몸을 휘감고 돌던 청화가 콧속으로 사라지고 왕악이 눈을 떴는데 지극히 담담했다.

왕악은 천천히 생사신이 있는 곳으로 걸어갔다.

생사신은 여전히 먼지를 수북이 뒤집어쓰고 있었다. 과연 자신의 내공이 어느 정도 성장했을까. 군성의 진기까지 받은 지금 생사신을 일반 검처럼 휘두를 수 있을까.

용응구낭호녹묘봉. 여덟 마리의 짐승이 새겨진 손잡이를 거머쥔 손등의 힘줄이 새끼줄처럼 불거졌다.

칼을 만들어봤기 때문에 병기의 무게에 대해 누구보다도 예민한 감각을 갖고 있었다. 확실히 육 년 전 이곳을 처음 들어왔을 때와는 비교가 안 될 정도로 생사신은 가벼웠다.

부우웅!

전방을 향해 힘차게 찔렀다.

언뜻 봐서는 무게를 감당 못한 불안한 동작은 찾아볼 수가 없다.

찌르는가 싶었는데 어느새 반원을 그리며 생사신이 허공을 베어간다.

왕악은 생사신을 빠르게 휘둘러 나갔다.

어떤 초식도 아니고 누구를 죽이기 위해 휘두르는 목적있는 공격은 더욱 아니었다. 진기도 주입하지도 않았고 단지 얼마만큼 일반 검처럼 정확하고 빨리 조종할 수 있는지 시험하는 것인데도 석실이 비명을 지른다.

좌촤촤촤!

증오를 터뜨리듯 내뿜는 생사신의 기세는 포악했고 휘두르는 왕악조차 소름이 온몸으로 달라붙었다. 천종야신은 어떤 병기도 생사신에 도전할 수 없으며 만병의 제왕이고 삶과 죽음을 관장하는 미증유의 신병이라고 했다.

죽음 같은 으스스한 전율을 느끼며 왕악은 생사신을 거두었다.

더 이상 휘두르면 석실이 무너질 것 같았다. 왕악은 굳이 생사신을 들고 적과 싸우라고 하면 못할 것도 없다는 생각이 들었다. 그러나 팽팽한 적수를 만났을 때는 병기라기보다는 아직은 방해물이 될 것 같은 것이 솔직한 심정이었다.

이왕이면 생사신술까지 취해 나가고 싶었는데 아쉽지만 아직 인연이 닿지 않았다.

인연은 바람과 같아서 스스로 머물기 전에는 붙잡을 수 없다.

왕악은 한쪽 구석에 떨어져 있는 커다란 천을 펼쳤다. 천종야신은 가뜩이나 크고 험상궂은 생사신을 드러내 놓고 다닐 수가 없었다고 했다. 그래서 사람들 시선을 차단하기 위해 천축산 대마포(大麻布)로 만든 보자기에 생사신을 싸고 다녔다 했다.

이윽고 손가락 굵기의 묵련탈혼사(墨鍊奪魂索)를 이용해 생사신을 등 뒤에 묶어 멨다.

보통 사람보다도 훨씬 큰 신장인데도 생사신 끝이 땅바닥에 닿을락 말락 했다. 단단히 매어졌는지 몸을 좌우로 한 번 움직여 본 뒤 천종야신의 유체가 있는 석실 중앙으로 걸어갔다.

군성이 천종야신과 나란히 앉아 있었다. 짐승이어서 따로 묻을까 하다 죽어서도 주인과 함께 있게 해주고 싶었다.

왕악은 천종야신을 향해 무릎을 꿇었다.

구배지례(九拜之禮). 그것은 제자로서 스승에게 예를 다하는 사제지연의(師弟之緣儀)였다. 천종야신은 자신의 제자로 삼는다는 표명을 하지 않았지만 그가 남긴 무공을 배웠으므로 아홉 번 절하였다.

절을 마친 왕악의 시선이 이번에는 군성을 쳐다보았는데 여전히 웃고 있었다. 때로는 사부가 되어 가르쳤고 실전 경험을 쌓도록 하기 위해 강력한 적이 되어주기도 했지만 군성이 자신을 위해 가장 크게 희생한 것은 식사였다.

한참 왕성한 식욕을 자랑할 나이인 자신을 위해 수시로 대파산을 뒤져 좋은 약초와 열매를 따다 날랐다.

"군성, 나 간다."

왕악이 오른손을 쳐들었다.

그리고 오른손을 좌우로 너울거리며 흔들어주었다. 순간 군성의 얼굴에 미소가 더욱 짙어지는 것 같았다.

왕악의 오른손이 벼락처럼 앞으로 뻗었다.

　군성은 생사문 입구 오른쪽에 서 있는 토끼처럼 생긴 바위를 부수면 석실이 완전히 폐쇄될 것이라고 가르쳐 주었다. 인을 장으로 바꾼 태양장(太陽掌)에 토끼바위가 통째로 날아가 버렸다.

　왕악은 무너지는 생사문을 뒤로하고 천두봉 절벽을 내려왔다.

　계절은 겨울을 떠나 보내고 있었고, 양지 쪽 잔설이 녹아 습기를 가득 머금은 길은 미끄러웠다. 바람은 차가웠지만 새 순 냄새가 듬뿍 실려 있었다.

　왕악의 발걸음은 가벼웠다.

　마침내 육 년 만에 세상으로 나가게 되었다는 기쁨도 컸지만 무공을 배웠다는 사실이 더욱 즐거웠다. 슬며시 진기를 끌어올려 두 다리에 주입했다.

　순간 좌우 숲 속의 나무들이 도망치듯 뒤로 사라졌다.

　신법과 보법의 구결을 하나로 묶어 창안된 생사신보는 상황에 따라 경신술과 비행술로도 변형되었다. 왕악이 지금 펼치고 있는 것은 보법으로 양 발의 보폭이 무려 삼 장에 이를 만큼 걸음을 크게 떼는 추원섬(追遠閃)이었다.

　반대로 보폭을 아주 좁게 떼는 대신 빠르게 발을 움직이는 것을 근속공(近速空)이라고 한다.

　왕악이 기분에 취해 추원섬과 근속공을 번갈아 펼치며 오솔길을 걷고 있을 때 느닷없이 앙칼진 여자의 외침이 터졌다.

"거기 서라!"

왕악은 기겁하며 걸음을 세웠다.

비록 육 년이란 세월이 흘렀지만 아직도 여자란 존재는 무서운 악몽으로 자신의 의식에 달라붙어 있었다. 이제 무공을 배웠다는 사실을 상기시키며 어깨를 쫙 폈지만 가슴은 두근거리고 있었다.

왕악은 마른침을 삼키며 천천히 소리가 들려온 곳을 향해 고개를 돌렸다.

한 명의 백의여인이 바위 뒤에서 천천히 걸어나왔다. 백의여인은 옆구리에 큰 상처를 입고 있었는데 누구에겐가 쫓기는 것 같았다. 한데 여인의 몸에서는 섬뜩할 만큼의 요사한 기운이 풍겨 나오고 있었다. 지독한 요기(妖氣)에 왕악은 눈살을 찌푸렸다.

"길을 좀 묻겠다. 오행곡으로 가려면 어디로 가느냐?"

"나는 이곳 지리에 대해서 잘 모르오."

문득 백의여인이 왕악의 위아래를 훑어보았다.

"곰 사냥꾼이냐?"

왕악의 덩치가 큰 데다 검은 천으로 감싼 등 뒤의 생사신을 곰을 때려잡는 몽둥이쯤으로 판단한 모양이었다.

왕악이 인상을 썼다. 아무리 남루한 행색이지만 어떻게 자신을 사냥꾼으로 볼 수가 있단 말인가. 육 년을 고생하고 천

종야신의 개세신기를 배워 이제 막 산을 내려오는 자신을 사
냥꾼으로 몰아붙인 여인에게 은근히 화가 치밀었다. 물론 육
년 전이었다면 사냥꾼으로 보든 장사꾼으로 보든 전혀 신경
쓰지 않았을 것이다.

"내가 어딜 봐서 사냥꾼으로 보이오? 난 무림인이오!"

잔뜩 목에 힘을 주고 뱉은 무림인이라는 말에 여인은 짜증
스럽게 말했다.

"알았으니 꺼져라."

붙들고 더 물어봤자 시간 낭비라고 생각한 듯 여인은 절뚝
거리며 몸을 돌려 걸어가 버렸다.

왕악은 속에서 묵직한 덩어리가 치밀었지만 꿀꺽 눌러 삼
켰다. 다른 사람도 아닌 천종야신의 제자가 별것도 아닌 일
로, 그것도 여자에게 화를 낸다는 것이 왠지 옹졸해 보일 것
같았기 때문이다.

더구나 강호에 출도하여 첫 싸움을 여자와 하고 싶지는 않
았다.

문득 왕악이 갸웃거렸다. 조금 전 사라진 백의여인이 낯익
었기 때문이다. 자신이 알고 있는 여자라면 팽묘화와 화운령
이 전부인데 그들 두 사람은 아니었다.

그런데 꼭 어디서 한 번쯤 만난 사람 같았다.

'그 여자를 닮았다. 남궁가에서 내 시중을 들었던 산산.'

남궁관의 도끼에 죽었던 산산을 빼 닮았다.

자신의 동생을 찾아 약속을 지키지 못해 미안하다는 말을 꼭 좀 전해달라고 했던 산산의 황량했던 웃음이 눈앞에 떠올랐다.

오늘 만난 백의여인으로 인해 나중에 상당한 골치를 썩히게 될 줄은 이때까지도 왕악은 알지 못했다.

왕악이 백의여인으로 인해 뒤틀린 심사를 겨우 다스리며 몇 걸음 옮겼을 때 별안간 한 떼의 흑의사내가 나타났다. 모두 열두 명이었는데 누군가를 쫓는 듯 하나같이 핏발 선 눈을 하고 있었다.

"뒈지기 싫으면 묻는 말에 대답해라! 혹시 옆구리에 큰 상처를 입고 이곳을 지나가는 계집년을 못 봤느냐?"

왼쪽 눈 밑에 붉은 사마귀를 갖고 있는 선두의 사내가 다그치듯 물었는데 이들의 수뇌 같았다.

왕악은 사내들을 향해 씩 웃었다.

가뜩이나 백의여인으로 인해 가라앉은 기분인데 초면에 말을 놓는다. 왕악은 사내가 불쾌하게 나왔으므로 은근히 기뻤다. 심기를 거슬린 당사자는 아니지만 어쨌든 잘 걸렸다고 생각했다.

"봤소."

왕악은 흔쾌히 대답해 주었다.

사내들의 눈이 번들거렸다.

"어디로 갔느냐?"

"모르겠소."

순간 한 명의 사내가 대뜸 욕설을 하며 달려들었다.

"이런 개자식이 지금!"

얼핏 움직인다 싶었는데 사내의 주먹이 어느새 면전까지 파고들었다.

왕악의 왼 주먹이 사내의 면상을 툭 쳤다. 한데 분명히 사내보다 늦게 뻗었는데 먼저 때렸다.

뻑 하는 타격음과 함께 사내는 뒤로 날아가 바위에 부딪치더니 그대로 기절해 버렸다.

단 한 방에 동료가 기절해 버리자 사내들의 눈이 휘둥그레졌다. 하나 이내 일제히 살기를 뿜어냈고, 한쪽 귀가 유난히 큰 사내가 대뜸 검을 뽑아 들고 달려들었다.

"놈!"

천종야신은 속도가 빠른 검일수록 무변(無變)하다고 했다. 빠른 검일수록 변화가 없다는 얘긴데 사내의 검은 곧장 직선으로 뻗어왔고, 빗살과 같았다.

'놀라운데?'

하지만 왕악은 눈썹 하나 까딱하지 않고 오른발을 뒤로 반 보쯤 빼내었다.

생사신보 후중일보(後中一步)의 식이었다. 순간 사내의 검은 왕악의 앞가슴을 아슬아슬하게 스치며 지나갔다.

뻐억!

몸의 중심을 잃고 비틀거리는 사내의 뒤통수에 왕악의 왼 주먹이 또다시 작렬했다. 사내는 그대로 앞으로 밀려가 전방의 소나무에 정통으로 얼굴을 부딪치며 벌렁 나자빠졌고, 잠잠한 것이 역시 기절한 것 같았다.

사태의 심각성을 깨달은 듯 수뇌를 제외한 아홉 명의 사내가 일제히 달려들었다.

"건방진 놈!"

"감히 십이혈전대에게 싸움을 걸다니 넌 무조건 죽었다!"

사내들의 검은 우박처럼 쏟아졌다.

하나 그들의 검은 텅 빈 허공을 격했을 뿐 분명히 베었다고 생각한 왕악의 신형은 어느새 눈앞에서 사라지고 없었다.

지켜보던 수뇌의 얼굴이 납덩이처럼 굳어졌다. 십이혈전대가 왕악의 옷깃도 건드리지 못하고 있었다.

십이혈전대(十二血戰隊).

정천맹의 집행사자들로 추적과 척살에 나름대로 일가견이 있는 무사들이었다. 일백여 차례의 임무를 완벽하게 수행함으로 자신들의 존재 가치를 굳세게 보여준 이들이 맥을 못 추고 있었다.

하나 충격은 거기서 그치지 않았다.

십여 초 동안 피하기만 하던 왕악의 왼 주먹이 뻗어 나왔다.

한 번씩 뻗어 나올 때마다 정확히 한 명의 십이혈전대를 기절시켰다.

그리고 딱 아홉 번 주먹이 뻗었고, 십이혈전대 중 서 있는 사람은 자신 말고는 없었다.

수뇌는 숨이 콱 막히는 것 같았다.

어깨를 쫙 펴고 크게 숨을 들이켰지만 너무 놀란 탓에 말이 떨려 나왔다.

"우리는 지금 금지마공을 익힌 한 여인을 추적하고 있소이다. 한데 귀하로 인해 그 여인을 생포하는 데 큰 차질이 생겼소이다. 만약 그 마녀가 오행곡에 들어가 마공을 완성하게 되는 날이면 향후 천하는 피로 물들 텐데 당신은 그 책임을 어떡하시려오?"

하나 왕악의 귀에 수뇌의 말은 한마디도 들어오지 않았다.

왕악은 지금 강호에 출도하여 벌인 첫 싸움을 부지런히 복기하고 있었다.

사실 군성과 수백 번의 대결을 벌였지만 그건 어디까지나 살상이 없는 약속된 비무일 뿐이었다.

왕악은 과연 실전에 돌입했을 때 자신의 몸이 어떻게 반응해 줄지 무척 긴장되었다.

연습과 실전은 다르다.

연습은 후일이 있지만 실전은 곧장 죽음으로 이어진다. 그래서 심리적으로도 무척 초조하고 불안하기 때문에 몸이 경직되어 움직임이 둔해질 가능성이 컸다.

한데 모든 것은 기우였다.

몸은 놀라우리만치 적의 공세에 야수적인 본능을 보여주

었다. 더구나 열한 명이라는 다수와 싸웠는데도 옷자락 하나 찢겨지지 않았다는 것은 자신이 이제 완전한 무림인으로 탈바꿈했다는 반증이다.

왕악의 입가로 가느다란 웃음이 번졌다.

아득히 뻗어나간 대파산의 웅장한 고봉들을 보며 왕악은 짜릿한 쾌감에 몸을 떨었다.

하나 왕악을 바라보는 수뇌의 얼굴은 참담하게 일그러지고 있었다.

혈음강기는 어떤 무공도 대적할 수 없다는 정천맹 최고 수뇌의 음성이 귓전을 맴돌고 있었다.

왕악만 아니었다면 마녀를 잡을 수 있었다.

이미 자신들의 공격에 마녀는 중상을 입고 있었다.

당장 이 사실을 상부에 보고해야 했다. 마녀를 놓쳤다는 보고가 아니라 왕악을 쳐 죽여야 한다는 보고를 말이다.

피혜전(皮鞋廛)을 운영하고 있는 광구의 인상이 와락 찌그러졌다.

아침부터 한 노인이 일주일 전에 사 갔던 신발을 환불해 달라고 왔기 때문이다.

바꿔 가는 것은 몰라도 환불은 절대 안 된다. 광구는 일언지하에 불가하다고 선언했다.

"돈으로 돌려줄 수 없다고?"

신발을 사 갔던 노인의 표정이 험악하게 변했다.

광구는 단호히 말했다.

"저희는 신발을 파는 가게이지 샀던 신발을 다시 돈으로 물려주는 곳이 아닙니다."

노인이 들고 있던 신발로 삿대질을 했다.

"이런 나쁜 놈을 봤나! 그게 말이 되는 소리냐?"

"아무튼 죽어도 되돌려줄 수 없습니다."

노인도 곱게 물러서지 않았다.

"환불해 줘."

광구는 들은 체도 않고 먼지떨이로 진열된 신발 위에 쌓인 먼지를 떨어냈다.

노인은 도저히 씨알도 먹힐 것 같지 않자 가래침을 뱉으며 욕설을 퍼부었다.

"더러운 놈, 콱 망해 버려라!"

그러면서 들고 왔던 신발을 거머쥐고 사라졌다. 광구의 두 눈이 나가는 노인을 매섭게 쏘아보았다.

"못된 늙은이 같으니라구! 한번 샀으면 그것으로 끝나는 거지 무슨 환불이야!"

광구는 기분 나쁘다는 듯 노인이 사라진 쪽을 향해 뭉텅이 가래침을 뱉었다.

그때였다. 한줄기 묵직한 음성이 광구의 귓가를 울렸다.

"한번 팔면 죽어도 환불해 주지 않는 철칙은 여전하구려."

광구는 깜짝 놀라며 고개를 쳐들었다.

언제 다가왔는지 건장한 체격의 흑의사내가 입구에 진열된 신발을 둘러보고 있었다.

처음 보는 사내였다. 한데 한번 구입하면 어떤 일이 있어도 절대 환불해 주지 않는 자신의 장사 철학을 알고 있는 걸로 보아 남충에 살고 있는 것 같은데 아무리 봐도 기억에 없었다.

"날 아시오?"

두렵지는 않았지만 자신에게 감정을 품은 고객들이 적지 않아 조금 불안했다.

또한 사내의 우람한 덩치가 은근히 신경 쓰였고.

힘이라면 누구에게도 뒤지지 않지만 사내 또한 결코 만만해 보이지는 않았다.

"너무하는 것 아니오? 남충에서 유일한 신발 가게라고 지나친 횡포 아니냔 말이오?"

"당신, 누군데?"

광구는 비위가 상해 인상을 썼다.

"신발 사러 왔으면 어서 사가지고 가시오. 그게 아니면 그만 나가주던가."

그제야 흑의사내가 자신을 향해 정면으로 돌아섰다.

광구는 흠칫 놀랐다.

어디서 많이 본 얼굴이다. 그러나 이내 고개를 세차게 흔들고 말았다. 자신이 떠올린 그 사내는 죽었다. 육 년 전 부모와 같이 실종되었다.

물론 시체가 발견된 것은 아니지만 살아 있다면 지금까지 한 번도 나타나지 않을 리가 없었다.

들리는 말에 의하면 무림인들과 깊은 원한을 맺어 그들에게 살해당했다고 했다. 하나 아직까지 대장간에 정체불명의 인물들이 상주하는 것을 보면 가족 중 누군가는 살아 있을지도 모른다.

어쨌든 왕악으로 인해 많은 친구들이 죽임을 당했다.

그 일로 대장간과 약간의 교류라도 있었던 사람들은 혹시 자신들에게까지 죽음이 미칠까 봐 전전긍긍했다. 다행히 왕악으로 인해 죽은 사람은 더 이상 발생하지 않았지만 여전히 낯선 사람이 찾아오면 불안했다.

"늙었구려."

순간 광구의 눈이 커졌다.

그러고 보니 전체적인 얼굴 형태가 틀림없는 왕악이었다.

"설마?"

"나도 많이 변했지요, 광구 형."

"정말로 왕악이란 말이냐?"

왕악이 넓은 신발 가게를 쓱 휘 둘러보며 물었다.

"그동안 잘 있었소?"

"너, 이 자식!"

광구는 왕악을 힘차게 끌어안았다.

두 사람은 무척 친했다. 다섯 살 터울이었지만 친구처럼 가깝게 지냈고, 그런 배경에는 아마 어머니끼리 아주 가깝다는 것이 크게 작용했을 것이다.

광구는 눈물을 흘렸다.

마치 죽었다 살아 나온 사람을 보는 것 같았다. 육 년 동안 단 하루도 잊어본 적이 없다고 하면 지나친 거짓말이고 최소한 사흘에 한 번씩은 왕악을 생각했다.

특히 왕씨대장간이 사라지면서 수많은 손님들이 감씨장간으로 몰려드는 것을 볼 때면 더욱 가슴이 저며왔다.

"뭐 하는 거요? 지금 우는 거요?"

광구는 아예 목 놓아 흐느꼈다.

마치 어린아이처럼 왕악의 품에 안겨 어깨를 들썩거렸다. 광구의 그런 모습에 갑자기 왕악은 목이 막혀왔으므로 슬그머니 그를 밀어내고 큰 소리로 말했다.

"목이 컬컬한데 시원한 냉수 한 그릇 주시오!"

"알겠다. 기다려라."

광구가 잽싸게 안쪽으로 들어가더니 잠시 후 커다란 함지박에 찬물을 가득 떠왔다.

왕악은 소리 내어 찬물을 마셨다.

"대장간은 가봤느냐? 아직도 놈들이 지키고 있다."

왕악이 물을 마시다 말고 고개를 쳐들었다.

　자신은 부모님이 죽지 않았다면 지금쯤 집에 돌아와 있을 것이라고 생각했는데 남궁가의 무사들이 아직까지 대장간에 진주하고 있다면 부모님은 아직 돌아오지 않았다는 뜻이다.

　부모님을 뵐 수 있을 것이라는 희망을 갖고 왔는데 가슴이 무너지는 것 같았다. 그러나 한편으로는 부모님이 아직 살아 있다는 뜻도 되었으므로 적이 마음이 놓였다.

　"역시 고향 물 맛이 최곱니다."

　왕악은 함지박을 건네주고 돌아섰다.

　광구가 입구로 걸어나가는 왕악의 등에 대고 소리쳤다.

　"어딜 가는 것이냐?"

　"집으로 가지 어딜 가겠소? 육 년 동안 비워둔 대장간 치우려면 며칠 눈코 뜰 새 없을 것 같소."

　순간 광구가 달려가 왕악의 앞을 가로막고 섰다.

　"내 얘기 못 들었느냐? 대장간에는 널 쫓던 자들이 진을 치고 있다고 했잖느냐? 가면 죽을 것이다!"

　왕악이 눈을 부라렸다.

　"그게 무슨 말이오? 난 형님처럼 남충 사람들에게 욕먹으며 살지 않았소. 마음에 들지 않는다고 사 갔던 칼을 가져오면 순순히 돈으로 환불해 줬단 말이오. 형과 달리 난 원한 진 사람도 없는데 누가 날 죽인단 말입니까?"

　완전히 변했다.

육 년 전에는 엉뚱하긴 했어도 이렇게까지 능청스럽지는 않았다.

광구는 왕악에게 무슨 커다란 변화가 생겼다는 것을 본능적으로 느꼈다.

문득 왕악의 등 뒤에 매달린 커다란 물건이 광구의 눈을 사로잡았다.

"그건 뭐냐? 무척 무거워 보이는데?"

"별것 아니오."

왕악이 인파 속을 비집고 팔자걸음으로 한들거리며 걸어갔다.

광구가 들고 있던 함지박을 한쪽으로 내팽개치듯 던지고는 왕악을 뒤쫓아갔다.

"내가 따라가겠다!"

지나다 보면 항시 세 명이 대장간에 죽치고 있었다.

자신이 합세하면 삼 대 이이기 때문에 만약 싸움이 붙으면 가능성이 있다고 생각했다. 아무리 상대가 무림인이라고 하지만 왕악 혼자 대장간으로 가는 것을 지켜보고만 있을 수는 없었다.

왕악은 곁에 붙어오는 광구를 놀랍다는 눈으로 돌아보았다.

"그런 눈으로 보지 마라."

광구가 비장한 각오를 다지듯 주먹을 불끈 쥐었다.

"아무리 사람 죽이는 기술이 좋은 놈들이라고 하지만 길고 짧은 건 대봐야 아는 것 아니냐?"

"틀린 말은 아니오만 아무튼 무슨 일 생기더라도 내 원망은 마시오?"

"걱정 마라. 비록 남충 바닥에서는 더러운 신발 장사로 소문났지만 너 때문에 맞아 죽었다는 원망은 않을 테니."

왕악이 누런 이를 드러내며 씩 웃었다.

대장간이 가까워 오면서 광구의 가슴은 세차게 콩닥거렸다.

괜히 따라나선 것이 아닌가 하는 후회도 들었지만 돌아가고 싶은 마음은 없었다.

좌측 골목으로 들어서자 저만치 대장간이 보였다.

조금 전 오시가 지났으므로 예전 같았으면 가장 붐빌 시간이었지만 대장간 앞은 개미새끼 한 마리 보이지 않았다.

왕악은 성큼성큼 대장간을 향해 올라갔다.

대장간은 지저분하기 이를 데 없었다. 바닥 여기저기에 온갖 술병이 나뒹굴었고, 먹다 남은 음식 찌꺼기로 파리가 우글댔다.

누군가 술을 마시며 지낸 것 같았다.

"그놈들 짓이야. 맨날 술판을 벌이더라고."

왕악의 얼굴이 굳어졌다.

아버지는 술을 좋아했지만 결코 대장간 안으로 술을 들여

오지는 않았다.

대장간은 아버지에게 가장 신성한 장소였다. 아버지의 손때가 묻은 연장들도 흩어져 있었다.

"어디 갔지? 지나다 보면 항상 이 자리에 세 놈이 떡 버티고 앉아 술 퍼마시고 놀던데……."

광구는 이곳저곳을 기웃거리고 골목 바깥을 살펴보았다.

왕악은 대장간을 가로질러 안채로 통하는 문을 열었다.

마당에는 잡초가 무성했다.

아직도 마당 가운데에는 벌모세수에 사용되었던 여러 가지 도구들이 나동그라져 있었다.

왕악은 문을 열고 안방으로 들어갔다.

집을 감시하던 무사들이 방에서 잠까지 잔 듯 이부자리가 어지럽게 흩어져 있었다. 그러나 방 안 어디에도 부모님이 왔다 간 흔적은 없었다. 왕악이 다시 문을 열고 마당으로 나왔을 때 대장간 쪽에서 광구의 다급한 비명 소리가 들려왔다.

"살려주시오! 제발!"

왕악이 다시 대장간으로 들어서자 세 명의 흑의사내가 광구를 바닥에 꿇어 앉혀놓고 위협하고 있었다.

"신발 장사 하는 놈이라고?"

"예, 저 아래 저잣거리 초입에서 남충 피혜점이라는 신발 가게 주인입니다."

"신발 장사 하는 놈이 대장간에는 무슨 일로 왔어? 솔직하게 말하지 않으면 죽여 버리겠다!"

"사실은……."

광구가 얼른 대답을 못하고 주저하고 있을 때 왕악의 음성이 들렸다.

"내가 뭐랬소? 따라오지 말라니까 괜한 고집 피우더니 그 꼴이 뭡니까?"

세 사내는 소스라쳤다.

왕악이 바로 곁에 다가와 말을 하는데도 그의 기척을 알아채지 못했기 때문이다.

그사이 광구는 번개같이 일어나 왕악의 곁으로 붙어 섰다.

왕악이 세 사내를 주시하며 물었다.

"우리 집을 지킨다는 세 사람이 바로 이분들이오?"

광구가 고개를 끄덕거렸다.

"이들이야."

"가만, 혹시 네놈은 왕씨 아들 아니냐?"

그러더니 잽싸게 품속에서 두루마리 한 개를 꺼내 펼쳐 들었다. 두루마리에는 왕악의 얼굴이 선명하게 그려져 있었다.

"그놈이다!"

세 사람이 동시에 놀라 소리쳤다.

"드디어 왔구나, 이놈!"

세 사람이 힘차게 검을 뽑아 들었다.

새파란 광채가 번득이는 세 자루의 검이 자신을 겨누고 있는데도 왕악은 태연했다.

"어디서 오셨소?"

세 사내는 남궁가 사람들이 아니었다.

남궁가의 무사들은 검집에 금룡이 새겨져 있는데 이들은 단순한 청강검집이었다. 또한 말투와 행색에서도 어딘지 모르게 천박한 기운이 풍겼다. 이름있는 문파의 고수들이라면 벌건 대낮에 대놓고 기다리는 짓은 하지 않는다.

하나 이곳에 이들만 있는 것이 아니었다.

왕악은 처음 골목길에 접어들 때 세 개의 각기 다른 강력한 기운을 감지했다.

그들은 마당과 지붕, 그리고 골목 담벼락에 고도의 잠영술을 전개하여 숨어 있었다.

필시 그중 한 집단은 남궁가일 것이다.

"흐흐흐… 우린 포호채 무사들이다."

포호채라면 기억이 떠올랐다.

남충에서 멀지 않은 몽산을 무대로 무림의 기보나 진귀한 보물만을 전문적으로 털거나 추적, 도굴하는 녹림의 집단이었다. 그런 좀도둑 집단이 대장간에 나타났다는 것은 한 가지 이유일 것이다.

생사신화가 탐이 나서라기보다는 자신을 생포하여 남궁가에 금품을 받고 넘겨주려는 계산이다.

"곱게 따라가면 인간적으로 대우하겠지만 반항하면 개새

끼처럼 목줄을 만들어 끌고 가겠다.”

“내 발로는 못 가겠으니 맘대로 하시오.”

얘기는 세 사람과 나누지만 왕악의 감각은 숨어 있는 사람들의 반응에 집중되어 있었다. 조금 전 마당 쪽에 숨어 있던 기운이 슬며시 대장간 후문 문설주로 스며들고 있었는데 두 사람이다.

포호채 무사들도 그렇게 낮은 무공을 갖고 있어 보이지 않는데도 그들의 낌새를 전혀 모르고 있었다.

“소문대로 말을 잘 안 듣는다더니 사실이군.”

“어리석은 놈.”

세 개의 검이 인정사정없이 파고들었다.

바로 그 순간 소란한 틈을 이용해 바깥 골목길 담벼락에 숨어 있는 기운이 대장간 왼쪽 벽으로 이동했다.

숨소리가 단조로운 것으로 보아 한 사람이다.

어쩌면 남궁가 인물일 가능성이 제일 컸는데, 그 이유는 바늘로 찌르는 듯한 예기를 느꼈기 때문이다.

천종야신의 말에 의하면 검을 오랫동안 연마한 사람에게는 고유의 기운이 있다고 했다. 그래서 오랫동안 검을 닦으면 사람도 검처럼 변한단다.

숫자로 보면 처음부터 지붕에 숨어 있는 자들이 가장 많았다. 숨소리가 얽힌 것으로 보아 네 명쯤으로 추정되었는데, 그들도 좀 더 가까이 접근할 목적인 듯 대장간 천장을 떠받치고 있는 흑요목으로 된 기둥을 타고 내려왔다.

가까이 숨어 있다가 기회가 생기면 곧장 자신을 덮치겠다는 수작들이다.

숨어 있는 사람은 모두 일곱.

왕악의 눈이 가혹하게 번들거렸다. 마치 잔뜩 웅크린 채 숨어 있는 맹수의 독살스런 살광이었다.

오른쪽 사내의 검이 단출직표의 초식으로 짧게 찔러왔다.

왕악이 사내의 검을 옆구리로 흘리며 빙글 돌아섰다. 그 바람에 두 사람의 위치가 바뀌어 왕악이 후문을 마주 보고 섰다.

"쥐새끼처럼 피하지 말고 화끈하게 붙어라!"

또다시 포호채 무사들의 검이 맹렬하게 가슴을 찔러 들어왔다.

슬쩍 반보 이동하여 검을 피한 왕악이 땅을 박차고 오르며 사내의 면상을 찍어 찼다.

맹룡탈명구각 제일식 비살각(匕殺脚). 발끝을 비수처럼 만들어 찍는 공격으로 진짜 칼 같은 예리함을 자랑한다. 왕악의 발이 날아오자 사내가 기겁하며 고개를 틀어 피했다. 순간 도끼처럼 날을 세운 왕악의 발끝은 사내를 스쳐 뒤쪽 문설주에 박혔다.

콰아앙!

대장간이 부서질 듯 들썩거렸고, 벽과 선반과 올려진 물건들이 바닥으로 떨어졌다. 한데 발끝에 부서진 문설주를 타고 피가 흘러내리는 것을 어두운 실내 탓에 왕악 말고는 아무도 보지 못했다.

제九장

회오리바람의 계절

生脈福

왕악의 신형이 옆으로 미끄러져 이동했다.

슈아아악!

세 사내의 검이 왕악을 따라붙으며 얼굴을 파고들었다.

왕악의 고개가 뒤로 완전히 꺾였다.

한데 검을 피하려는 동작치고는 너무 세차게 꺾였고, 그로
인해 뒷머리가 등 뒤 흑요목 기둥을 사정없이 박아버렸다.

꽈앙!

철포후두박에 흑요목 기둥이 반쯤 패어나가며 벌건 핏물
이 깊게 번졌다.

세 사람은 더욱 흥분했다.

"우리가 오늘 네놈을 죽이지 못하면 사람이 아니다!"

흑요목 기둥을 등지고 선 왕악을 세 개의 검이 대각선으로 난도질해 온다.

왕악의 신형이 좌측으로 이동했다.

생사신보 중에서 좌이출(左二出)이란 것으로 왼쪽으로 두 걸음이면 어떤 어려움에서도 벗어날 수 있다는 걸음이다.

세 사람의 검은 또다시 표적을 놓치며 애꿎은 기둥에 꽂혀 불꽃을 피웠고, 그 순간 왕악의 왼발이 반원을 만들며 돌아서는 그들의 면상을 파고들었다.

맹룡탈명구각 제사식 반멸각(半滅脚). 반 바퀴를 돌려 차는 각법으로 권으로 말하면 곡권과 같은 형이었다.

가장 위력적인 각법에 세 사내는 기겁하며 머릴 숙였고, 그 바람에 왕악의 왼발은 흑요목 기둥에 사정없이 틀어박혔다.

물론 원래 속도를 내면 세 사람의 머리를 일거에 박살 낼 수 있었지만 의도적으로 피할 시간을 주기 위해 속도를 떨어뜨렸다는 것을 슬쩍 나타났다가 사라지는 왕악의 웃음에서 알 수 있었다.

또다시 기둥을 타고 피가 흘러내렸는데 왕악의 발등에 전해지는 감촉으로 보아 두 명이 즉사했다.

싸움은 세 사내와 하는데도 죽은 자는 은신자들이었다. 그런데도 은신자들은 전혀 움직임을 보이지 않고 있었는데 그건 그들이 왕악의 살상 행위를 절대 의도적인 것으로 보지 않고 있다는 반증이었다. 포호채 세 무사와 싸움 중에 일어난 극히 자연스런 동작으로 보고 있다는 뜻이었다.

단지 재수가 없었을 뿐이다.

세 사람의 공격을 받은 왕악이 물결에 떠밀려 가는 낙엽처럼 뒤로 밀려갔다. 그리고 후문까지 밀린 왕악의 오른쪽 팔꿈치가 벼락처럼 문설주를 찍는다.

세 사내에게 주먹을 뻗기 위한 예비 동작과 다르지 않았으므로 은신자는 전혀 방어하지 못했다.

퍼억 하고 기둥이 부러져 나갔는데 소리가 둔탁한 것은 은신자의 체중 때문이었다.

바로 그때 왼쪽 담벼락이 꿈틀거렸다.

그곳에는 남궁가의 무사로 추정되는 인물이 숨어 있는 곳이었다. 그가 움직였다는 것은 왕악의 동작이 고도로 계산된 살상 행위라는 것을 간파했다는 뜻이었다. 세 사내와의 싸움을 이용해 자신들을 제거하고 있다는 것을 읽은 것이다.

그런데 흑요목 기둥 쪽의 인물은 아직까지 잠잠했다. 그는 아직도 왕악의 계산된 행동을 눈치 채지 못하고 있다는 뜻인데 그런 걸 보면 역시 남궁가의 인물은 다르다.

담벼락에서 한 인물이 걸어나왔다.

마치 벽을 뚫고 나오듯 불쑥 대장간으로 들어섰다. 사내는 약간 말랐다는 느낌이 드는 아담한 체구에 주먹코를 가진 서른 초반가량으로 처음부터 대장간에 있었던 것처럼 태연자약

했다.

최소한 당황하는 빛이라도 보여야 하는데 어찌 보면 뻔뻔해 보이기까지 할 만큼 사내는 당당하게 걸어나왔다.

온갖 위험을 헤쳐 나온 사람이 아니고서는 보일 수 없는 여유였다.

벽에서 느닷없이 사람이 걸어나오자 세 사내의 눈이 화등잔만 하게 커졌다.

"넌 또 뭐냐? 혹시라도 왕가 놈을 데려갈 생각이라면 일찍이 꿈 깨라. 저놈은 우리가 이미 예약해 놨다."

"어느 놈이든 우릴 방해하거나 가로막으면 적으로 규정하고 죽일 것이다."

키가 가장 작은 사내의 말이 끝나기도 전에 담벼락에서 걸어나온 사내의 검집에서 한 가닥 섬광이 뿜어져 나왔다.

워낙 발검이 전광석화와 같아 빛으로 보였다.

한 덩이로 쏘아나가던 빛이 허공에서 삼등분되더니 세 사내의 목덜미를 파고들었다.

"컥! 커컥!"

귀찮다는 뜻이었다.

왕악과 조용히 일을 보고 싶은데 옆에서 떠들어대는 소리에 짜증이 난다는 의미였으므로 왕악은 빙긋 웃었다.

말이 통할 것 같은 예감이 들었기 때문이다.

이번엔 사내의 눈빛이 흑요목 기둥에 박혔는데 야릇한 웃음을 지었다.

왕악이 고개를 돌려보았는데 흑요목 기둥에 은신해 있던 인물이 이미 사라지고 없었다. 자신의 능력으로는 두 사람 사이에 낄 수 없다는 것을 알고 떠난 것이다.

"상당히 강해져 돌아왔군. 육 년 전 내가 이곳 감시를 명령받았을 때 너에 대한 보고서를 보면 힘만 셀 뿐 아무것도 모르는 어린아이라고 쓰여 있었는데 말이야."

사내는 가볍게 웃었다.

"쓸 만한 신공(身功)이다. 특히 포호채 무사들과의 싸움을 이용해 숨어 있는 자들을 제거해 가는 발상은 무척 신선했다."

그러면서 사내가 바닥에 떨어진 쇳조각을 발끝으로 치웠다.

검법의 위력은 발검이 절반을 차지한다.

쾌검이든 변검이든 발검만큼은 빠를수록 좋다. 순간적으로 정신과 힘을 집중해 검을 뽑을 때 대략 체중의 다섯 배에 해당하는 힘이 폭발한다.

다시 말해 양다리가 얼마만큼 탄탄하게 폭발하는 힘을 흔들림없이 지탱해 주느냐가 공격의 승패를 좌우하는 것이다.

그런데 발검 순간 바닥에 떨어진 돌멩이나 물건을 밟게 되면 체중이 흔들리고 균형이 상실되어 고스란히 공격 장애로 이어진다.

사내의 오른발 앞 끝이 약간 벌어졌다.

천종야신의 살인십팔신공에는 강호명문의 무공들에 대해 적지 않은 언급이 있었다.

그래서 남궁가의 검법에 대해 어느 정도 알고 있었다.

사내의 지금 행동은 태산압란이라는 남궁가의 일천분파광(一千分破光) 검법의 기수식이다. 남궁가에는 여러 검법이 있는데 일천분파광은 최상층부에 있는 세 개 중에서 가장 빠른 검이었다.

"사문을 물어봐도 되겠나?"

"문파는 없소. 사부님의 존함도 모르고, 대신 강호에서는 그분을 천종야신이라고……."

왕악은 채 말을 끝맺지 못했다.

사내의 검이 날아오고 있었기 때문이다.

사내는 진정으로 자신의 사문이 궁금해서 던진 질문이 아니었다. 대답을 하도록 유도하여 왕악의 집중력을 흐트러뜨리려는 수작이었다.

콰아아!

너무 빨라 석 자 두 치 길이의 검이 어린아이 주먹만 한 빛으로 날아왔다.

왕악의 입가에 비릿한 웃음이 떠오르더니 갑자기 그의 몸이 여러 개로 불어났다.

짧은 거리를 여러 걸음으로 이동하는 보법 근속공이다.

협소한 공간에서 움직임이 큰 보법은 오히려 위험하다. 자칫 실내 기물이나 구조물에 부딪칠 위험이 크고 공간은 좁은데 너무 크게 움직이면 표적을 겨누기가 용이롭지 않기 때문이다. 천종야신은 그런 단점을 보완하기 위해 근속공을 만들었다.

사내의 검이 왕악의 몸에 틀어박혔다.

푸욱!

한데 검은 뒤쪽 벽에 구멍을 냈다. 여러 개의 환영 중 한 개를 찔렀을 뿐이다.

두 사람의 위치가 바뀌었다.

조금 전까지 한껏 여유를 보이던 사내의 안색은 돌덩이처럼 굳어 있었다.

회심에 찬 공격이 실패한 것이다.

쉬익!

이번에는 속삭이는 듯 짧은 바람 소리가 일어났다. 조금 전 펼친 검초에 비해 광채가 더욱 작아졌는데 대신 속도는 훨씬 빨랐다.

그에 따라 왕악의 환영은 더욱 늘어났다. 순식간에 좁은 대장간은 온통 왕악의 천지였다.

"아직 멀었소?"

십여 초가 지나도 성공하지 못하면 쾌검은 그 의미를 잃는다.

사내의 눈살이 찌푸려졌다. 조금 전 숨어서 지켜본 왕악의 솜씨는 자신의 능력으로 충분히 제압할 수 있는 정도였다. 그래서 여유를 가졌던 것이고.

"어떻게 숨어서 볼 때보다 내 무공이 강해졌느냐는 표정이구려?"

사내는 사실이었으므로 대꾸했다.

"그렇다."

그때 대장간을 가득 메우고 있던 수많은 왕악의 환영 중 하나가 쉬익 소리를 내며 사내에게 달려들었다.

'이건 환영이 아니라 실체다.'

깜짝 놀라며 검을 들어 찍었지만 어느새 왕악의 주먹은 유난히 큰 자신의 코를 정통으로 찍어버렸다.

태악명동일권섬.

사내는 가랑잎처럼 날아가 구석에 처박혔다.

너무 강한 충격을 받으면 별이 보인다고 하는데 이건 눈앞이 하얗다.

정말이지, 이런 느낌은 처음이었다. 아무 생각도 떠오르지 않았고, 몽롱한 것이 마치 안개 속에 빠진 기분이었다.

결코 주먹으로 때린 것이 아닐 것이라고 생각할 때 왕악의 음성이 들렸다.

"어떻게 내 무공이 숨어 볼 때보다 세졌냐고 물었소? 내가 대장장이 출신이라고 생각까지 없는 놈인 줄 아는 모양인데

적이 지켜보는 앞에서 본전 다 끄집어내는 병신도 있소?"

부르르 사내가 몸을 떨었다.

그럼 포호채 무사들과 싸우면서 자신들을 공격했던 그 현란한 솜씨가 가진 것의 전부가 아니었다는 말이 아닌가.

"으음."

왕악은 자신이 상대할 수 있는 인물이 아니었다.

무슨 놈의 주먹이 맞은 지 제법 시간이 흘렀는데도 정신을 차릴 수 없었다. 정신을 차려야 어떻게 대책을 세우든지 반격을 할 텐데 도무지 눈에 초점이 잡히지 않는다.

온통 하얀빛으로 물들었던 눈앞이 제대로 보이기 시작했다. 끈적끈적한 것이 자꾸 입으로 들어왔는데 코피였다.

그때 왕악이 의자를 끌어당겨 자신의 면전에 앉았다.

자신에게 뭔가 물어보기 위한 것 같은데 거리가 너무 가까웠다.

검은 잃어버렸지만 맨손으로도 얼마든지 공격할 수 있는 사정권이었다. 그런데 왕악은 자신을 전혀 경계하지 않는 듯 왼쪽 다리를 오른쪽 다리 위에 포개었다.

사내의 눈이 좁혀졌다.

다리를 포개 앉으면 돌발 사태에 대한 적응력이 더욱 떨어진다.

한쪽 다리만 지면을 딛고 있는 관계로 중심이 안정되어 있지 못하기 때문에 무슨 일이 생기면 즉각 방어나 공격으로 전

환하기가 어렵다.

확실히 애송이라고 생각했다.

대호는 토끼 한 마리를 사냥할 때도 최선을 다한다는 강호 상식을 무시하고 있었다.

자신의 무공에 대해 자신감이 지나치다 보면 왕악과 같은 행위를 서슴지 않는 자들이 있는데 자신의 경험에 비춰볼 때 그런 자들은 거의 단명했다.

자신은 적이 치명상을 입고 있어도 경계를 늦추지 않는다.

심지어 죽은 자일지라도 세 번 이상 건드려 보고 살핀 다음 마지막으로 급소에 검을 쑤셔 박고 퇴각한다.

강한 자들이 죽는 이유는 패배가 아니라 방심이다.

"내가 묻는 말에 성의껏 대답해 주면 좋겠소. 물론 대답하기 곤란한 질문은 하지 않아도 상관없소."

자신에게는 검 말고 또 하나의 절기가 있다.

자주 쓰지 않지만 한번 쓰면 백발백중을 자랑하는 암기에 가까운 무공이었다.

특히 이렇게 적과 얼굴을 맞대고 있을 때 더욱 효과를 발휘한다.

손과 발은 아무래도 신경을 쓰지만 그곳은 좀체 병기로 사용되는 신체 부위가 아니기 때문에 누구도 의심하거나 경계하지 않는다.

"남궁가의 어느 부서에 소속되어 있소? 그리고 당신을 우리 집에 보낸 명령자는 누구요?"

십여 초 동안 전력을 다하는 바람에 몸속의 내공이 절반 이하로 떨어졌지만 비장의 암기를 펼치기에는 크게 부족하지 않았다.

온몸의 내공을 그곳에 모으기 시작했다. 급속히 끌어 모으면 눈치를 챌 염려가 있었으므로 아주 조금씩 티나지 않게 운집시켰다.

긴장으로 손바닥에 땀이 배었다.

"남궁가의 가주는 누구요? 남궁관의 나이는 올해 몇 살이오?"

모든 신경이 그곳에 몰려 있는 사내에게 왕악의 질문에 대꾸할 여력이란 없었다.

"남궁가의 구조와 조직 편제에 대해 자세히 말해보시오. 일류고수만 해도 수백에 육박한다는 게 사실이오?"

바늘 끝만 한 진기도 남기지 않고 싹싹 긁어 그곳으로 집결시켰다.

묵직한 느낌이 등골을 타고 온몸으로 전해오는 것이 비껴 맞아도 절명할 것 같았다.

가장 짧은 거리를 이용해 단방에 끝내야 한다.

그곳에 몰려든 진기를 마지막으로 다시 한 번 점검하고 길게 호흡을 들이마셨다.

"남궁 가주에게 부인이 세 명이고 거기에서 난 자식만 해도 열두 명이라는데?"

왕악이 채 질문을 끝내기도 전에 바윗덩이 같은 사내의 머리가 달려들었다.

마치 거품을 물고 돌진하는 흥분한 멧돼지의 머리통 같았다.

워낙 코앞인데다 상체까지 약간 앞으로 숙인 채 질문을 하고 있어서 왕악이 자신의 박치기를 피하기란 불가능했다.

왕악의 눈살이 찌푸려졌다.

남궁가에 대해 정보를 캐기 위해서는 사내를 살려야 했다.

한데 워낙 예상 못한 기습을 받은 터라 피하기는 이미 틀렸고, 하는 수 없이 마주 박는 수밖에 없었다. 그렇게 되면 사내가 살아날 확률이 희박했으므로 고민스러웠다.

왕악은 남궁가에 대해 알고 싶은 내용이 많았으므로 제발 사내가 죽지 않기를 마음속으로 소원하며 머리를 돌진시켰다.

전두금강박. 철벽과 부딪쳐도 결코 밀리지 않는다는 살인 십팔신공 중 하나였다.

뿌아악!

머리와 머리가 정면으로 충돌했다.

그런데 다행히도 사내는 아무 일이 없었다. 왕악을 보며 눈도 깜박이고 눈동자가 좌우로 움직이는 것이 죽은 것 같지는 않았다.

한데 왠지 사내의 키가 작아 보였으므로 왕악은 눈을 크게 뜨고 살폈다.

사내의 목이 어깨 속으로 깊이 박혀 있었다.

그래서 키가 작아 보인 것이다. 사내는 넋이 나간 듯 중얼거렸다.

"나의 괴살두공이 형편없이 꺾이다니 믿을 수가 없다."

왕악은 가볍게 목을 한 바퀴 돌려보고 나서 다시 질문했다.

"처음부터 다시 묻겠소. 남궁가의 가주는 누구요?"

"남궁대라 하오."

"당신더러 대장간을 지키라고 명령한 사람은 누구요?"

"비검은하대 대주님이오. 강호에서는 검향만리(劍香萬里) 조곽이라는 분인데 올해 나이가 마흔둘이오. 나의 직속상관이며 그분께 검을 배웠소."

얼마 전까지 경멸하듯 하대를 하던 사내의 입에서 경어가 자연스럽게 흘러나왔다.

뿐만 아니라 묻지도 않은 질문까지 술술 얘기했다.

"남궁가는 중원사대세가 중 한곳이오. 남궁관 공자의 나이는 올해 서른한 살이며 미혼이오. 가주 남궁대의 부인이 셋이라는 말은 맞소이다. 열두 명의 자식 중 집안 권력 싸움으로 거의 다 죽고 셋인가 살아남았다고 하는데 자세한 건 나도 잘 모르오. 또 무얼 알고 싶소. 내가 아는 한 모두 말해 주겠소."

왕악이 눈을 휘둥그레 뜨고 물었다.

"조금 전까지는 날 죽이고 싶어 환장하더니 갑자기 왜 이렇게 공손하시오?"

"궁금하오? 나보다 무공이 강하기 때문이오. 더구나 이제 갓 스물이 넘은 연륜으로 이만큼 뛰어난 사람은 아마 강호를 뒤져도 찾기 어려울 것이오. 나도 몇 번 패배한 기억은 있지만 이렇게 일방적으로 깨져 보기는 처음이오. 정말 대단하시오. 내게 검을 가르쳐 주고 이곳을 지키라고 명령한 분께서 말씀하시길 나이를 불문하고 강자는 존경받아 마땅하다고 했는데 왕 공자야말로 그렇소이다."

사내의 눈빛이 흔들렸다.

목뼈가 부러지고 머리가 몸통으로 박혔으니 살아날 수 없었다.

"남궁가에 대해 원한이 깊겠지만 조심하셔야 할 것이오. 그곳은 용이 사는 연못이고 호랑이가 살고 있는 굴이오. 남궁가에는 나보다 강한 사람이 많소이다. 부디 뜻을 이루길 빌겠소."

쿵 소리를 내며 사내가 옆으로 쓰러졌다.

눈을 깜박거리며 입가에 희미한 미소를 머금었는데 두려워한다거나 불쾌한 기색이 없었다.

사내는 띄엄띄엄 그 이유를 말하고 숨이 끊어졌다.

"난 나보다 강한 사람의 손에 죽기를 소원했소. 그런데 그

소원이 이루어졌소이다.”

죽어서도 행복한 표정이다.

사내의 검집에 새겨진 금룡이 금방이라도 자신을 덮칠 듯 노려보고 있었다.

금룡을 문장으로 쓰는 남궁가는 당대제일의 검문(劍門)이다.

몇몇 검문이 있지만 규모나 전통에서 결코 남궁가를 따르지 못했다.

남궁가의 검을 보며 막북제일고수 위치량은 이렇게 말했다.

'아, 그 검의 광채를 뭐라고 표현했으면 좋을까. 한 바다였고, 높고 푸른 산이었다. 나는 정신을 잃고 보고 또 보았다. 그 섬광과 그 변화를 무어라고 말해야 할까. 나는 한마디밖에 할 수 없었다. 꿈결!'

좀체 남의 무공을 칭찬하지 않는 소림의 대광 선사가 남궁가의 검을 보았다.

그는 이렇게 말했다.

'가슴이 찌르르 울리는 전율과 함께 무언가 깊게 사무치는 감정을 일으키는 그 검을 무어라고 해야 한단 말인가. 그건 깊고 깊은 지옥의 무저갱 속에서 금방 건져 올린 핏빛 절규였고, 차고 시린 북해의 얼음을 오려낸 냉기였다. 그 검이 움직이면 누구도 막지 못할 음산한 바람이 불었는데… 아아, 그건 바로 아연한 혈풍이었다.'

두 거목의 경탄이 아니더라도 남궁가의 검은 고대로부터

지금까지 장엄하게 이어져 오고 있었다.

그런 남궁가와 싸워야 한다.

추홍과 어려서부터 남충의 골목을 이 잡듯 뒤지며 뛰어놀았던 친구들이 그들에게 희생되었다. 이건 피할 수 없는 일이었다. 반드시 해결해 주어야 한다.

"왕악."

그때까지 한쪽에서 숨죽이며 싸움을 지켜보던 광구가 두 눈을 부릅뜨며 다가왔다. 극도로 흥분한 듯 얼굴이 벌겋게 상기되어 있었으므로 왕악이 눈을 빛냈다.

"무슨 일이야? 형 얼굴이 왜 그래?"

광구는 침을 꿀꺽 삼켰다.

"네가 무림인이 되어버렸구나."

왕악이 피식 웃었다.

"난 또. 어쩌다 보니 그렇게 되었소. 하지만 난 옛날과 하나도 변한 것 없으니 그렇게 이상한 눈으로 보지 마시오."

돌연 광구가 왕악의 두 손을 덥석 감싸 쥐었다.

순간 왕악이 깜짝 놀라 말했다.

"왜 이래?"

"날 거두어다오!"

광구는 눈에 힘을 주고 말했다.

"무공을 가르쳐다오. 네가 시키는 대로 하겠다. 죽으라고 하면 곧바로 죽을 용의도 있다. 사실 이제 와서 하는 얘기지만 내 체질에는 신발 장사가 맞지 않는다. 선대로부터 이어받은 가업이어서 어쩔 수 없이 하고 있지만 내 꿈은 검을 차고 천하를 돌아다니는 거야.”

왕악의 눈이 커졌다.

광구의 표정은 너무 진지했다.

“무공을 배우는 일이 결코 쉽지 않다고 들었다. 뼈를 깎고 살을 잘라내는 고통이 뒤따른다고 하더군. 하지만 어떤 어려움이 닥쳐도 이 악물고 참아낼 자신 있다. 너도 알다시피 다른 건 몰라도 이 광구가 고통 하나만큼은 잘 참지 않느냐? 내가 여태껏 어디 아프다고 인상 쓰는 것 봤냐?”

왕악은 피식 웃고 말았다.

“혀엉, 무공을 배우는 건 그런 고통과는 차원이 다른…….”

“무공을 배우다 죽어도 좋다.”

“솔직히 말하면 무공을 배우기에 형은 너무 늙었소. 나이가 많단 말이오. 나이가 많으면 골격과 근육이 굳어 무공의 진전 속도가 느리오.”

“다들 내 나이를 스물여섯으로 알고 있는데 아니야. 사실대로 말하면 스물둘이야.”

왕악의 눈이 커졌다.

광구의 태도는 장난이 아니었다.

“지금은 이렇게 덩치가 컸지만 어렸을 때는 또래에서 가장 작았다. 그래서 자주 두들겨 맞고 다녔지. 그러던 어느 날 아버지는 내 나이를 올려 버렸다. 혹시 나이가 많다고 하면 아직 뭘 모르는 어린아이들이기 때문에 겁을 먹고 때리지 않을지도 모른다고 생각한 거지. 한데 정말로 네 살을 올리자 친구들은 그때부터 날 형이라고 부르며 때리지 않았다. 그래서 어쩔 수 없이 네 살이 많아진 것이다.”

광구는 혀로 입술을 축이며 말을 이었다.

“절대 귀찮게 하지 않겠다. 네 말 잘 들을 자신 있다. 날 제자 대하듯 심부름도 시키고 꾸중을 해도 전혀 섭섭하게 생각하지 않을 것이다.”

사태는 심각했다.

광구는 무공을 배우기 위해 자신의 나이를 무려 네 살이나 깎아버렸다. 또한 자신이 아는 광구는 한번 결심한 일에 대해 쉽게 포기하지 않는다.

왕악은 눈살을 잔뜩 찌푸리고 생각했다.

갑자기 당한 일이었으므로 어떻게 해야 할지 막막했다. 어쨌든 당장 이 자리에서 어떤 결정을 내릴 수 없었다.

“무슨 말인지 알았으니 일단 시체들부터 처리하고 봅시다.”

포호채 무사들 말고 다섯 구의 시신이 더 있었다.

잠영술은 통상적으로 숨이 지고 반 각 정도 지나면 몸속의 내공이 소멸되면서 자연적으로 풀린다. 아직 강호 경험이 전무한 왕악으로서는 그들의 옷차림만을 갖고 소속 문파를 알아낸다는 것은 어려웠다.

그래서 시신들의 품속을 뒤져 보았다. 흑요목 기둥에 숨은 자들에게서는 주목할 물건은 나오지 않았다.

한데 뒷문 문설주에 숨어 있던 두 사내의 주머니에서 손바닥 크기의 둥근 옥패가 나왔다.

뿌드드득!

옥패를 보자마자 왕악이 이를 갈아붙였다.

왕악의 이 가는 소리에 광구가 깜짝 놀라며 다가와 물었다.

"왜 그러는데?"

그러면서 왕악의 손에 있는 옥패를 가져다 보았다.

옥패에는 포효하는 다섯 마리 호랑이를 찌르는 한 자루 칼이 조각되어 있었다.

"우웃."

다섯 호랑이의 기상도 용맹스러웠지만 그들을 일거에 제압하는 칼의 위세는 무공을 모르는 광구의 눈에도 자못 살벌했다.

"오호단패(五虎斷牌)라는 건데 천하제일도문(天下第一刀門) 하북팽가의 문장이야."

광구가 눈을 좁혀 뜨며 물었다.

"네 얼굴을 보니 그곳과 뒤틀려 있는 모양이구나?"

왕악이 씨익 웃었다.

"아버지와 아들이 그 집 딸에게 죽도록 두들겨 맞았으니 맘 편한 사이라고는 볼 수 없겠지.”

문설주에 숨어 있던 두 사람은 팽문의 무사들이었다.

생사신화를 갖고 있는 남궁가에서 날 쫓는다는 소문을 듣고 이들을 보냈을 것이다.

꿈틀.

팽묘화를 떠올리자 자신도 모르게 열 개의 손톱이 파닥거리며 곤추섰다. 살인십팔신공 중 어느 것 하나 소홀히 연마한 것이 없지만 건곤십조만큼은 어떤 절기보다 신경 썼다.

팽묘화를 떠올리며 더욱 공을 들인 무공이었다. 열 개의 손톱이 독 오른 뱀처럼 잔뜩 날을 세웠다.

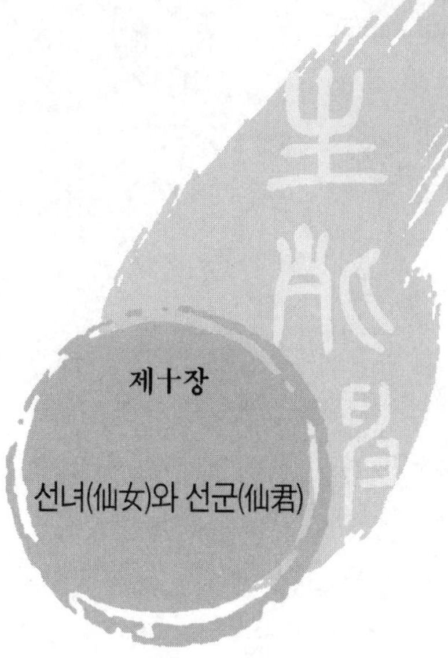

제十장

선녀(仙女)와 선군(仙君)

옥문과 너머 고비사막에서 불어오는 모래바람으로 화백루의 하루는 모래와의 싸움으로 시작한다.

그 선봉에 주인 종삼이 있었다.

종삼이 하는 일은 하루 종일 날아오는 모래를 쓸어내는 것이었다. 오늘도 종삼은 자리에서 일어나자마자 빗자루를 들고 객점 출입구를 쓸기 시작했다. 아무리 쓸어도 모래는 끝없이 날아왔다. 잠시라도 한눈을 팔거나 손을 놓으면 바람에 실려온 모래는 순식간에 객점 입구에 모래언덕을 만든다.

사람들은 인가도 없고 모래바람이 그치지 않는 이런 험지에서 장사를 하는 종삼을 이해하지 못하겠다는 표정을 짓는다.

하나 그건 뭘 모르는 단세포들의 생각이다. 비록 모래 때문에 고생은 하지만 종삼은 이곳에 주루를 차려놓고 떼돈을 벌었다.

옥문관 너머는 수천 리 사막이다.

그러다 보니 사막을 건너온 장사꾼과 여행객들은 극도로 지쳐 있다. 그래서 사막을 횡단해 온 그들에게 절실한 것은 오로지 물과 음식뿐이고, 목마름과 굶주림으로 절명 직전에 있는 그들이 화백루를 발견하고 보일 수 있는 반응은 오직 한 가지뿐이다.

무조건 들어온다.

그리고 앞뒤 안 가리고 먹고 마신다.

또한 어느 정도 바가지를 씌워도 짜릿한 포만감에 젖어 크게 개의치 않는다. 종삼은 그런 여러 가지 지리적 이점을 잘 이용한 덕분에 중원 곳곳에 수많은 땅과 건물을 사두었다.

지금까지 음식 값 비싸다고 돌아나가는 사람은 단 한 명도 없었다.

종삼이 열심히 모래를 쓸고 있을 때 발자국 소리가 들렸으므로 허리를 폈다.

한눈에 지금 막 사막을 건너왔다는 것을 알 수 있을 만큼 온몸에 잔뜩 모래를 범벅한 두 사람이 주루를 향해 걸어오고 있었다.

모래를 피하기 위해 두 눈만 내놓고 온몸을 흑의로 감싸 버려 용모는 알 수 없었지만 보나마나 장사꾼일 것이다. 온몸을 흑의로 둘둘 감았지만 얼핏 좌측 사람의 체구가 가냘픈 것이 여인인 듯했다.

종삼의 오랜 경험으로 두 사람은 부부가 틀림없었다.

"먼 길을 오느라 수고들 하셨습니다. 어서 오십시오."

두 사람은 문 앞에서 옷에 묻은 먼지를 대충 털고 안으로 들어갔다.

늦은 오후여서 손님도 뜸했고, 마침 바람도 약해져 날아드는 모래도 별로 없었다. 그래서 종삼은 자신이 직접 두 사람을 수발들기로 하고 빗자루를 한쪽에 세워놓고 뒤를 따라 들어갔다.

안쪽 기둥 옆에 앉아 졸고 있던 점소이가 종삼이 들어서자 깜짝 놀라며 자리에서 일어났다.

"주방에 가서 빈 그릇이라도 닦지 않고 뭐 하느냐?"

"빈 그릇 다 닦았는데요."

그냥 졸고 있기에 주인으로서 한마디 한 것뿐인데 말대꾸를 했으므로 짜증이 났다.

"내 대신 밖에 나가서 모래 쓸어."

"네."

점소이가 입을 내밀며 나갔다.

종삼은 두 사람을 창가로 안내했다.

"뭘 드시겠습니까?"

여자가 남편을 돌아보며 물었다.

"선군(仙君)께서는 뭘 드시고 싶으세요? 사막을 건너오느라 힘들었을 텐데 몸에 좋은 걸로 드세요. 백참계 어때요?"

그리고 선군이라는 남자의 대답도 듣지 않고 종삼에게 명령했다.

"선군은 백참계 주구요, 난 만두 주세요."

순간 선군이 눈에 힘을 주었다.

"이보시오, 선녀(仙女). 천 리 사막을 넘어왔는데 만두가 뭐요? 아무리 돈이 없다고 그런 것을 먹어야 되겠소? 선녀도 백참계 드시오."

"난 닭을 못 먹잖아요. 어서 그렇게 주세요."

"예, 잠시 기다리십시오. 곧바로 올리겠습니다."

종삼은 무척 금슬이 좋은 부부라고 생각하면서 선녀와 선군이라는 호칭에 속으로 웃었다.

자신이 알고 있기에 선경에 사는 여인을 선녀라 부르고 선군은 선경을 다스리는 임금을 뜻했다. 결국 둘 다 선경에서 온 부부란 얘긴데 검은 천으로 얼굴을 감싸고 있어 생김새를 알 수는 없지만 탁한 목소리와 거친 손마디를 보아 농사꾼이 분명했다.

결국 종삼은 두 부부의 상태가 정상이 아니라는 결론을 내렸다.

"도대체 몇 년 만에 중원으로 돌아온 거죠? 육 년 만인가
요?"

"그쯤 될 것이오."

"세월이 유수라더니 정말 빠르군요. 엊그제 중원을 떠난
것 같은데 어느새 육 년이 흘렀군요."

선녀의 눈가에 옅은 안개가 떠올랐다.

누군가에 대한 사무친 그리움을 발산하고 있었다.

"지금쯤 우리 아이는 어찌 됐을까요?"

그때 선군이 낮은 목소리로 호통을 쳤다.

"그만 하시오. 이제 우리는 과거의 우리가 아니라는 걸 명
심하시오."

선녀가 화들짝 놀라며 잽싸게 검지로 눈자위를 훔쳤다.

"죄송해요. 아직 선녀의 수양이 부족해 과거를 잊지 못하
고 그만 실수를 했습니다. 용서하세요, 선군."

그때 종삼이 백참계와 만두를 가져왔다. 두 사람은 몹시 배
가 고픈 듯 종삼이 돌아서기가 무섭게 음식을 먹기 시작했다.
지난 며칠 동안 음식이라고는 전혀 입에 대보지 못한 듯했다.

두 사람의 음식 먹는 소리가 조용한 객점을 요란하게 울렸
다.

벌컹!

그때 출입구 문이 거칠게 열리며 스물가량의 앳된 모습을
한 세 청년이 들어섰다. 그들 역시 사막을 건너온 듯 온몸을

흑의로 친친 휘감았는데 종삼이 빠르게 달려가 허릴 숙였다.

"어서 오십시오. 여기 앉으세요."

종삼이 가리키는 좌측 기둥 옆 탁자에 자리를 잡은 세 청년은 객점을 스윽 훑어보았다.

미친 듯 음식을 먹는 선군과 선녀를 잠시 쳐다보았다가 종삼을 올려다보며 음식을 시켰다.

"저 사람들 먹는 것으로 주시오."

종삼이 난감한 표정을 지었다. 저들은 둘인데 여긴 셋이다. 백참계와 만두를 어떤 비율로 가져와야 할지 곤혹스러웠다.

"한 분은 어떤 것으로?"

"난 안 먹어."

사막을 건너왔는데도 음식에 대해 서두르는 모습이 없는 것이 무림인 같았다.

무림인들의 능력은 보통 사람과 뚜렷하게 구분되었다. 사람을 죽이는 기술뿐만이 아니라 인내력과 의지가 놀라웠다. 종삼이 주방으로 걸어갈 때 또다시 문이 열리더니 이번에는 여섯 명의 장사꾼이 떼거리로 들어섰다.

등에 크고 작은 봇짐을 지었는데 멀리 천축을 왕래하는 비단 장사들 같았다. 그들은 실내에서 모래를 털었고, 순식간에 좁은 객점은 누런 먼지로 가득 찼다.

세 청년이 대뜸 인상을 썼다.

"이봐, 어디서 먼지를 터는 거야. 죽고 싶지 않으면 밖에 나가서 털고 들어와."

순간 옷을 털던 장사꾼들의 시선이 일제히 세 청년에게 몰렸다. 세 청년은 움찔했다. 갑자기 여섯 쌍의 눈이 압박하듯 쏘아보자 당황하고 있는 것이 분명했다.

문득 청년들은 약속이나 한 것처럼 다리를 꼬는 척하며 슬쩍 흑의를 허벅지 쪽으로 걷어 올렸다.

그러자 시커먼 검집이 삐죽 드러났는데 은연중 무림인이라는 걸 시위하였다.

한데도 여섯 쌍의 눈은 전혀 흔들리지 않았다.

"지금 우릴 죽이겠다고 협박했느냐?"

허리가 구부정하고 수염 텁수룩한 육십가량의 장사꾼이 세 청년에게 다가섰다.

"용소."

노인의 부름에 일행 중 세모꼴로 눈이 찢어진 장사꾼이 등의 봇짐을 바닥에 내려놓으며 대답했다.

"예, 사령님."

"일단 입을 찢어놔라."

용소라는 장사꾼이 허리를 구부려 지금 막 바닥에 내려놓은 봇짐을 풀었다.

한데 놀랍게도 봇짐 속에서 나온 건 묵빛 검이었는데 검집에 새겨진 작렬하는 뇌전 문양이 시선을 사로잡았다.

“청뇌사(靑雷死)!”

세 청년이 경악의 외침을 터뜨릴 때 용소라는 사내의 검이 욕설을 했던 청년의 면상에 검을 쑤셔 박고 있었다. 세 청년이 동시에 자리를 박차고 일어나 검을 뽑아 들었지만 ‘푹’ 용소의 검은 정확히 청년의 입을 좌우로 찢어버렸다.

청년의 입에서 시뻘건 피가 흘러내렸고, 두 눈은 공포에 젖었다.

청뇌사는 자객 집단이었다.

은밀하고 잔혹하며 흔적을 남기지 않아 그들의 표적이 되면 목숨을 부지하지 못했다. 장사꾼으로 변장하고 있는 것으로 보아 어딘가에서 살인을 끝내고 돌아오는 길인 것 같았다.

세 청년은 비록 검을 뽑아 들긴 했지만 이미 전의를 잃고 있었다.

노인이 세 청년을 한번 훑어보았다.

“청뇌사에 욕을 한 자는 누구든 죽는다.”

“살려주십시오! 저희들이 몰라뵈었습니다!”

“본 사의 규칙을 깨란 말이냐?”

촤아아!

노인이 털썩 의자에 주저앉는 것이 신호인 듯 용소의 검이 좌우로 번득였다.

일사횡삭의 초식인데 매우 간결했다.

좌측에서 우측으로 검을 그냥 그었을 뿐인데 세 청년의 심장이 검끝에 노출되었다. 세 청년은 죽을힘을 다해 검을 휘둘렀지만 심장을 베어오는 용소의 검을 가로막지 못했다.

"안 되겠어요. 진짜 저 아이들을 죽이려나 봐요."

만두를 씹던 선녀의 몸이 앉은 그대로 날아갔다. 번쩍 하는가 싶었는데 어느새 세 사내의 심장을 베어가는 검끝을 왼손으로 쳐냈다.

맨손으로 날카롭기 그지없는 검끝을 쳤는데 땅 하는 소리가 들리며 검의 방향이 틀어지고 옆에 있는 기둥에 깊숙한 흔적을 남겼다.

세 청년은 거의 넋이 빠져 있었다.

자신들의 목숨이 아직 붙어 있다는 것이 믿어지지 않는 듯 심장이 있는 왼쪽 가슴을 쓰다듬어 보았다.

그리고 자신들 앞을 가로막고 있는 선녀를 향해 넙죽 절을 했다.

"감사합니다, 감사합니다!"

세 청년을 바라보는 선녀의 눈에 생기가 흘렀다.

작달막한 덩치만 빼면 선한 눈빛이 영락없는 자신의 아들이었다. 선녀는 한참 동안 세 청년을 쳐다보았고, 이내 그녀의 눈가에 또다시 물이 괴어오르고 말았다.

하지만 선녀는 곧 엄숙한 표정을 지었다.

"너희는 누구냐? 어딜 가는 길이냐?"

"우린 하미에 사는 고가 형제입니다. 가문 대대로 내려오는 무공을 터득하고 지금 강호에 출도하는 길입니다. 아버지께서 강호를 나가면 무조건 큰소리를 쳐야 상대가 우습게보지 않는다고 해서 저분들에게 그랬던 것인데……."

그러면서 청뇌사 자객들을 흘깃 쳐다보았다.

하나 청뇌사 인물들의 살기 어린 시선을 받고 움찔하며 얼른 고개를 돌려 버렸다.

선녀가 조용한 목소리로 충고했다.

"아버지의 말이 전혀 틀리지는 않지만 맞다고도 할 수 없다. 오늘처럼 이렇게 진짜 힘이 센 사람 앞에서 잘못 큰소리를 쳤다가는 목숨을 잃을 수 있다."

가운데 키가 큰 청년이 한 걸음 나와 깍듯하게 다시 절을 했다.

"맏이 고룡입니다. 은인의 존함을 알고 싶습니다."

선녀가 환히 웃었다.

"내 이름은 장."

그때 선군의 음성이 묵직하게 깔려왔다.

"허어, 선녀. 아직도 옛날 이름을 버리지 못했소?"

선녀가 깜짝 놀라며 표정을 굳혔다.

"그냥 선녀라고 부르렴."

선녀라는 말에 고룡의 얼굴에 의혹이 떠올랐다.

그러나 이내 꾸벅 고개를 숙였다.

"우리 삼 형제는 선녀님의 오늘 도움을 절대 잊지 않겠습니다.”

그때 창노한 목소리가 울렸다.

“이런 중원의 변방에서 숨은 고인을 만날 줄 몰랐소이다. 노부는 청뇌사의 기별객(奇別客)이라 하오만?”

강호의 경험이 풍부한 사람이 이 자리에 있었다면 아마 기절을 하고 말았을 것이다.

기별객의 이름은 그러했다.

청뇌사 최고 자객 십전사령(十全死靈) 중 유일하게 강호에 정체를 드러내 놓고 다닌다.

선녀는 눈만 깜박거리고 있었다.

노인은 한눈에 선녀가 강호 초행자라는 것을 알았다.

하지만 맨손으로 검을 쳐내는 난기(難技)를 보아 무공은 강해 보였으나 그 정도 가지고 자신을 위협할 수는 없었다.

청뇌사는 이름있는 자의 목숨만을 탈취한다.

가장 먼저 용소가 달려들었다. 자객이란 거의가 기습과 암습에 숙달되어 있다. 그러나 청뇌사는 백주 살인을 즐겨 하여 더욱 두려움으로 회자된다.

문득 선녀가 품속에서 한 자가량의 시뻘건 낫을 꺼내 들었다.

이어 얼굴을 파고드는 용소의 검을 좌측으로 비킨 후 낫으로 이마를 찍어버렸다.

뻐걱!

둔탁한 소리와 함께 낫이 용소의 머리에 박히며 피가 분수처럼 뿜어져 나왔다.

단 일 초에 동료가 죽자 모두들 흠칫 놀랐다.

이내 두 번째 장사꾼의 검이 선녀의 옆구리를 찔러 들어왔다.

몸을 반 바퀴 돌려 검을 흘려보낸 선녀는 낫으로 장사꾼의 가슴을 대각선으로 베었다.

마치 곡식을 베는 것처럼 아주 자연스러웠다.

장사꾼의 몸이 팽이처럼 핑그르르 돌아서며 바닥에 쓰러졌는데 오른쪽 어깨에서 왼쪽 아랫배로 붉은 핏물이 흘러내렸다.

세 번째 장사꾼이 아랫배를 찔러왔다.

선녀는 사뿐하게 몸을 틀며 피하면서 검을 쥔 상대의 손목을 내려쳤고, 이어 번개처럼 돌아서며 등 뒤로 달려드는 네 번째 장사꾼의 목을 양단해 버렸다.

그때 앉아 있던 기별객이 벌떡 일어났다.

사람을 풀 베듯 하는 낫질을 보는 순간 한 사람에 대한 이야기가 떠올랐다.

'사라선녀(邪裸仙女).'

그 여인은 전설이었다.

원래는 평범한 낫이었는데 워낙 많은 사람의 피를 적셔 붉게 변했다는 쇄혼겸(刷魂鎌)으로 천하를 평정하여 우내십종의 반열에 올라선 사흉(四兇) 중 한 사람이었다.

살아 있다면 아흔이 넘었을 것인데 뒤집어쓴 흑의로 인해 용모를 볼 수는 없지만 목소리를 보아 오십 전후로 보인다. 하나 주안술을 터득했다면 선녀 본인일 가능성도 배제할 수 없었다.

목이 탔다. 왜 처음부터 그 여자를 떠올리지 못했을까.

하긴 그런 막강한 전설이 이런 후미진 변방의 주루에 나타나리라고 누군들 생각이나 하겠는가.

그저 그런 비슷한 이름과 병기를 쓰는 여자쯤으로 알았다.

선녀라면 청뇌사 십전사령이 아무리 강하다고 해도 역부족이었다.

쿵!

객점이 무너질 듯 소리를 내며 기별객은 무릎을 꿇었다. 낮출 때는 철저하고 상대의 기분이 풀리도록 확실히 낮춰주는 게 좋다.

‘사령님께서……!’

그 모습을 본 혼자 남은 부하가 자지러졌다.

이내 상황이 심상치 않다는 것을 깨달은 부하 또한 큰 소리를 내며 무릎을 꿇었다.

가장 완벽하여 십전(十全)이라는 자객제일의 명예를 얻은 상관이 무릎을 꿇는다는 것은 눈앞의 선녀가 어마어마한 인물이라는 것밖에 달리 해석할 길이 없었다.

"용서하십시오. 선녀님을 몰라보고 결례를 범했습니다."

자신의 추측을 뒷받침이라도 하듯 선녀의 태도는 오연했다.

"잘못했다고 비는 거냐?"

"물론입니다. 후배가 죽을죄를 지었습니다."

도대체 무슨 잘못을 했는지 알 수가 없었다.

과거 선녀가 남긴 악행에 비하면 세 청년을 죽이려 한 자신의 행동은 아무것도 아니었다. 물론 직접 본 것은 아니지만 소문에 의하면 선녀는 기분이 우울하다는 이유로 마령곡의 일백 무사를 도살했다고 들었다.

하나 강하다는 것은 법이기도 했다.

약자가 따진다는 것은 건방진 것이다.

"아직 뭘 모르는 철부지들이다. 모르면 가르치고 타일러야지 대뜸 죽이려 들면 되겠느냐?"

자신만의 느낌일까. 선녀의 목소리에서 짙은 모정이 물씬 풍겨 나왔다. 선녀는 피도 눈물도 없는 희대의 악녀였다. 혹시 죽음이 가까워오면 사람이 변한다는데 아흔이 넘었으므로 고개가 끄덕여졌다.

"옳은 말씀입니다. 명심하겠습니다."

"살려줄 테니 가보거라."

선녀의 손에서 살아났다는 것은 일평생을 가슴에 훈장처럼 달고 다닐 만한 기적이었다.

그런데 떨어지지 않는 발걸음은 무슨 연유란 말인가.

자객 특유의 호승심인가. 순간적으로 한번 붙어보고 싶다는 충동이 솟구쳤다. 하지만 승부욕에 사로잡혀 붙어보기엔 너무 위험한 상대였다.

기별객은 살아남은 부하를 데리고 서둘러 객점을 빠져나갔다. 선녀의 성격은 종잡을 수 없다고 들었기 때문이다.

"도대체 누구기에 이렇게 도망치듯 떠나야 하는 겁니까?"

십 리쯤 벗어나자 부하가 더 이상 참지 못하고 물었다.

"선녀다. 우내십종 중 한 사람."

픽 소리가 나면서 부하가 그 자리에 기절해 버렸다.

고씨의 세 형제도 객점을 떠났다.

선녀의 시선이 떠나는 세 청년의 등에서 떠나질 못했다.

그때 선군이 조용히 곁으로 다가와 선녀의 어깨에 손을 얹었다.

"저 아이들을 보세요. 우리 아이도 살았다면 지금쯤 저만큼 컸을 거예요."

"그만 갑시다. 우리에게는 할 일이 많소."

선녀의 어깨를 두어 번 토닥이고 돌아서서 종삼을 찾았다.

"여기 계산하거라."

기둥 뒤에 숨어 처음부터 끝까지 모든 상황을 지켜본 종삼이 다가왔는데 안색이 누렇게 떠 있었다.

“열두, 아니, 다섯 냥입니다.”

열두 냥이라고 말하려다 원래 가격대로 얼른 고쳐 말했다.

화백루를 찾은 모든 손님들에게 적당히 바가지를 씌워 받았지만 조금 전 청뇌사의 자객들을 베었던 낯을 떠올리자 말이 쏙 들어가 버렸다.

“우선 두 분 사부님의 지시부터 받들어야겠지요?”

주루 밖에는 다시 거센 모래바람이 불어오기 시작했다.

“당연하오. 어서 그놈을 죽이러 갑시다.”

두 사람은 모래바람을 뚫고 중원으로 몸을 날렸다.

호위대장 위상묵은 관석 스님이 따라준 찻잔을 천천히 양손으로 감싸 쥐었다.

한사코 싫다는 데도 예불이 끝나려면 시간이 한참 걸린다면서 들어와 잠깐 차 한잔하라는 관석 스님의 강권에 못 이겨 어쩔 수 없이 마주 앉았다.

위상묵은 남궁소를 호위하는 유성귀견대(流星鬼犬隊)의 대주였다. 유성귀견대는 모두 서른아홉 명으로 구성된 검수들로 여러 단계의 엄격한 심사를 거쳐 선발된 용맹무쌍한 일당백의 무사들이었다.

지난 십수 년 동안 남궁소를 해치려는 수차례의 시도가 있었지만 그때마다 유성귀견대는 한 번의 실수도 없이 완벽하게 지켜냈다. 오늘도 유성귀견대는 남궁소를 호위하여 대광사(大光寺)를 찾았다.

대광사는 융중산(隆中山)에 있는 큰 사찰로 남궁 가문의 가사(家寺)라고 해도 좋을 만큼 깊은 인연을 맺고 있었다. 남궁대는 유난히 불심이 깊었다. 그래서 대광사를 자주 찾았고, 그렇게 현 주지 법성과 인연을 맺었다.

두 사람은 자주 만나 차도 마시고 바둑을 두며 담소를 즐겨 했는데 그런 두 사람의 친분 관계로 남궁가에서 대광사에 보내는 일 년 시주만도 대단했다.

오늘은 사월초파일.

부처님이 오신 날 남궁소가 대광사를 찾은 것이다.

많은 신자들이 찾아오면 남궁소 신변을 지키는 데 문제가 있다는 위상묵의 청을 받아들여 대광사는 신원이 확실한 사람에 한해서만 일주문을 통과시켰다.

하지만 절은 적지 않은 사람들로 북적거렸다.

"차 맛이 어떻습니까?"

차를 한 모금 마시자마자 지객당주인 관석 스님이 기다렸다는 듯 물었다. 평생 차라고는 처음 마시는데 어떻게 차 맛을 알겠는가. 단지 목이 말랐으므로 시원할 뿐이었다.

하나 더욱 차 맛을 모를 이유는 딴 데 있었다.

지금쯤 대웅전에서 열심히 자신의 소망을 빌며 절을 하고 있을 남궁소에게 모든 신경이 집중되어 있었다. 머릿속에는 어서 빨리 뜨거운 차를 비우고 그녀 곁으로 다시 돌아가야 한다는 생각뿐이어서 더욱 차 맛을 알 턱이 없었다.

"뭘 그렇게 노심초사하십니까? 저희 절 쪽에서도 자체 호위를 하고 계시니 이때만이라도 맘 편히 계십시오."

대광사 승려들 중에서 무공이 높은 이십여 명을 엄선하여 대웅전 근처를 지키고 있었다.

하나 자신이 직접 진두지휘를 하지 않는 한 불안한 건 어쩔 수 없었다.

"위 대장께서 올해 나이가 어찌 되십니까?"

"서른아홉입니다."

"혼인을 하시지 않을 작정입니까? 듣자 하니 몇 번 좋은 혼처가 들어왔는데도 거절을 하셨다면서요?"

순간 위상묵이 단호히 말했다.

"혼인이라니, 당치 않습니다. 소생의 삶은 오로지 남궁소 아가씨의 안전에 있습니다. 그분을 열심히 보호하는 것만이 전부이지요. 가정은 소생의 임무를 수행하는 데 방해가 될 뿐입니다."

관석의 눈이 커졌다.

소문을 들어 알고 있지만 언제 봐도 주인에 대한 충성심 하나는 대단했다. 과연 이런 호위대장이 있기 때문에 수차례의 위험에서도 남궁소는 안전하게 살아남았을 것이다.

남궁소는 남궁대의 셋째 부인이 낳은 딸이었다.

어려서부터 유난히 총명하여 남궁대의 사랑을 독차지했지

만 아쉽게도 무공을 배울 수 없는 천형의 병을 앓고 있었다. 무가의 핏줄이 무공을 배울 수 없다는 것은 사형 선고나 다름 없었다. 하나 그녀는 무공을 배울 수 없는 대신 누구도 따를 수 없는 뛰어난 머리를 갖고 있었다.

단 일 초식의 무공도 모르면서 그녀는 내로라하는 남궁가의 가신들을 휘하로 끌어들였다.

누구든 그녀와 마주 앉기만 하면 제 발로 따르기를 자청했다.

결국 그녀는 무공을 모르지만 남궁가의 차기 가주 자리를 노리는 다른 형제들의 표적이 되었다.

"한 잔 더 하시지요."

뜨거운 걸 참고 서둘러 마셨는데 관석이 차 주전자를 들어 올렸다.

위상묵은 서둘러 손사래를 쳤다.

"아닙니다. 한 잔으로 충분했습니다. 전 이만 나가봐야겠습니다."

막 자리에서 엉덩이를 일으켜 세우던 위상묵이 휘청했다.

'아니?

그리고 본능적으로 쳐드는 위상묵의 시선 속으로 한 자루 검이 파고든다.

물론 소매 속에 숨겨놓은 검으로 자신을 찌르는 사람은 함께 차를 마신 관석이었다.

푹!

피하고 말고 할 틈도 없이 오른쪽 가슴에 맞았다.

쉬이익!

그와 동시에 천장 대들보에서 두 명의 복면인이 떨어져 내렸는데, 자신의 피할 공간을 완벽히 선점하여 덮친 필살검이다.

연거푸 세 번의 공격을 당한 위상묵의 몸에 피가 흘렀다.

차에 독이 들어 있었던 듯 진기가 쉽게 모아지지 않았다.

하나 자신은 불사의 유성귀견대 대주 위상묵이다. 독을 마셨고, 불의의 일격을 당했지만 귀견이라 불리는 서른아홉 명을 이끄는 수뇌 아니던가.

앉은 자세에서 왼쪽 옆구리에 걸린 검을 뽑아 그대로 천장에서 바닥으로 내려선 두 사내를 횡으로 베어갔다.

어두운 선방에 검광이 피어나며 한 사내가 비명을 지르며 나동그라졌다.

이어 바닥을 한 바퀴 돌며 구석으로 피한 관석의 허벅지를 찔렀다.

관석은 표적이 된 왼발을 측면으로 벌려 피했지만 위상묵의 검이 빨랐다.

뎅강!

관석의 왼발이 허벅지부터 잘려 나갔다.

하나 그 틈에 천장에서 떨어진 두 사내 중 살아남은 자의 검이 위상묵의 옆구리를 파고들었다.

고통에 입술만 잠시 부르르 떨었을 뿐 위상묵은 전혀 흔들리지 않고 사내의 앞가슴에 검을 쑤셔 박았다.

순간 십자의 검광이 뻗어나갔는데 자신의 독문절기 십절류(十節流)였다.

"컥!"

사내의 죽음을 확인할 겨를도 없이 위상묵의 신형이 문을 향해 돌진했다.

순간 앞서 문이 열리면서 복면을 한 세 사내가 뛰어들었다.

나가려는 위상묵과 뛰어든 세 사내가 정면으로 부딪쳤다.

기다란 검광 한 개가 크게 떠올랐고, 그 사이로 반딧불만 한 짧은 세 가닥 검광이 피어났다.

검광이 얽히며 네 마디 비명이 동시에 터져 나왔다.

셋 중 둘이 땅바닥에 엎어졌으나 위상묵 또한 허연 갈비뼈가 들여다 보일 만큼 앞가슴에 깊은 검상을 입었다.

비틀거리는 몸을 추스르고 문턱을 넘어 댓돌을 밟는 순간 좌우 기둥 뒤에서 또다시 두 명이 날아왔다.

위상묵은 몸을 틀며 검을 대각선으로 내려쳤다.

카캉!

검과 검이 부딪치며 불꽃이 일어났다. 둘 중 한 명은 즉사했고, 다른 사내는 충격으로 비틀거렸다.

평소 같으면 쫓아가 숨통을 끊었을 것이지만 지금은 확인

사살할 여유가 없었다.

지금 가장 중요한 것은 대웅전에서 예불을 드리고 있는 남궁소의 신변이었다. 절을 찾은 향객들이 온몸에 피를 뒤집어쓰고 달리는 자신을 보고 놀라 자지러졌다.

유난히 낡아 보이는 측면 두 칸짜리 석가모니불을 모신 대웅전 건물이 보였다.

한데 위상묵은 자신도 모르게 신음을 터뜨렸다.

여기저기 수십 구의 시신이 널려 있는데 대부분 유성귀견대와 대광사의 무승들이었다.

단숨에 대웅전의 열두 계단을 넘어 반쯤 열린 문을 박차고 뛰어들었다.

피 냄새에 현기증이 일어났다.

불치의 병을 고쳐 주고 가슴에 담긴 소원을 들어주며 중생들의 번뇌를 씻어내 주는 석가모니불이 모셔진 법당 바닥은 피로 범벅이 되어 있었다.

흥건한 핏물 속에 누워 있는 낯익은 세 구의 시신을 보며 위상묵은 절망의 신음을 삼켰다. 남궁소를 지근거리에서 지키는 인물들로 검이 검집에서 뽑히지 않은 걸 보아 다급한 나머지 일단 몸을 던져 남궁소를 지키려 했던 것 같았다.

콰아아!

잠시 넋을 놓고 있을 때 등 뒤로부터 폭풍이 몰아쳐 왔다.

어디서 나타났는지 다섯 명의 복면사내가 몰아쳐 왔다.

독이 퍼지면서 팔에 마비 증세가 왔다.

하나 위기에 빠질수록 침착해야 한다. 무슨 수를 써서라도 기필코 남궁소를 지켜내야 한다.

"너희들은 누구냐? 남궁소 아가씨는 어디 있느냐?"

다섯 사내는 그냥 밀고 들어왔다.

위상묵의 검이 용약십세로 바뀌었다. 순간 검이 십여 개로 나누어지며 다섯 사내를 휘감았다.

다섯 중 세 사내가 바닥을 나뒹굴었다.

위상묵도 왼쪽 어깨의 살점이 뭉텅 잘려 나갔다. 하나 인상 하나 찌푸리지 않고 검을 염백용소세로 변화시켰다.

취이이이!

나머지 두 사내의 허리가 양단되었다. 위상묵의 신형은 어지럽게 찍힌 지면의 발자국과 핏자국을 따라 몸을 날렸다.

대광사에 피바람이 불었다.

부처님 오신 날을 기념해 법성의 설법을 들으러 왔던 향객들은 검을 휘두르며 무자비한 살육을 감행하는 일단의 무사들을 보며 비명을 질렀다.

난리 속에서 유성귀견대는 전멸해 갔다.

적은 숫자가 너무 많았다. 이쪽은 고작 서른아홉 명과 대광사 쪽에서 지원받은 이십여 명이 전부인데 암습을 해온 자들은 이백여 명이 넘었다. 피가 튀고 선혈이 흘러 대광사의 사월초파일은 온통 피바다가 되고 말았다.

위상묵은 눈에 불을 켜고 대광사를 수색했지만 죽은 부하들 시신만 발견되었을 뿐 남궁소의 행적은 찾지 못했다.

어느덧 독은 심장 근처까지 파고들어 이제 검을 들고 있기도 힘든 지경에 이르렀다.

"대주!"

늙은 호두나무 아래 등을 기댄 채 사위를 휘 둘러보고 있는 위상묵 앞으로 왼쪽 팔이 잘려 나간 사내가 나타났다.

부하 중 곽개라는 사내로 유성귀견대에서 가장 늙었다.

"아가씨는 어디 있느냐?"

"저희도 뵙지 못했습니다. 워낙 많은 숫자가 법당을 포위하여 덮치는 바람에."

위상묵의 얼굴은 더욱 참담하게 접혔다.

"생존자는 몇 명이나 되느냐?"

"아마 대주와 저뿐일 겁니다."

위상묵이 더 이상 견디지 못하고 비틀거렸다.

"대주!"

남은 한 팔로 곽개가 위상묵을 부축하였다.

"난 괜찮다."

곽개의 손길을 뿌리쳤지만 위상묵은 위태로워 보였다.

독이 전신으로 퍼진 듯 온몸이 푸르뎅뎅했다. 위상묵의 눈에서 눈물이 흘러내렸다.

"죽는 건 아무렇지도 않다. 하나 아가씨를 안전하게 모시지 못한 것이 너무 원통하다."

"일단 업히십시오. 제가 모시고 가겠습니다."

"넌 당장 본 가로 달려가라. 물론 포위망을 빠져나가기란 쉽지 않을 것이다. 가서 이 사실을 알리고 도움을 요청해라."

머뭇거리는 곽개에게 호통을 쳤다.

"시간이 없다! 감히 대남궁가의 혈육을 노리다니 어서 달려가서 위급한 상황을 전하거라!"

곽개가 이를 악물었다.

"알겠습니다, 대주. 반드시 이곳을 빠져나가 본 가에 연락하겠습니다. 다시 돌아오겠습니다. 그때까지 일신을 잘 보존하십시오."

곽개는 몸을 날려 사라졌다.

곽개가 완전히 눈앞에서 사라지고 홀로 남은 위상묵은 걸음을 옮겼다.

죽는 그 순간까지라도 남궁소를 찾아야 했다.

땅이 움직였다.

가만히 있는 땅이 움직일 이유는 없었고, 독이 심장으로 들어오면서 어지럼이 일어난 것이다.

그래도 위상묵은 사방으로 눈을 돌리며 앞으로 나아갔다.

"아가씨."

위상묵은 비틀거리며 남궁소를 찾았다.

"평생 아가씨를 지키고 보호하겠다고 약속했는데 불충한 속하는 이렇게 큰 실수를 하고 말았습니다. 관석이란 땡초로 위장한 놈에게 속아 임무를 소홀히 하였고 너무도 큰 잘못을 저질렀습니다."

위상묵의 발걸음은 어느새 대광사를 벗어나 숲 속을 헤집고 있었다.

눈앞이 흐릿해졌다.

눈에 잡힌 모든 물체가 뿌옇게 보인다.

독은 고통까지 몰고 와 온몸을 쥐어뜯는 것 같았다.

"으음."

위상묵은 이를 악물고 온 힘을 다해 눈을 부릅떴다.

"어디에 계십니까? 불충한 속하는 끝내 아가씨와의 약속을 지키지 못하고 먼저 떠나야 할 것 같습니다. 어리석은 속하를 부디 용서하십시오."

위상묵은 더 이상 걷지 못하고 땅바닥에 주저앉고 말았다.

온몸이 딱딱해지면서 혀까지 굳어오기 시작했다.

멀리 융중산 너머로 하늘이 붉게 물들어가고 있었다. 위상묵의 얼굴로 선홍빛 저녁노을이 짙게 내려앉고 있었다.

그때였다. 거친 숨을 헐떡이던 위상묵의 눈이 커졌다.

서쪽의 해를 등지며 한 사람이 다가오고 있었다. 혹시 남궁소일지 모른다는 생각에 위상묵은 있는 힘을 다해 눈을 부릅떴다. 초점이 잡히지 않아 몇 겹으로 보였지만 다가오는 사람을 한눈에 알아보았다.

남궁소였다. 꿈에서도 잊지 못할 그녀가 달려오고 있었다.

"아, 아가씨!"

위상묵은 온 힘을 다해 소리쳤다.

남궁소의 행색은 말이 아니었다. 입고 있던 백의는 찢어져 하얀 살갗이 드러났고, 어깨와 아랫배에서 피를 흘리고 있었다.

"위 대주, 도대체 어떻게 된 건가요?"

그토록 찾고 싶었던 남궁소를 만났다는 것에 안도했지만 자신의 현재 몸 상태로서는 전혀 도움을 줄 수 없다는 것에 위상묵은 통곡하며 말했다.

"여길 도망치십시오! 놈들이 금방 찾아올 것입니다!"

남궁소의 얼굴이 굳어졌다.

위상묵이란 큰 우산이 있었기에 쫓기면서도 한가닥 희망을 잃지 않았다. 한데 그의 입에서 자신을 믿지 말고 도망치라는 말이 거침없이 흘러나왔다.

불입호혈(不入虎穴)

부득호자(不得虎子)

生
能
福

남궁소는 마침내 올 것이 왔다고 여겼다.

한 번도 생각해 보지 않았던 최악의 참화가 코앞에 닥쳐왔다. 그는 어떤 어려움과 위기에서도 자신을 안전하게 지켰고, 두둑한 배짱으로 흔들리지 않았다.

그런 절대의 호위자가 무너지고 있었다.

그건 곧 오늘 자신을 노리는 적의 힘이 상상을 불허한다는 뜻이었기에 남궁소의 기분은 더욱 처참했다.

"아가씨, 어서!"

위상묵은 혀가 굳어 제대로 말을 하지 못했다.

남궁소의 두 눈이 파랗다 못해 검게 변해가고 있는 위상묵의 얼굴을 내려다보았다.

"송구합니다. 임무를 완수하지 못하고 먼저 떠나게 되어 면목없습니다."

눈을 뜬 채 위상묵은 그만 숨을 거두고 말았다.

"으음."

남궁소는 나직이 신음했다.

도무지 정신이 하나도 없었다. 오시에 대광사에 도착한 남궁소는 곧장 대웅전에 들어가 예불을 올렸다.

정성을 다해 아홉 번씩 열두 번 절을 하며 남궁소는 자신의 꿈을 이루게 해달라고 빌고 또 빌었다.

자신의 꿈, 그것은 남궁가의 주인이 되는 것이기도 했지만 천형을 치료하는 것이었다.

남궁소의 온몸은 땀으로 흠뻑 젖었다.

한데 남궁소가 아흔두 번째 절을 할 때 돌연 석가모니불에서 검이 튀어나왔다. 세 명의 수하가 몸을 던지지 않았다면 그 자리에서 즉사했을 것이다.

남궁소는 쪽문을 이용해 뒤뜰로 빠져나왔다.

그런데 이미 뒤뜰에서는 자신을 지키던 유성귀견대와 대광사 무승들이 한패거리가 되어 정체불명의 인물들과 치열한 난전을 벌이고 있었다.

유성귀견대가 수적 열세를 극복하지 못하고 중과부적으로 수세에 몰리고 있었다.

결국 남궁소는 혼자 몸이 되어 쫓겼고, 여기까지 오게 된 것이다.

남궁소는 자신이 공격자들의 포위망을 빠져나갈 가능성이 아주 희박하다고 보았다.

유일한 방법은 집으로부터 지원 병력이 오는 걸 기다리는 것이었는데 과연 그들이 올 때까지 어떻게 버티느냐가 관건이었다.

"핏자국이 이쪽으로 떨어져 있다!"

멀지 않은 숲 속에서 사내들의 다급한 목소리가 들려왔다.

남궁소는 곧장 반대쪽 숲 속으로 뛰어들었다. 잡힐 때 잡히더라도 일단 도망은 쳐야 했다.

남궁소가 사라지는 것과 동시에 일곱 명의 복면무사가 날아 내렸다. 모두 치열한 싸움을 끝내고 온 듯 옷이 찢어지고 상처를 입고 있었다.

"저기 계집이 죽어라고 도망치고 있습니다."

숲 속으로 도망치는 남궁소를 바라보는 복면인들은 눈빛은 담담했는데 그건 제까짓 게 뛰어봤자라는, 부상 입은 사냥감을 바라보는 사냥꾼의 냉소와 같은 것이었다.

"여기 좀 보십시오."

부하 중 한 명이 고목나무 아래를 가리켰다. 거기엔 위상묵이 등을 기댄 채 죽어 있었다.

"놈입니다. 유성귀견대 대주 위상묵."

수뇌로 보이는 복면인이 위상묵을 내려다보았다.

위상묵은 죽었는데도 눈을 크게 뜨고 있었다. 그것은 결코 패배를 인정할 수 없으며 죽어서라도 남궁소를 지키겠다는 의지였으므로 수뇌는 나직이 감탄을 흘렸다.

비록 적이지만 위상묵은 진정한 무사였다. 특히 남궁소에 대한 충성심만큼은 누구도 흉내 낼 수 없었다.

그때 다섯 명의 복면인들이 추가로 날아왔다.

"유성귀견대의 시신 서른여덟 구를 확인했습니다."

유성귀견대는 서른아홉 명인데 서른여덟 구가 확인되었다면 위상묵의 시신이 눈앞에 있으므로 이번 작전은 완벽히 성공한 것이다.

이제 저 숲 속으로 뛰어든 남궁소만 잡으면 끝난다.

무공도 모르는 계집이니 제거하는 건 식은 죽 먹기다.

"잡으러 가자."

사내들은 서두르지 않았다.

천천히 남궁소가 사라진 숲을 향해 유유자적하며 걸어갔다.

나뭇가지와 가시넝쿨이 온몸을 할퀴고 찔렀지만 남궁소는 달리는 속도를 멈추지 않았다. 한 걸음이라도 더 빨리 뛰는 것만이 자신이 할 수 있는 최선의 길이었다.

반 각쯤 정신없이 달렸을까.

쿠쿵!

갑자기 근처 어디에선가 커다란 굉음이 들려왔다.

남궁소는 자석에 이끌리듯 소리가 들려온 곳을 향해 달려갔다.

일 마장쯤 달려가던 남궁소의 걸음이 갑자기 멈추었다. 전방에 조그만 모옥 한 채가 있었는데 마당에서 한 사내가 열심히 무공을 연마하고 있었다.

덩치는 무척 컸지만 앳된 얼굴이 나이는 그렇게 많아 보이지 않았다.

사내의 주먹이 바위를 향해 뻗었다.

픽 하는 소리가 들리더니 바위에 주먹만 한 구멍이 뻥 뚫렸다.

사내는 마치 남궁소 앞에서 자신의 솜씨를 자랑이라도 하듯 여러 가지 무공을 펼쳤다.

순식간에 바위는 사내의 주먹과 발길질에 자갈로 변해 버렸다.

잠시 후 사내는 주먹에 묻은 바윗조각을 털어내더니 힐끗 남궁소를 한 번 쳐다보고 별 관심 없다는 듯 모옥 안으로 사라져 버렸다.

남궁소의 두 눈이 번쩍 빛을 발했다.

캄캄한 미로 속을 헤매다 마침내 불빛 환히 켜진 대로를 발견했을 때 찾아오는 격정과 환희에 찬 눈빛이었다.

"이봐요!"

남궁소는 한달음에 모옥을 향해 달려갔다.

문 앞에 서서 굳세게 닫힌 문을 향해 버럭 소릴 질렀다.

"내 말 안 들려요? 잠깐 나와봐요!"

잠시 후 문이 덜컹 소리를 내며 열리더니 사내가 고개만 삐죽 내밀며 인상을 썼다.

"왜 사람을 귀찮게 하는 것이오?"

남궁소는 한 걸음 다가섰다.

"여기 주인인가요?"

"그렇소만."

"무림인인가요?"

"그건 왜 묻소?"

자신에게 지금 가장 필요한 건 누군가의 도움을 받는 것이었다.

눈앞의 사내가 자신을 쫓는 추적자들을 막을 수 있느냐 없느냐는 차후 문제였다.

지금 자신에게는 선택의 여지란 없었다.

자신이 보기에 사내는 상당한 솜씨를 갖고 있는 무림인이라는 것이었고, 위기를 헤쳐 나갈 수 있는 유일한 가능성이라는 것이 중요할 뿐이었다.

"나 좀 도와주세요. 난 남궁세가의 남궁소라고 해요."

대부분의 사람들은 자신의 이름이 밝혀지면 자지러지며

최대한 경의를 표한다. 강호의 절정고수라 해도 자신이 취할 수 있는 최고의 예의를 다했다.

그런데 사내는 몹시 권태스런 눈빛으로 마당에 서 있는 자신을 내려다보고 있었다.

남궁소는 사내가 은거 중인 사람이기보다는 강호 출도를 목표로 열심히 수련인 사람이라고 생각했다.

강호 경험이 일천하지 않는 한 남궁세가를 몰라보는 건 말이 안 된다.

"대광사에 예불을 드리러 왔다가 공격을 받고 있어요. 부하들은 모두 죽고 나 혼자 남았죠. 우리 집까지 날 데려다 주면 사례하겠어요."

사례란 말에 처음으로 사내의 표정에 변화가 있었다.

"사례라면 무슨 뜻이오? 구체적으로 알아듣기 쉽게 말해보시오."

"돈을 주겠어요. 안전하게 데려다 주기만 한다면 평생 먹고살 수 있을 만큼 줄 수도 있어요."

남궁소는 아직까지 한 번도 비호(飛虎)를 보지 못했다.

하나 아무리 바람을 가르는 호랑이라고 할지라도 지금 사내처럼 빠를 수는 없을 것이라고 생각했다.

자신의 방문을 무척 귀찮아하며 짜증스런 눈으로 쳐다보던 사내는 돈 얘기를 하자 득달같이 달려나왔다.

얼마나 급했으면 사내는 신발도 신지 않은 맨발로 자기 앞에 서 있었다.

"얼마를 주겠소? 이런 산속에 처박혀 산다고 날 싼값에 쓸 수 있을 것이라고 생각한다면 일찍 포기하는 것이 좋을 것이 오."

수틀리면 그만두겠다고 미리 못까지 박아두는 것이 예사 솜씨가 아니다.

"걱정 마세요. 당신을 헐값에 고용하고 싶은 맘은 추호도 없으니까. 얼마를 드리면 되겠어요? 말해보세요."

순간 사내가 씨익 웃었다.

양치질과는 담을 쌓고 사는 듯 누런 이빨이 드러났는데 무척 순박한 웃음이었다.

"안전하게 데려다 주면 해달라는 건 다 해주겠어요. 뭐든 지."

"그렇다면 황금 만 냥만 주시오."

만 냥은 적은 돈이 아니다.

물론 남궁가의 재산 규모에 비춰볼 때 조족지혈이었지만 아무나 만질 수 있는 돈은 아니었다.

사내는 자신을 봉으로 여긴 것이 분명했다.

하긴 어느 누구라도 자신의 현재 몰골이라면 뭉텅이 돈을 요구하며 팔자를 고치려 들 것이다.

"주죠. 드리겠어요."

"그럼 잠깐 기다리시오."

그리고 사내는 방 안으로 뛰어들어 갔다.

잠시 후 사내는 지필묵을 챙겨 나오더니 토방 위에 종이를 펼쳤다.

"낭자의 말을 믿지 못해서 이러는 것이 아니오. 구두 약속보다는 이렇게 문서로 작성해 놓는 것이 확실하지 않겠소. 볼일 보러 갈 때와 보고 난 뒤의 마음이 전혀 다르다고 하지 않소."

사내는 허술하지 않았다.

나이는 어려 보였지만 인생의 우여곡절을 최소한 겪어본 사람의 행동이었다.

"쓰죠."

"그럼 내용을 부르겠소."

"부르세요."

사내는 두어 번 헛기침을 하더니 조용한 목소리로 입을 열었다.

"낭자 이름이 뭐라고 했소?"

남궁소는 인상을 썼다.

"남궁소라고 했잖아요."

조금 전에 가르쳐 준 이름을 기억 못하는 걸 보면 사내의 머리는 그다지 뛰어난 것 같지는 않았다.

"나 남궁소는 와룡계곡에서 만난 악왕 공자에게 호위를 부탁하는 대신 그에게 황금 만 냥을 지불할 것을 약속한다. 만

약 약속을 지키지 않을 때는 패 죽여도 원망하지 않을 것이
다.”

사내는 패 죽인다는 말을 아주 편히 뱉었다.

약속을 지키지 않으면 자신쯤은 아주 간단하게 때려죽일
수 있다는 듯 태평한 얼굴이었다.

순간 남궁소는 피식 웃고 말았다.

만약 남궁가가 어떤 곳이고 자신이 누군지 알고서도 저런
여유를 가질 수 있을까를 생각하다 보니 웃음이 나왔던 것이
다.

남궁소는 힘차게 고개를 끄덕이며 내용대로 썼다.

지금은 어떤 이유에서라도 악왕이라는 사내의 비위를 건
드리면 안 되기 때문이었다.

자신은 철저히 물결에 휩쓸리고 있는 수초였다.

자신의 모든 것은 오로지 거대한 물결의 뜻에 좌우될 뿐이
었다.

사내는 자신의 서명까지 들어간 서찰의 내용을 흐뭇한 표
정으로 읽어보더니 꼭꼭 접어 품속 깊숙이 집어넣었다.

“지금 당장 갑시다. 집이 어디요?”

사내는 신발을 신고 나왔다.

“그대로 간단 말인가요?”

남궁소는 아무런 병기도 없이 맨손으로 따라나서는 사내
를 보며 어이가 없었다.

"병기 같은 것 없나요? 적을 상대할 때 쓰는 애병 말예요."

사내가 두 주먹을 불끈 쥐며 호기롭게 말했다.

"걱정 마시오. 조금 전 보았다시피 난 주먹과 발, 그리고 필요에 따라 머리 등을 사용할 뿐 병기 같은 건 일체 쓰지 않소."

자신이 조금 전 보았던 사내의 무공은 약해 보이지 않았다. 맨주먹이나 발길질로 바위를 깬다는 것은 결코 쉬운 일은 아니다. 하나 병기를 외면할 만큼 강해 보이지도 않았으므로 물었던 것이다.

사내가 앞장서고 남궁소는 뒤를 따라갔다.

"집은 여기서 얼마나 떨어져 있소?"

"가깝지 않아요. 무창 근처예요."

그때 돌아서던 사내의 동작이 멈칫했다.

마당에 촘촘한 나뭇가지 사이를 비집고 들어오던 햇빛이 갑자기 뭔가에 가로막힌 듯 사라져 버렸기 때문이다.

사내의 고개가 천천히 들려졌다.

햇빛을 가로막는 장애물은 모옥 입구에 서 있는 열두 명의 복면인들이었다.

사내는 복면인들의 시선이 집주인인 자신을 지나쳐 측면으로 비켜서 있는 남궁소에 고정되어 있다는 것을 발견하고 시큰둥한 얼굴로 물었다.

"저 사람들이오?"

남궁소의 안색이 굳었다.

"조심해야 할 거예요."

사내는 복면인들을 향해 물었다.

"돌아가면 없었던 일로 하겠소."

도무지 사내는 거침이 없었다.

자신에 대한 무례는 강호 사정을 몰라서 그렇다지만 한눈에 봐도 독랄한 기운이 물씬 풍기는 복면인들에게까지 마치 어린아이 내쫓듯 말하고 있었다.

수뇌의 고개가 사내를 향해 돌려졌다. 마치 삭신을 마비시킬 것 같은 맹독성을 지닌 눈빛에 남궁소는 움찔했다.

"못 들었소? 조용히 사라지면 허락없이 내 집에 들어온 잘못을 눈감아주겠단 말이오."

남궁소의 인상이 와락 구겨졌다.

복면을 하고 흉흉한 기세를 뿜어대는 저들이 진짜 말로 해서 들을 사람들로 보여서 계속 말로 한단 말인가.

그 순간 남궁소는 퍼득 한 가지를 떠올렸다.

사내는 돈 욕심에 자신을 데려다 주겠다고 덜렁 약속했지만 이길 자신이 없기 때문에 어떻게 말로 해결해 보려는 것이 분명했다.

남궁소는 절망을 느꼈다. 아무리 다급한 상황이어서 어쩔 수 없었지만 저런 허풍쟁이를 믿고 황금 만 냥을 주겠다고 정성껏 각서까지 써 바친 자신이 서글퍼졌다.

"미친놈, 나가면 없었던 일로 하겠다고?"

복면인 한 명이 비아냥대더니 독수리처럼 날아왔다.

번쩍!

맑은 하늘에서 한줄기 벼락이 떨어졌다.

벼락은 수직으로 떨어지며 정확히 사내의 머리를 반으로 갈랐다.

빽!

섬광이 사내의 머리를 가르는 것과 동시에 둔탁한 소리가 들렸다.

그리고 남궁소는 경악의 외침을 터뜨렸다.

"저런!"

사내를 향해 달려들던 복면인이 땅바닥에 쓰러져 있는데 미동도 없는 것이 숨진 것 같았다.

하나 정작 놀란 사람은 모옥 입구에 선 일행이었다.

공격해 가던 동료가 사내의 손에 죽었다는 것만 확실할 뿐 어떤 공격을 받았는지는 보지 못했다.

그때서야 복면인들 전신으로 살기가 뿜어졌다.

마치 싸움닭이 적을 앞에 두고 갈기를 세우는 것과 같은 싸늘한 냉기였다.

갈기는 세웠지만 사내들은 섣불리 달려들지 않았다.

이미 경솔히 움직일 상대가 아니라는 것을 간파하고 각자 마음속으로 전법을 세우는 것 같았다.

한동안 적막한 침묵이 흘렀다. 그러나 복면인들은 움직이지 않았다. 남궁소는 맹호들일수록 섣부른 공격을 하지 않는다는 것을 상기하며 숨을 죽였다.

싸움은 저들이 하지만 결과에 따라 자신의 목숨이 춤춘다.

어쨌든 달려들던 복면인이 맥없이 숨진 걸 보면 사내가 허풍쟁이만은 아닌 것 같았으므로 사그라졌던 기대가 조금씩 부풀기 시작했다.

"누구지?"

"이 집 주인이오."

수뇌가 던진 질문의 의도가 집주인이라는 대답을 듣기 위한 것이 아니라는 것을 모르지 않을 텐데도 그렇게 응수한다는 것은 한 가지 의도로 해석할 수 있었다.

조롱이 틀림없었다.

심한 모욕을 느낀 듯 수뇌의 눈빛이 심하게 흔들렸다.

복면인들이 밀려왔다.

수뇌를 포함한 열한 명이었다. 한 명을 상대로 열한 명이 달려드는 모습은 누가 봐도 잔혹한 재앙이었다.

사람이라면 누구든 새파랗게 질려 버릴 일인데 사내는 우뚝 서서 벌 떼처럼 우르르 날아오는 열한 명을 바라보았다.

가장 앞서 오는 자의 검을 고작 오른쪽으로 반보 움직여 피했다.

찌르는 자는 죽을힘을 다한 듯한데 피하는 사내는 산보하듯 흘려버렸다.

뻐억!

피하고 곧바로 이어지는 오른 주먹 한 방에 복면인은 죽었
다.

두 번째 복면인의 앞가슴에 붉은 손바닥이 찍혔는데 검게
타버렸다.

세 번째와 네 번째 복면인의 검이 사내를 일검양단의 기세
로 베었다.

파아!

피하기는커녕 사내의 신형이 두 복면인에게 마주 달려들
었는데 생사신보의 추원섬이었다. 추원섬은 근속공과 반대
로 먼 거리를 단숨에 이동하는 쾌속절륜한 보법이었다.

단 일 보에 사내가 면전으로 다가서자 두 복면인의 검은 표
적을 잃고 헝클어져 버렸다.

사내의 오른발이 오른쪽 복면인의 사타구니에 '한 번의
발길질에 모든 것이 사라진다.'는 맹룡탈명구각 제오식 일
공각(一空脚)을 박아 넣었다.

이윽고 허리를 왼쪽으로 틀며 오른 주먹이 좌측 복면인의
면상을 돌려 찍었는데 태악명동일권섬이었다.

다섯 번째와 여섯 번째, 일곱 번째가 맹호연포권에 무너졌
다.

좌우 천추귀슬에 여덟 번째와 아홉 번째가 죽었고, 열 번째

복면인은 바짝 붙었다가 중단사에 턱이 날아가 버렸다.

유일하게 뒤에서 덮쳤던 열한 번째 복면인은 아수참혈주에 걸려 즉사했다.

수뇌의 눈빛이 바람 앞의 촛불처럼 흔들리고 있었다.

엄청난 충격을 받은 듯 떨림은 양쪽 관자놀이에까지 밀려가고 있었다.

"안 올 거요?"

사내가 채근했다.

수뇌의 검이 뽑혀 나왔다. 그 흔한 쇳소리도 없고 광채도 없었다.

발검의 최고 경지 무음무광이었다. 소리없이 날아온 검날은 울퉁불퉁했는데 싸울 만큼 싸운 백전의 질곡이 고스란히 묻어 있었다.

사내는 초연히 왼쪽으로 이 보를 옮겨갔다.

두 걸음이면 어떤 어려운 공격도 벗어난다는 좌이출에 기세 좋던 수뇌의 검이 땅바닥을 찌르는 추태를 보였다.

그리고 이어지는 사내의 반격은 맹룡탈명구각 제육식 통각(通脚).

상처 부위에 커다란 구멍을 낸다 하여 붙여진 이름인데 아닌 게 아니라 격중된 수뇌의 옆구리에서 주먹 하나 정도 들어갈 만한 구멍이 뚫려 있었다.

남궁소는 전율했다.

자신의 선택은 훌륭했다. 물론 앞으로도 적들은 끊임없이 자신을 노리겠지만·지금 본 사내의 솜씨라면 희망을 가져볼 만했다.

사내가 자신을 돌아보았다.

이래도 황금 만 냥이 아깝다고 생각하느냐는 얼굴이었다.

남궁소는 몹시 긴장하고 있었다.

뒤를 따르면서도 열심히 주위를 두리번거리며 숲 속의 상황을 살피고 있었다.

하나 숲은 조용했고, 두 사람의 인기척에 날짐승들이 놀라 달아나고 있었다.

"조금 전 펼친 무공은 가문의 기예인가요, 아니면 사문의 절기인가요?"

"사부님께서 남긴 것이오."

"사부님의 존함을 여쭤봐도 되겠어요?"

왕악은 헛기침을 하고 느릿하게 대답했다.

"천신(天神)이오."

천종야신은 고금제일고수다.

그래서 어지간한 사람은 다 알고 있으므로 종 자와 야 자를 빼버린 것이다.

'천신'이란 말에 남궁소의 눈이 커지며 놀란 표정을 지었다.

어떤 강호의 거물을 떠올려서라기보다는 천신이라는 이름 자체가 갖는 세기 때문이리라.

이윽고 남궁소의 눈이 깜박거렸다.

자신이 갖고 있는 강호의 모든 지식을 통틀어보아도 그런 이름을 가진 고인이나 전대 고수가 기억나지 않는 눈치였다.

왕악은 지그시 웃었다.

속으로 '백 년을 고민해 봐라, 떠오르는 인물이 있나' 하며 이죽거렸다.

보나마나 지금쯤 역시 천하에는 알려진 고수보다 숨은 기인이 훨씬 많다는 말을 떠올리며 자신의 거짓말에 좌초하고 있을 것이다.

그때 전방에 망태를 짊어진 한 사내가 다가왔다.

얼른 보아도 약초꾼이라는 것을 알 수 있을 만큼 사내의 망태에는 이제 막 캐낸 것으로 보이는 약초로 빼곡했다.

남궁소 얼굴에 불안한 그림자가 떠올랐다.

그러더니 왕악의 오른쪽으로 바짝 다가섰다. 그런데 약초꾼은 남궁소가 붙어 있는 오른쪽 길가를 따라 올라옴으로써 남궁소의 불안감을 더욱 현실화시켰다.

순간 남궁소는 이번에는 슬며시 왼쪽으로 붙었다.

약초꾼이 자신을 노리는 공격자라고 확신하고 있는 행동이었다.

왕악의 눈은 올라오는 약초꾼의 망태에 고정되어 있었다. 병기를 갖고 있다면 틀림없이 약초 더미 속에 숨겨져 있을 것이다.

물론 망태 속에 감추어 사용할 병기라면 검보다는 칼 종류일 것이다.

한 자 크기 정도의 망태 속에 온전히 들어갈 수 있는 칼이라면 계도와 유엽도, 안령도 등이 있다.

계도는 스님들 머리 깎는 데 사용하는 칼이지만 휴대가 용이하고 예리하여 지척의 공격에 적격이다.

유엽도는 소매 속에 넣고 다니는데 길이가 한 자 내외로 배운 무공에 따라 암기로 쓰는 사람도 있고 일반 칼로 사용하기도 한다.

안령도는 기러기 날개를 본따 얼른 보면 칼이 아닌 노리개로 보인다. 그래서 상대를 가장 완벽하게 속일 수 있어 전문적인 자객들이 즐겨 사용한다.

기습은 필시 양측이 스쳐 지나가는 아주 짧은 그때일 것이다.

정지된 상태가 아니고 움직이고 교차하는 순간의 암습은 방어가 몹시 힘들다.

그렇다고 미리 적으로 예단하여 덮칠 수는 없었다.

만약 진짜 약초꾼이라면 돌이킬 수 없는 실수를 낳는다.

약초꾼은 극히 자연스럽게 올라왔다. 왕악 역시 어색함을 없애려 노력했지만 자신도 모르게 긴장이 되어 몸에 힘이 들어갔다.

이윽고 두 사람의 거리는 가까워졌고, 왕악의 오른팔에 힘이 들어갔다.

암습이 있다면 피할 시간적 여유가 없다. 그럴 때는 곧바로 맞받아 쳐야 하는데 오른쪽 팔꿈치가 가장 효과적이었다.

망태에 들어가 있던 약초꾼의 오른손이 약초를 주물럭거렸다.

칼의 손잡이를 움켜쥐는 전형적인 동작이었으므로 왕악의 두 눈이 쭈뼛 일어섰다.

망태에 담긴 약초꾼의 손이 조금이라도 이상한 행동을 보이면 십이성 극성으로 끌어올린 아수참혈주가 폭발할 것이다.

이윽고 두 사람이 엇갈렸다.

왕악의 오른쪽 어깨와 약초꾼의 오른쪽 어깨가 부딪칠 듯 스쳐 지나갔다.

잔뜩 끌어올린 힘을 견디지 못하고 팔꿈치가 터질 듯 부르르 떨었지만 끝내 약초꾼의 오른손은 망태에서 빠져나오지 않았다.

약초꾼은 아무 의심스런 행동 없이 산길을 거슬러 올라가 버렸다.

"후우!"

남궁소의 어깨가 안도의 한숨으로 꺼졌다.

예로부터 융중산은 산세가 깊고 험하여 많은 절세고인들이 터를 잡고 살지만 약초와 산나물이 지천이어서 농부들도 자주 찾았다.

얼마 가지 않아 이번에는 지팡이에 몸을 의지한 허리 구부러진 한 명의 노파가 올라왔다.

노파의 체격은 훅 불면 날아갈 것 같았는데 역시 옆구리에 산나물을 담은 망태를 메고 있었다.

노파는 금방이라도 넘어질 듯 흔들거리며 산길을 올라왔다.

문득 노파는 왕악과 이 장쯤의 거리에 이르더니 걸음을 멈추고 허리를 구부렸다.

지팡이를 들어 찔러올 것 같은 기세였으므로 왕악이 바짝 눈썹을 세웠다.

"뻐꾹나리 아니냐."

노파는 길가에 잎이 어긋나게 달린 풀을 뽑아 망태에 담았다. 노파는 두 사람을 힐끔 한 번 쳐다보고 지팡이에 기댄 채 부지런히 자신의 길을 걸어갔다.

이후 세 명의 약초꾼과 대광사와 인근 암자에 불공을 드리러 올라가는 네 명의 향객을 더 만났지만 다행히 별 탈은 없었다.

두 사람은 빠르게 산길을 걸어 내려갔다.

산 아래로부터 눅눅한 바람이 불어오더니 급기야 빗방울
이 떨어지기 시작했다.

왕악은 하늘을 올려다보았다.

한 시진 전까지만 해도 화창하던 날씨가 어느새 짙은 먹구
름으로 뒤덮여 버렸다. 금방이라도 큰 비가 내릴 것 같았으므
로 왕악은 걸음을 서둘렀다.

"저기 산모퉁이를 돌아가면 약초꾼들과 대광사를 찾는 향
객들을 상대로 술과 음식을 파는 곳이 있어요."

남궁소의 말처럼 뒤틀린 노송이 우뚝 서 있는 모퉁이를 돌
아가자 듬성듬성한 소나무 밭 사이로 대불루라는 간판이 걸
린 다 쓰러져 가는 주루 한 채가 세워져 있었다.

두 사람이 출입문을 막 밀고 들어서려는 순간 후두둑 하는
소리와 함께 비가 쏟아지기 시작했다.

비는 금세 장대비가 되었다.

실내에는 여덟 명의 사람이 조용히 식사를 하고 있었다.

두 사람이 자리에 앉자마자 늙은 주인이 다가와 주문을 받
았다. 왕악은 만두 이 인분을 시켰다. 그러자 남궁소가 불쾌
한 표정으로 따지듯 말했다.

"왜 내게 뭘 먹을 건지 물어보지도 않고 당신 맘대로 시키
는 거죠? 난 만두 안 먹어요. 초면 주세요."

"미안하오. 난 내 주머니 사정만 생각했지 뭐요."

왕악은 남궁소를 향해 히죽 웃어 보였다.

못마땅한 표정을 지우지 못한 남궁소가 자신을 향해 웃는 왕악을 보며 고개를 홱 돌려 버렸다.

왕악은 느긋하게 실내를 휘 둘러보았다.

그러더니 점차 그의 잠긴 두 눈이 일어서기 시작했고, 한순간 반딧불처럼 반짝거렸다.

그때 주인이 만두와 초면을 가져왔다.

"맛있게 드십시오."

남궁소는 몹시 배가 고픈 듯 주인이 음식을 놓고 돌아서기가 바쁘게 젓가락을 들어 초면을 한 움큼 집었다.

그때 왕악이 남궁소의 젓가락을 탁 쳤고, 가득 집어진 초면이 접시에 쏟아졌다.

"뭐 하는 거예요? 설마 남의 음식까지 뺏어 먹을 생각인가요?"

문득 왕악의 입술이 달싹거리더니 남궁소의 귓가로 전음이 낮게 파고들었다.

"혹시 음식에 독이 들어 있을지 모르니 먹지 마시오."

독이란 말에 남궁소의 두 눈이 크게 불거졌다.

그러더니 의심의 시선으로 왕악을 노려보며 손가락으로 탁자에 글을 썼다.

그걸 어떻게 알죠?

왕악이 턱으로 실내 사람들을 가리키며 여전히 전음으로
말했다.

"지금 막 발견한 건데 말이오. 저 사람들 보고 떠오르는 것
없소? 잘 보시오? 참고로 우리가 산을 내려올 때 만난 사람들
이 모두 아홉 명이었소."

식사를 하고 있는 사람들을 살펴보던 남궁소가 멈칫했다.

공교롭게도 주인을 포함한 실내의 손님 역시 아홉 명이었다.

비록 산길에서 지나쳤던 그들과 얼굴도 달랐으며, 유일한
여자였던 노파도 보이지 않았다. 하지만 무림인에게 성별과
얼굴을 바꾸는 것쯤은 식은 죽 먹기다.

그럼 저들이 아까 만났던 그 사람들이라면 왜 그때는 공격하
지 않고 지나쳤을까요?

돌연 남궁소의 눈이 반짝였다.

자신이 질문해 놓고 자신이 답을 떠올린 것이다.

아홉 사람이 변장을 하여 접근하고서도 그냥 지나갔다는
건 왕악이 틈을 주지 않았다는 뜻이며, 그것은 곧 왕악의 무
공이 생각보다 훨씬 높은 곳에 있다는 반증이 아닌가.

문득 남궁소는 마른침을 삼켰다.

자신이 살아 돌아갈 가능성이 아주 높다는 생각이 들었다.

그때 왕악이 자신에게 빼앗은 초면을 입속에 밀어 넣고 있었으므로 인상을 썼다.

독이 들었을지도 모른다면서요?

"난 독 같은 것에는 끄떡없소."

왕악은 초면을 순식간에 비우고 만두에 손을 대기 시작했다.

돌연 남궁소 얼굴에 묘한 웃음이 떠올랐다.

만독불침(萬毒不侵).

아홉 명이 끝내 공격하지 못하고 그대로 지나친 것이 집에 돌아갈 수 있는 확률을 오 할로 높였다면 만독불침은 거의 팔 할로 올려주었다.

만독불침이란 단어는 어떤 표현보다도 눈앞의 사내가 든든한 호위자라고 설명하고 있기 때문이었다. 그것은 무공의 강약과는 무관한 또 다른 세계였지만 그렇다고 아무나 감당할 수 있는 경지는 아니었다.

남궁소는 정색을 하고 왕악을 쳐다보았다.

봉은 자신이 잡은 것 같았다.

만두는 달짝지근했다.

'확실히 독을 넣었군.'

염화독령유를 복용하여 만독불침의 신체는 이루었지만 독

에 대한 지식은 전무했다. 그래서 만두에 독이 들어 있다고 해도 종류를 구별해 낼 능력은 없었다.

다만 아버지의 친구 쇄분곡주 사중봉이 말하길 맹독성일수록 단맛이 난다고 했다.

왕악은 순식간에 만두와 초면을 해치웠다.

그때 실내의 사람들이 자리에서 일어나고 있었다. 자신이 독이 든 만두를 먹고서도 아무런 반응이 일어나지 않자 더 이상 기다리지 못한 것이다.

세 명이 출입구와 창문을 막아섰다.

만두를 가져다주었던 주인 노인의 손에는 어느새 시퍼런 장검이 쥐어져 있었다. 원래 주인은 지금쯤 시체로 변해 묻혔을 것이다.

"승부는 이미 산에서 끝났다. 하지만 그래도 남궁소를 그냥 보낼 수 없는 것이 우리의 입장이다."

스스로가 불나방들임을 외치고 있었다.

불에 뛰어들면 죽는다는 걸 알면서도 결코 망설이지 않고 달려드는 불나방이 되고자 하는 것이다.

아홉 사람이 뿜어낸 격렬한 투기가 주루 안을 가득 메웠다.

이들은 남궁소를 죽이기 위해 밀파된 이백 명 중 살아남은 마지막 아홉 명일 것이다. 모옥에서 죽은 열두 사람과 이들을 제외한 백일흔아홉 명은 위상묵이 이끄는 유성귀견대에 의해 죽었다.

"누가 보냈소?"

대답을 들을 수 있을 것이라는 희망을 갖고 던진 질문은 아니었다.

어떤 주인이기에 부하들이 죽음 앞에서도 머뭇거리지 않는지 궁금했을 뿐이다. 누군가를 위해 하나뿐인 목숨을 내놓는다는 것이 결코 쉬운 일이 아닌 것이 상식이라면 이들의 불나방식의 선택이야말로 적지 않은 감동을 불러일으키기에 부족하지 않았다.

"쓸데없는 질문이로군."

예상했던 대답이었다.

왕악은 전신으로 내공을 끌어올렸다. 죽음에 결코 대접이라는 게 있을 수는 없겠지만 최선을 다해 상대해 주고 싶었다. 맞았다 하면 결코 태산이라도 온전할 수 없는 가공할 기세가 사지로 퍼져 나갔다.

사내들이 달려들었다.

그대로였다. 앞뒤 가리지 않고 뜨거운 불길을 향해 제 한 몸 사정없이 내리꽂듯 쑤셔 박는 불나방과 하나도 다르지 않았다.

선두에서 찔러 들어오는 주인 노인의 검을 옆으로 흘리고 안면에 학어단권을 꽂아 넣었다.

비틀거리는 주인 노인을 쫓아가 앞가슴에 맹호연포권을

꽂아 넣었다. 신속히 돌아서면서 등 뒤에서 찔러오는 사내의
검을 맨손으로 쳐냈다.

팍 하는 소리를 내며 사내의 검이 부러졌고, 당황하는 사내
의 얼굴에 태악명동일권섬이 작렬했다. 좌측에서 공격해 오
던 사내가 맹룡탈명구각 제사식 반멸각에 '크훅' 하는 괴성
을 지르며 바닥을 나뒹굴었고, 뒤에서 목을 끌어안던 사내가
아수참혈주에 묶인 손도 풀지 못한 채 고개를 꺾었다.

사내를 몸에서 떨쳐 내며 왕악은 뒤로 일 보 물러났다.

다섯 명의 사내는 잠시 주춤하는 기색을 보였지만 이내 무
서운 속도로 달려들었다.

왕악의 몸이 떠올랐다.

그리고 풍차처럼 회전하며 양 발이 다섯 사내를 향해 새파
랗게 날을 세웠다.

사방혈왕각(四方血王脚).

맹룡탈명구각 제칠식으로 삼백육십 도 회전하며 돌려 차
는 필살각법이었다. 전후좌우 사방에서 동시에 달려드는 적
을 일거에 섬멸할 목적으로 만들어진 회전 각법으로 무서운
속도와 몸의 탄력에서 오는 세기로 인해 스치기만 해도 부서
진다.

투두두둑!

폭발 순간 사방으로 떨어져 나가는 파편처럼 다섯 사내의
몸이 주루의 흙벽을 뚫고 날아갔다.

순간 서서 구경하던 남궁소의 손이 자기 감응하듯 벽에 붙은 선반 모서리를 거머쥐었다. 아홉 사내를 순식간에 해치운 왕악에게서 완전한 희망을 확신한 것이다.

'구 할이다.'

전무(全無)에서 시작된 생존율은 이제 구 할로 우뚝 섰다.

콰앙!

밖으로부터 천둥소리가 들려왔다.

비는 뇌성벽력을 동반한 폭우로 변해 있었고, 좀체 그칠 것 같지 않았다.

남궁관은 우리 밖으로 나오지 않았다.

자신의 거처에서 찾아오는 손님들만 만날 뿐이었다.

불입호혈(不入虎穴) 부득호자(不得虎子). 범의 굴에 들어가지 않고서는 범의 새끼를 잡을 수 없다는 말처럼 결국 남궁관을 잡기 위해서는 어쩔 수 없이 남궁가 안으로 들어가야 했다.

하나 어느 명문보다 군율과 군기가 혹독한 남궁가로의 잠입은 쉽지 않았다.

남궁가로 잠입할 수 있는 묘수를 끌어내기 위해 안간힘을 다하고 있던 왕악에게 희소식이 날아들었다.

물론 정보를 가져온 사람은 광구였다.

왕악으로부터 무공을 배울 수 있는 길은 오로지 남궁가에

대한 정보 취득이라고 판단한 듯 광구의 노력은 가히 필사적
이었다. 신발 가게도 내팽개치고 아침부터 저녁 늦게까지 남
궁가가 있는 무창 일대를 이 잡듯이 뒤지고 다녔다.

그러던 광구가 닷새 전 두 가지 정보를 가져왔다.

하나는 남궁소가 사월초파일을 기해 대광사로 예불을 드
리러 간다는 소식이었다.

남궁소의 대광사 초파일 예불은 연례행사였고, 수행 무사
는 서른아홉 명으로 이루어진 유성귀견대였다. 그들은 남궁
소가 태어나면서 부친 남궁대가 손수 선발했다는 실전무예의
달인들이었다.

또 하나의 정보는 그런 남궁소를 정체불명의 누군가가 노
린다는 것이었다.

그 사실을 입증하듯 사나흘 전부터 대광사로 몰려드는 향
객들 속에 적지 않은 무림인들이 관측되었다. 평범한 복장으
로 변장을 했지만 발걸음이 가볍고 눈매가 범상치 않은 것이
상당한 수준에 이른 고수들이었고 규모 또한 대단했다. 왕악
은 누군가 작정하고 남궁소를 노린다는 것을 알고 한 가지 생
각에 집중했다.

어떤 방법으로 남궁소에게 접근하느냐?

남궁소는 워낙 눈치가 빠르고 영악하여 위기 때 왕악이 나
타나면 금방 속셈을 갖고 접근해 온 사람이라는 것을 알아차
릴 것이 뻔했다. 그녀를 속일 수 있는 유일한 방법은 제 발로

찾아와 도움을 요청하도록 만드는 것이었다.

그러자면 싸움을 남궁소에게 불리하도록 만들어야 했다. 왕악은 향객으로 위장하고 근처에 있다가 만약 유성귀견대가 유리해지면 그들을 공격하여 무너뜨리기로 마음을 먹었다. 그래서 남궁소가 쫓긴다는 계산하에 대광사 주위에 은거자들이 사용하다 버린 빈 모옥과 동굴 열세 곳의 위치를 파악해 놓고 처음부터 끝까지 싸움을 지켜보았다.

다행히 싸움은 초반부터 습격자들의 월등한 우위로 진행되었다. 난다 긴다 하는 유성귀견대도 수적 열세와 강력한 기습에 힘을 쓰지 못했다. 결국 왕악은 계획한 대로 남궁소가 쫓기자 가장 가까운 근처의 모옥으로 앞질러 날아가 무예를 연마하는 척 소리를 내어 유도했던 것이다.

물론 모든 계획이 틀어질 경우 정면으로 나서서 도와주는 방법을 선택하기로 마음먹었다. 위기에 처한 남궁소를 떳떳하게 구출해주는 것이다. 물론 그렇게 인연을 맺을 경우 남궁소의 신임을 받는 데는 상당한 노력과 시간이 필요하겠지만.

왕악은 수고한 광구에게 생사심법과 구액탄전공을 가르쳐 주었다.

광구가 발바닥이 닳도록 뛴 것은 자신에게 잘 보여 무공 한 초식 얻어 배워보겠다는 일념 때문이었다. 사실 남궁세가의 일이 아니더라도 무공 몇 초식 가르쳐 줄 생각이었는데 앞뒤 가리지 않는 헌신적인 노력에 더 이상 망설일 수가 없었다.

살인십팔신공 중 많은 살기(殺技)를 놔두고 굳이 구액탄전공을 가르쳐 준 것은 굳어버린 신체의 정도와 상관없이 극성으로 연마할 수 있는 유일한 무공이었기 때문이다.

왕악에게 생사심법과 구액탄전공을 배운 광구는 나중에 구신(口神)이란 이름으로 강호에 파란을 일으킨다.

멀리 남궁가의 정문이 시선에 들어왔다.

순간 남궁소의 발걸음은 뛸 듯이 가벼워졌다. 그에 따라 왕악도 걸음을 서둘러야 했고, 잠시 후 두 사람은 거대한 남궁가의 정문 앞에 우뚝 섰다.

'남궁승천' 이란 편액은 육 년 전과 다름없이 오연한 모습으로 걸려 있었다.

거지꼴을 한 두 사람이 나타나자 경계 근무를 서고 있던 두 무사가 살벌하게 외쳤다.

"좋게 말할 때 돌아가라! 여긴 개나 소나 들어오는 곳이 아니다!"

남궁소의 표정이 와락 우그러졌다.

자신이 졸지에 개와 소가 된 것이다. 하나 지난 칠 주야 동안 씻지도 않은 자신의 몰골은 누가 봐도 그런 짐승에 가까웠다. 그래서 남궁소는 두 무사의 행동을 이해하며 다가가서 나직이 입을 열어 말했다.

“나, 남궁소니라. 속히 문을 열거라.”

순간 두 무사가 어이없다는 듯 피식 웃었다.

“이런 미친 계집을 봤나? 네가 남궁소면 난 남궁관 공자님이다! 뒈지기 싫으면 썩 꺼져라!”

남궁소의 얼굴이 노래졌다.

너무 기가 막힌 듯 말을 잇지 못하고 한참을 씩씩거리며 가쁜 숨만 내쉬었다.

하나 옆에 왕악이 지켜보고 있었으므로 남궁소는 최대한 넉넉하고 자상한 모습을 보여주고 싶었다. 그래서 목구멍까지 치밀어 오르는 화를 누르며 다시 한 번 두 무사를 향해 가벼운 웃음을 지었다.

“이보거라. 나, 진짜 남궁소니라. 어서 문을 열지 못하겠느냐?”

“이 우라질 계집이 감히 여기가 어디라고 장난하는 거야!”

두 무사가 짚고 있던 창을 쥐고 남궁소를 향해 달려들었다.

따악!

두 사람이 내려친 창이 남궁소의 어깨와 엉덩이를 사정없이 후려쳤다.

“아악!”

무공을 모르는 그녀가 두 무사의 창을 피한다는 것은 애초부터 불가능했다.

두 무사는 한 번의 공격으로 그만두지 않았다.

몹시 화가 난 듯 거친 욕설까지 내뱉었다.

"나쁜 계집, 고인의 명예를 훼손해도 유분수지! 내가 개인적으로 존경하는 아가씨를 빙자하다니 도저히 용서할 수 없다!"

바닥에 쓰러진 남궁소 위로 두 무사의 장창이 소낙비처럼 쏟아져 내렸다. 남궁소는 두 무사의 장창을 피하기 위해 안간힘을 다했지만 소용없었다.

소낙비처럼 두 무사의 장창이 남궁소의 몸을 피로 휘감았다.

바로 그때였다. 안으로부터 쩌렁한 호통 소리가 들려 나왔다.

"무슨 일인데 이렇게 소란스러운 것이냐?"

청의 경장을 한 사십가량의 무사가 두 명의 호위를 대동하고 나타났다.

남궁소를 두들겨 패던 두 무사가 깜짝 놀라며 청의무사에게 다가가 넙죽 허리를 구부렸다.

"막발과 목삼이 순찰당주님을 뵈옵니다."

순찰당주 전해룡의 두 눈이 피투성이가 되어 나뒹굴고 있는 남궁소를 째려보았다.

"누구냐?"

"아가씨를 빙자하여 본 가를 침입하려는 적을 징계하고 있는 중이옵니다."

전해룡의 눈살이 찌푸려졌다.

목삼이 침을 틱 뱉으며 비아냥대었다.

"감히 남궁소 아가씨라고 우기잖습니까. 우리가 속아 넘어갈 줄 아는 모양인데 어림없습니다."

그러면서 아직도 분이 덜 풀린 듯 한달음에 달려와 막 몸을 일으키던 남궁소의 등을 장창으로 후려갈겼다.

쫘아악!

"아악!"

내장을 훑어내는 듯한 짧은 비명을 터뜨리며 남궁소의 몸이 한 바퀴 빙글 돌아 땅바닥에 얼굴을 박으며 엎어졌다. 꾸역꾸역 입 안에서 핏물 섞인 침을 뱉으며 남궁소는 몸을 일으켜 세웠다.

반쯤 일어섰을 때 그녀의 숙여진 시선에 번쩍거리는 가죽 장화의 앞 코가 보였다.

이어 묵직한 음성이 바위처럼 찍어눌렀다.

"고개를 들어봐라."

귀에 익은 음성이었다.

하나 현재 자신의 의지로 고개를 들어 음성의 주인을 쳐다본다는 것은 너무 힘든 일이었다.

그래서 쓰러지며 몸을 한 바퀴 돌려 쿵 소리를 내며 하늘을 보고 벌렁 누웠다.

남궁소의 시선 속으로 한 사내의 얼굴이 들어왔다. 얼굴 한

가운데에 망치 한 개가 틀어박힌 듯한 매부리코를 가진 너무
도 낯익은 용모의 사내였다.

“나다, 전 당주. 남궁소.”

하나 전해룡은 아무 표정도 짓지 않았다.

남궁소는 혼신의 힘을 다해 부르짖었다.

“나단 말이다, 이 미친놈아! 날 몰라보겠느냐?”

순간 전해룡의 인상이 구겨졌다.

이어 냉랭한 얼굴로 말했다.

“대광사에서 죽은 아가씨라니… 미친 여자였군.”

그리고 홱 고개를 돌려 뒤에 시립해 있는 두 무사를 향해
냉혹하게 명령했다.

“내쫓아 버려라.”

두 무사의 장창이 다시 하늘 높이 솟구쳤고, 남궁소의 자지
러지는 비명이 청천을 울렸다.

왕악의 두 눈이 확 커졌다.

지금 전해룡은 분명히 남궁소가 대광사에서 죽었다고 말
했다.

주루를 나온 왕악은 적의 공격을 염려하여 지난 수십 년 동
안 남궁소가 다녔던 길을 버리고 우회하였다. 그래서 평소 귀
가 시간보다 닷새가 늦어졌는데 남궁가에서는 제시간에 돌아
오지 않은 그녀를 사망한 것으로 단정한 것이 틀림없었다.

사실 우회는 했지만 닷새씩이나 지체될 만큼의 먼 길은 아

니었다. 생사신법을 펼치면 충분히 제 날짜에 남궁소를 데리고 귀가할 수 있었다. 다시 말해, 닷새는 왕악이 의도적으로 지체한 시간이었다.

남궁소에게는 뛰어난 부하들이 구름처럼 몰려 있었다. 그녀를 안전하게 데려가고, 그것이 인연이 되어 곁에 머무른다고 해도 출중한 부하들이 있는 한 자신의 역할이란 한계가 있을 수밖에 없다.

왕악은 그녀의 부하들이 모두 사라지도록 만들어야 했다. 남궁소가 도움을 받거나 의지할 만한 부하들이 곁에 없으면 자신에게 모든 걸 의존할 것이기 때문이었다. 그래서 생각해 낸 방법이 귀가 시간을 지체하는 것이었다. 사흘에서 닷새 정도 행방이 묘연해지면 필시 남궁소를 공격한 쪽에서는 서둘러 그녀가 죽었다고 발표할 것이고 우두머리를 잃은 부하들은 크게 동요할 것이다. 눈치 빠른 자들은 잽싸게 주인을 바꿔 섬길 것이고 일부는 무참히 제거당할 것이다. 그런데 전해룡의 말을 들어보면 자신의 계산은 완벽하게 적중했다.

지금쯤 남궁소의 부하는 거의 주인을 바꿔 섬겼거나 죽었을 것이다.

왕악은 천천히 두들겨 맞고 있는 남궁소를 향해 다가갔다.

남궁소는 안간힘을 다해 자신이 진짜라는 걸 역설했다.

하나 그녀의 주장은 이미 닷새 전에 그녀가 죽었다는 것을 알고 있는 두 무사를 오히려 분노하게 만들었고, 더욱 혹독한 폭력을 불러일으켰다.

"잠깐 멈춰보시겠소? 잠시 나눌 얘기가 있어서 말이오."

왕악의 요청에 남궁소를 때리고 있던 두 무사가 고개를 돌려 쳐다보았다. 왕악은 잠시면 된다는 듯 한 손을 들어 보이고 남궁소를 향해 말했다.

"조금 전 저 사람이 하는 얘길 들었소? 당신은 이미 닷새 전에 죽은 것으로 발표까지 났다는구려."

전해룡이 말할 때는 미처 경황이 없어 알아듣지 못했던 남궁소가 그제야 소스라쳤다.

"누가 그래? 내가 이렇게 살아 있는데?"

"어쨌든 현재로서는 당신이 진짜로 인정받아 집 안으로 들어간다는 것은 쉽지 않을 것 같소."

바닥에 쓰러져 뒹굴던 남궁소가 힘들게 일어났다.

그리고 눈을 깜박거렸는데 비로소 자신이 이런 험한 꼴을 당하는 이유를 파악한 듯했다. 짧은 순간 남궁소의 표정은 바람에 밀려오는 물결처럼 푸들거리며 수차례 변했다.

그러더니 한순간 남궁소의 얼굴이 파랗게 질려가고 있었다.

"내가 죽어?"

나지막했으나 서릿발 같은 분노가 배인 목소리를 뱉으며 남궁소는 옆으로 픽 쓰러져 버렸다.

남궁소의 얼굴이 검게 물들어갔다. 순식간에 먹물을 뒤집어쓴 것처럼 검게 변하더니 온몸을 세차게 떨었다.

'폐색(閉塞)에 의한 울혈(鬱血)이다.'

폐색이란 엄청난 충격을 받고 혈맥이 일시에 막혀 버린 주화입마와 동일한 증세였다. 신속하게 막힌 혈맥을 소통시켜 주지 않으면 죽음을 피하지 못한다.

남궁소를 죽게 내버려 둬서는 안 된다.

왕악이 오른손을 뻗었다. 순간 손가락 끝에서 다섯 가닥의 지풍이 뿜어져 남궁소의 앞가슴에 있는 다섯 곳의 혈도를 빠르게 두들겼다.

그걸 본 전해룡이 깜짝 놀랐다.

왕악이 시전하고 있는 기예는 직접 손가락으로 혈도를 찍는 피접타혈이 아니라 허공을 격하여 혈도를 폐해(閉解)하는 격공타혈이란 상승의 절기였다.

급소인 혈도는 손톱만큼만 잘못 건드려도 치명상을 입거나 돌이킬 수 없는 화를 부르기 때문에 절정의 고수가 아니면 손끝으로 직접 접촉하여 해혈하거나 점혈한다. 하지만 격공타혈은 먼 거리에서 지풍을 쏘아 폐해하기 때문에 완숙에 이른 절정고수가 아니면 시전할 엄두를 내지 못했다.

바바바바!

왕악은 격공타혈의 수법으로 남궁소를 추궁과혈하고 있었다.

손끝이 마치 비파를 타듯이 부드럽게 움직이며 남궁소의

앞가슴에 끝없이 지풍을 쏘아 보내고 있었다.

그러나 남궁소의 안색은 전혀 변하지 않았다.

왕악의 얼굴에 다급한 표정이 떠올랐다. 추궁과혈로도 막힌 혈도가 풀리지 않는다는 건 남궁소의 상태가 생각보다 위중하다는 뜻이었으므로 서둘러 의원을 찾아야 했다.

"남궁 낭자를 빨리 의원에게 데려가야겠소. 참고로 말하는데 이 여자는 남궁소가 틀림없소."

"헛소리하는 너도 좀 맞아야겠다!"

창을 번쩍 쳐들고 달려드는 두 무사의 얼굴에 학어단권이 작렬했다.

빠박!

두 무사는 비명도 지르지 못하고 날아가 정문에 충돌했다.

그리고 어느새 왕악은 의식을 잃은 남궁소를 어깨에 메고 전해룡의 면전에 다가와 있었다.

"순간의 선택이 평생을 좌우할 수도 있소."

전해룡이 빛나는 시선으로 어깨에 축 늘어져 있는 남궁소를 쳐다보았다.

닷새 전 남궁소가 죽었다는 발표가 있고 나서야 사람들은 그녀가 대광사에서 정체불명의 무사들에게 화를 당했다는 사실을 알게 되었다. 그러나 전해룡은 별로 놀라지 않았다. 규모의 크고 작음에서의 차이뿐 이미 여러 차례 이런 일이 있었기 때문이다. 다만 시체를 찾지 못했다는 발표에 그녀의 재능을 아까워하는 일부 가노들만 아직까지 반신반의하고 있었다. 그런데 이렇게 돌아왔다는 것은 남궁소를 따르는 세력의 기세를 꺾기 위해 누군가 살아 있는 그녀를 죽었다고 서둘러 포고했을 가능성이 있었다.

어쨌든 아직 사실 확인이 된 것은 아니지만 남궁소는 죽지 않았다.

그녀를 살린 것은 눈앞의 사내가 틀림없었다.

자신은 어느 쪽도 아니지만 만약 눈앞의 여자가 진짜 남궁소라면 사내의 말처럼 오늘의 선택에 따라 십 년 순찰당주 자리를 벗어날 수도 있다.

그건 사내가 마음만 먹는다면 자신이 아무리 막아서려고 해도 불가능하다는 결론이었고, 조금 전 비록 정문 위사지만 두 부하를 날리는 주먹이 충분히 그것을 입증하고 있었다. 무공의 고하를 불문하고 사람을 주먹으로 쳐서 죽일 수는 있지만 멀리 날려 버린다는 것은 아무나 흉내 낼 수 없고 자신으로서도 꿈도 꾸지 못할 고도의 권술이다.

전해룡은 마른침을 삼켰다.

결국 사내를 가로막다 죽을 바에는 인생을 걸고 도박해 보는 것도 그렇게 나쁘지 않다고 생각했다.

"두 사람."

겨우 일어나 정신을 차린 두 무사가 전해룡의 부름에 깜짝 놀라며 허릴 숙였다.

"하명하소서."

"아무 일도 없었다. 여기서 벌어졌던 일은 우리 모두 모르는 것이다. 그리고 외성 총관님께 오늘부로 순찰당주 자리를 그만두겠다고 대신 전해라."

두 무사가 깜짝 놀랐다.

"당주님!"

"어서 날 따라오시오."

전해룡이 앞장서 몸을 날렸고, 남궁소를 둘러멘 왕악이 뒤를 따랐다.

남궁가는 활기찼다.

이삼십 명씩 소규모의 집단을 이룬 사람들이 곳곳에서 무예를 수련하고 있었다. 당대제일의 검문답게 대부분의 사람들이 검법을 수련하고 있었지만 가끔씩 권(拳)과 장(掌)을 연마하는 사람들도 눈에 띄었다. 그들이 내지른 우렁찬 기합 소리에 귀가 먹먹할 지경이었다.

두 사람은 잘 닦여진 포도를 따라 빠르게 나아갔다.

왕악은 근무 교대를 위해 이동하는 무사들과 가끔 마주쳤다. 그들은 죽 늘어진 여자를 둘러멘 왕악을 경계의 눈으로 쳐다보았지만 곁에 있는 전해룡을 발견하고 이내 의심의 눈빛을 거두었다.

남궁소의 몸이 축 처지고 있었다. 그건 몸의 생기가 급속히 떨어지고 있다는 징조였으므로 왕악은 다급했다.

"아직 멀었소?"

"아닙니다. 저기 저 건물입니다."

전해룡이 가리키는 건물을 향해 왕악의 신형이 일직선으로 쏘아갔다.

환의각(還醫閣)이라는 편액이 걸려 있는 장방형의 삼층 건물이었는데 왕악은 한눈에 이곳이 남궁가 무사들의 병을 치료하는 의원이라는 것을 알아보았다.

환자를 치료하고 있던 사십가량의 백의 중년인이 거칠게 들어서는 왕악을 보고 눈살을 찌푸렸다가 뒤이어 들어서는 전해룡을 발견하고는 안색을 바꿨다.

"전 당주 아니오?"

전해룡이 급히 입을 열어 말했다.

"마침 각주께서 계셨구려. 생명이 아주 위태로운 환자입니다. 빨리 손을 좀 써주십시오."

그사이 왕악은 남궁소를 빈 침상 위에 반듯이 눕혔다.

각주 마지환은 침상 위의 남궁소를 힐끗 한 번 쳐다보더니 자신이 치료하고 있던 환자에게 돌아섰다.

"잠시 기다리시오. 우선 호 당주님을 먼저 치료하고 나서 봐드리겠소이다."

호당주란 말에 전해룡이 흠칫 놀라며 마지환이 치료하고 있던 환자를 쳐다보았다.

삼십 초반가량의 건장한 백의장한이 두 눈을 지그시 감고서 목젖 근처에 젓가락 크기만 한 대침 한 개를 꽂은 채 누워 있었다.

전해룡의 표정이 싸늘해졌다.

'관마당(管馬堂)의 당주 백운신재 호백위(胡白位).'

남궁가는 내성과 외성으로 구분된다.

내성은 남궁가의 직계 혈족과 고위 간부들이 기거하며 외성은 단주급 이하의 무사들과 일반 식솔들이 머무른다. 하지만 직책과 직위에 따라 거주 지역만 구분되어 있을 뿐 남궁가 사람이면 누구든 양쪽을 자유롭게 출입할 수 있었다. 그러나 무공과 신분의 고하로 나눠져 있어서 내성과 외성에는 엄연한 차별이 존재했다.

관마당은 남궁가의 고위 간부들이 타고 다니는 말을 관리하는 곳으로 내성에 포진해 있었다. 전해룡의 표정이 굳어진 것은 눈앞에 누워 있는 관마당주가 같은 당주급인데도 단지 내성에 있다는 이유로 자신을 우습게보기 때문이었다.

자신을 만나면 노골적으로 아랫사람 대하듯 경시했고, 그로 인해 몇 번 충돌을 벌였는데 그만 어이없게도 무참하게 패배하고 말았다. 비록 무공과는 어느 정도 거리를 둔 관마당이지만 고위 간부의 말을 관리하면서 그들에게 한두 수 얻어 배운 호백위를 당할 수가 없었다.

싸움에서까지 승리하자 호백위는 더욱 기고만장했다.

무려 열 살이나 많은 자신에게 대놓고 하대를 했으며, 특히 나흘 전 급한 볼일로 내성을 들렀다가 호백위와 마주쳤는데 자신을 보고서도 예를 차리지 않았다는 이유로 부하들이 보는 앞에서 심한 욕설과 함께 정강이를 걷어차이기까지 했다. 전해룡은 홧김에 대뜸 검을 뽑아 들었지만 호백위는 한 달 전 싸울 때보다 더 강해져 있었다. 그날 싸움으로 전해룡은 이빨 세 개가 부러졌고 옆구리에 깊숙한 자상의 중상을 당해 부하들에게 업혀왔었다.

그야말로 둘은 견원지간(犬猿之間)이었다.

전해룡은 양 주먹을 불끈 쥐었다. 모든 도박에는 극도의 위험이 따른다. 실패했을 때에 입게 되는 손실이란 돌이킬 수 없다. 하지만 제대로 패를 잡았을 때 얻게 되는 이익이란 상상할 수 없을 만큼 엄청난 것이 도박이다. 비록 직책은 동급이지만 자신과 비교해 여러 면에서 욱일승천의 기세에 있는 호백위를 함부로 건드려 좋을 것이 없었지만 자신에게는 남궁소가 있다. 왕악의 말처럼 정말로 눈앞의 여인이 남궁소라면 향후 자신이 얻게 될 소득이란 대단할 것이며 그에게 당한 수모를 수십 배로 되갚아줄 수 있었다.

이왕에 하는 도박이라면 망설임없이 과감하게 치고 나가는 것이 상대를 주눅 들게 한다.

탁!

돌아서는 마지환의 왼쪽 팔목을 낚아 잡았다.

“뭐요?”

눈을 부라리는 마지환을 향해 전해룡은 힘주어 말했다.

“급하오. 이분부터 먼저 치료하시오.”

마지환이 깜짝 놀라는 표정을 지었다.

“전 당주, 지금 제정신이오? 여기 누워 계시는 분이 누군지 몰라서 그런 말씀을 하시는 것이오?”

하나 전해룡은 눈 하나 깜박 않고 말했다.

“다시 말하겠소. 당장 이분부터 살피시오.”

그러면서 오른손을 검의 손잡이에 올렸다.

아차 수틀리면 곧바로 베겠다는 단호한 의지였다.

마지환의 안색이 급변했다. 자신의 상식으로서는 도저히 이해가 안 되는 행동을 지금 전해룡이 하고 있기 때문이었다. 같은 당주라고 해도 두 사람의 위치는 하늘과 땅 차이였다.

그때까지 잠을 자는 것처럼 조용히 누워 있던 호백위가 두 눈을 번쩍 떴다.

“너, 미쳤어?”

“워낙 급한 환자여서 그러니 네가 이해해라.”

순간 호백위의 안색이 굳어졌다.

그러나 목젖에 꽂혀 있는 침 때문에 신경이 쓰이는지 화를 지그시 눌렀다.

“뭐 하시오, 어서 치료하지 않고?”

어정쩡하게 서 있는 마지환을 보며 호통을 치고 반쯤 쳐들었던 고개를 눕혔다. 마지환이 다시 호백위를 치료하려고 손을 뻗자 전해룡이 검을 반쯤 뽑았다.

"당신, 죽고 싶소?"

마지환의 안색이 누렇게 떴다.

"저… 전 당주, 도대체 오늘따라 정말 왜 이래?"

"두말하기 싫소! 당장 우리가 데려온 환자부터 보시오!"

호백위의 고개가 누운 채 전해룡을 쏘아보고 있었다.

부들부들 양 주먹이 떠는 것이 극도로 흥분해 있음이 틀림없었다.

"셋을 셀 동안 우리가 데려온 환자를 돌보지 않으면 각주의 목은 몸과 분리될 것이오!"

그리고 더욱 힘주어 검의 손잡이를 잡았다.

순간 호백위의 눈에 살기가 스쳤다. 전해룡의 행동에 분노한 것이다.

"이런 싸가지없는 새끼가 진짜!"

호백위가 발끈하며 막 상체를 일으킬 때 하나의 손이 와서 일어나는 자신의 앞가슴을 사정없이 뒤로 밀쳐 버렸다. 그 바람에 쿵 소리를 내며 뒷머리를 사정없이 침상 바닥에 찧고 말았다.

얼마나 세차게 부딪쳤는지 골이 흔들리며 눈앞이 가물거렸다.

"가만 누워 있으시오."

처음 보는 웬 낯선 사내가 침상 곁에서 자신을 내려다보고 있었다.

호백위는 고통으로 험악하게 소리쳤다.

"네놈은 뭐냐!"

호백위가 눈을 부라리며 왕악을 쏘아보았다.

"내가 누군 줄 알고?"

"조금 기다려 주시오. 당신은 조금 늦어도 안 죽지만 이쪽 환자는 촌각을 다투는 급한 상태요."

전해룡이 이놈을 믿고 큰소리치는 것 같은데 처음 보는 얼굴이었다. 순간 눈앞으로 떠오르는 사람이 있었다.

남궁가에는 적지 않은 강호의 고수들이 손이 되어 지내는 이른바 식객(食客)들이 있었다. 그들은 왕왕 밥값을 한다는 명목으로 남궁가가 직접 나설 수 없는 일들을 처리해 주곤 했다.

난생처음 보는 얼굴이고 자신을 몰라보는 것으로 보아 눈앞의 인간 또한 식객 중 한 명이 틀림없었다. 그렇잖아도 가주로부터 대접을 받는다고 잔뜩 거드름을 피우고 다니는 식객들을 볼 때마다 속이 뒤틀렸고, 관마당에 찾아와 아무 말이나 타겠다고 고집을 피울 뿐 아니라 심지어 자신들이 타고 다니는 말까지 관리를 떠넘길 땐 속에서 불이 솟구쳤다. 비위에 거슬려도 우리에게 필요한 손님이므로 가급적 양보하고 적당한 추태는 눈감아주라는 가주의 지시만 아니었다면 이미 몇 놈 보냈을 것이다.

호백위는 잘 걸렸다고 생각했다.

시비를 먼저 걸었으니 나중에 문제가 되어도 얼마든지 자신의 행위를 정당화할 자신이 있었다. 그리고 식객을 믿고 자신을 몰라보는 전해룡을 가만두지 않을 것이다. 저번에는 이빨 세 개였지만 오늘은 반쯤 죽여놓기로 마음먹었다.

호백위의 오른 주먹이 침상 곁에 바짝 붙다시피 서 있는 왕악의 옆구리를 파고들었다. 비록 누운 상태였기 때문에 전력을 실을 수는 없지만 바위라도 박살 낼 수 있는 주먹이었다. 더구나 침상에 붙다시피 서 있기 때문에 왕악이 자신의 공격을 피한다는 건 불가능했다.

타악!

한데 믿을 수 없는 일이 벌어지고 말았다.

왕악이 자신의 팔목을 잡아버렸다. 주먹이 한 자도 채 안 되는 짧은 거리를 날아가는 시간이란 결코 눈 깜짝할 사이도 되지 않았다.

그런데 왕악은 너무도 간단히 자신의 팔목을 낚아챘다.

호백위는 상체를 틀면서 번개처럼 왼 주먹으로 복부를 찍어갔다.

탁!

왼 주먹 또한 왕악의 오른손에 붙들리고 말았다.

양손 모두가 왕악의 손에 붙들렸고, 아무리 잡힌 팔목을 풀기 위해 진기를 주입해 뿌리쳤지만 옴짝달싹도 하지 않았다.

"내 삶의 좌우명이 뭔 줄 아시오. 절대 상대를 먼저 공격하지 말자. 그러나 일단 공격을 받으면 무슨 수를 써서라도 혼을 내주어 상대가 반드시 후회를 하게 만들자는 것이오."

왕악이 양 손목을 꺾었다.

우두둑!

뼈 부러지는 소리가 들리며 호백위의 양손이 힘없이 축 늘어졌다. 일 갑자 가까운 힘이 실린 자신의 두 팔목을 마른 나뭇가지 꺾듯 부러뜨려 버리자 아픔도 잊어버렸다.

잠시 멍한 얼굴로 왕악을 올려다보았다.

한동안 적막한 침묵이 흘렀다.

그리고 서서히 양 팔목에서 화롯불에 손을 담근 것 같은 격렬한 통증이 팔꿈치를 거슬러 전신으로 퍼져 나갔다.

그제야 정신을 차린 호백위는 누운 상태에서 오른발을 들어 왕악의 얼굴을 공격했다.

"너 죽고 나 죽자! 쌍!"

왕악이 가볍게 상체를 틀어 발길질을 피하면서 짜증을 부렸다.

"당신과 이러는 사이 저 여자, 죽겠군."

왕악이 호백위의 목젖에 꽂힌 침을 사정없이 후려쳤다.

일주일 전에 호법 한 분이 자신의 말 관리를 부탁한다면서 검법 한 초식을 가르쳐 주었다. 그런데 너무 무리하여 수련하

는 바람에 목젖 근처 염천혈에서 진기 소통에 약간의 문제가
발생했다. 그래서 대공금혼침으로 염천(廉泉)을 확장하고 단
단하게 만들고 있었는데 왕악의 손찌검에 침이 그만 목을 뚫
고 나무 침상에 박혀 버렸다. 침이 못처럼 자신을 침상에 박
아버렸기 때문에 조금만 요동을 해도 엄청난 고통이 밀려왔
으므로 호백위는 겨우 숨만 쉴 뿐 꼼짝 못하고 천장을 보며
누워 있어야 했다.

그때 호백위 곁에 서 있던 마지환이 신속히 남궁소에게 다
가가고 있었다. 관마당주를 침으로 못 박아버린 왕악의 행동
은 어떤 위협보다 무서운 공포가 아닐 수 없었다.

"도대체 어느 분입니까?"

남궁소를 살피던 마지환이 떨리는 목소리로 물었다.

전해룡은 대답하지 않았다.

대신 왕악을 돌아보며 눈치를 살폈다. 왕악이 신분을 밝혀
도 좋다는 듯 고개를 끄덕였다.

"남궁소 아가씨이오."

남궁소라는 말에 마지환은 물론이고 호백위까지 괴상한
소리를 냈다.

"아가씨는 죽었다고 들었소!"

"시체를 봤소?"

죽었지만 시체는 아직 발견되지 않았다는 말을 들었다.

마지환의 두 눈이 빛났다. 부상을 입고 땟국물이 흐르는 지

저분한 몰골이지만 남궁소를 닮았다. 그러나 닮았다고 해서 본인이라는 이들의 말을 수긍할 수는 없었다. 하지만 자신이야말로 누구보다도 남궁소에 대해 잘 알고 있었다. 어려서 가의(家醫)가 없는 사이 크게 다친 그녀를 치료한 적이 있기 때문에 신체 특징에 대해 소상히 파악하고 있었다.

울혈에 의한 폐색은 심장 근처에 있는 혈맥을 뚫어주어야 한다. 그러자면 윗도리를 벗겨야 했기에 마지환은 망설이지 않고 남궁소의 옷을 벗겼다.

한순간 마지환의 동작이 얼어붙듯 멈췄다.

배꼽 조금 위쪽에 엄지손톱만 한 붉은 점이 있었다.

오음(五陰)의 수혈(首穴)로 불리는 신(神)의 집[闕]을 지킨다는 붉은 별이다.

이름하여 혈성(穴星).

남궁소가 무공을 익히지 못하는 이유도 이것 때문이다. 자신도 자세한 것은 잘 알 수 없지만 몸속의 중요한 혈도 다섯 곳이 선천적으로 막혀 생겨난 것이며 만약 뚫리면 하늘의 별처럼 빛나는 존재가 된다 하여 혈성이라고 부른다고 한다.

어쨌든 음성이 있는 것으로 보아 틀림없는 남궁소였으므로 마지환의 낯빛은 급변했다.

'맙소사! 죽었다는 남궁소 아가씨께서 살아계시다니.'

마지환은 서둘러 남궁소의 앞가슴 십여 곳의 혈도에 금침을 꽂아갔다.

뭔가 엄청난 충격을 받아 기경팔맥 곳곳이 막혀 있었다. 서둘러 침술요법으로 막힌 혈맥을 뚫어 혈을 순환시켜야 한다. 얼굴이 붉다 못해 검게 변하고 있는 것은 막힌 혈이 응고되어 가고 있는 매우 중대한 위험 신호였으므로 서둘렀다. 삽시간에 남궁소의 앞가슴에는 번쩍이는 금침이 빼곡하게 들어찼다.

"전 당주라고 했소?"

전해룡이 화들짝 놀라며 자신도 모르게 왕악을 향해 허릴 구부렸다.

"예, 예."

자신도 모르게 허리가 구부려졌다.

네 번 싸워 네 번 모두 졌던 호백위를 간단히 못 박아버린 고마움 앞에 더 이상 꼿꼿해질 수가 없었다.

"지난 닷새 동안 무슨 일이 있었소?"

"내성은 저의 관할이 아니기 때문에 자세히는 모릅니다. 다만 외성에서는 남궁소 아가씨를 따르던 간부들이 모조리 척살되는 피바람이 불었습니다."

"그 피바람 속에서도 온전한 걸 보니 당신은 이쪽 줄은 아니었나 보구려?"

전해룡이 움찔했다.

그러나 결심을 굳힌 듯 왕악을 보며 입을 열었다.

"솔직히 누구 편도 아니었습니다. 더욱 남궁소 아가씨 편은 분명히 아니었습니다."

"사태의 추이를 좀 더 지켜본 뒤 탈 배를 결정하겠다는 생각이었군."

전해룡의 안색이 굳어졌다.

"부인 않겠습니다."

왕악이 호백위를 쳐다보았다.

꽂힌 침 사이로 실낱같은 핏물이 흘러내리고 있었는데 호백위는 빳빳하게 누워 눈알만 움직이고 있었다.

왕악이 호백위의 목에 꽂힌 대봉금혼침을 뽑았다.

순간 손가락 굵기의 핏줄기가 분수처럼 천장을 향해 뿜어졌다. 삽시간에 호백위는 목에서 흘러내린 피와 천장에서 떨어지는 피로 붉게 물들었다.

왕악이 피에 범벅이 된 대봉금혼침을 호백위의 옷자락에 닦으며 물었다.

"내성 쪽은 어찌 되었소? 남궁소 부하들의 생사 말이오?"

호백위가 숨을 내쉴 때마다 바람 소리와 함께 피가 물줄기처럼 뿜어졌다.

"거, 거의 전멸… 했다."

"당신은 어느 쪽이오?"

전해룡이 대답을 가로챘다.

"놈은 둘째 공자입니다. 대놓고 저에게 향후 남궁가의 가주는 남궁학 공자님이 될 것이라고 큰소리쳤습니다."

호백위가 전신을 세차게 떨었다.

염천은 급소였다. 금방 침을 뽑자 피가 빠지면서 죽음이 찾아든 것이다.

"꾸, 꿈 깨라. 남궁가에 더 이상 그… 계집이 설… 자리는 없다."

호백위의 얼굴이 벌겋게 물들더니 점차 검게 변했고, 사지가 푸들거리며 굳어갔다.

"남궁가의 미래는 남궁학 공자님… 이시다! 그분께서 반드시 나의 복수를 해줄… 것이다! 네놈… 을 절대 살려… 두지 않을 것이다!"

온 힘을 다해 외치듯 말하고 마침내 축 늘어졌다.

죽은 호백위의 입가에는 가느다란 미소가 맺혀 있었다. 남궁학이 반드시 자신의 복수를 해줄 것이라는 믿음에 죽어서도 기쁜 모양이었다.

〈제1권 끝〉

무한 상상·공상 세계, 청어람 신무협&판타지

「표사」, 「소환전기」를 뛰어넘는 참신한 재미와 쾌감을 선사한다!

청바지와 박스티 같은 무협 소설!
쉽고 재미있는, 편한 무협을 즐겨라!

『잠룡전설』
(潛龍傳說)

잠룡전설(潛龍傳說) / 황규영 지음

"주유성?
영웅이지. 하늘이 내린 사람이야.
그 사람 게으르다고?
에이, 난 그런 소문 안 믿어.
게으름뱅이가 어떻게 그런 엄청난 일들을 해?"

강호에 내린 희대의 겁난.
하늘은 엄청 센 놈을 영웅이랍시고 내린다.
하지만…….
젠장! 엄청난 게으름뱅이다!!